NEXUS PLUTO

Das Tor in die Unendlichkeit

Yusuf M. Çavak

IMPRESSUM

Autor: Yusuf M. Çavak

Adresse: D-79353 Bahlingen

Verlag: BoD · Books on Demand GmbH, Überseering 33, 22297 Hamburg, bod@bod.de

Druck: Libri Plureos GmbH, Friedensallee 273, 22763 Hamburg

ISBN: 978-3-7693-2211-8

Copyright: © 2024 YUSUF M. ÇAVAK

Cover Bild: Tim Robin Çavak

Bibliografische Information:

Die Deutsche Nationalbibliothek verzeichnet diese Publikation in der Deutschen Nationalbibliografie; detaillierte bibliografische Daten sind im Internet über dnb.dnb.de abrufbar.

Was wäre, wenn morgen der Himmel antwortet?

Nicht mit einem Meteoritenschauer.
Nicht mit einem Funksignal.
Sondern mit Ankunft.

Was wäre, wenn eine Million Wesen unseren Planeten erreichen
– jene, die wir in grauer Vorzeit als Götter verehrten?
Wesen, die wir in Mythen erhoben, in Religionen verklärt,
in heiligen Texten verewigt haben.

Würden wir sie willkommen heißen?
Oder würden wir Zäune bauen?
Seit Jahrhunderten streiten wir darüber, wem dieser Planet
gehört. Ziehen Grenzen über Landkarten, als hätten wir die
Kontinente persönlich erschaffen.

Führen Kriege im Namen von Göttern, die wir selbst definiert
haben. Spalten uns in Nationen, Religionen, Ideologien –
überzeugt davon, im Besitz der Wahrheit zu sein.

Doch was geschieht mit unserer Wahrheit, wenn plötzlich
diejenigen vor uns stehen, die wir einst angebetet haben?

Vielleicht würden wir erkennen, dass viele unserer
Gewissheiten nur Fragmente sind – geformt aus Angst,
Machtstreben und menschlicher Selbstüberschätzung.

Vielleicht würden wir begreifen, dass unsere Geschichte nicht nur von Fortschritt erzählt, sondern von Wiederholung.
Von immer denselben Mustern:
Aufstieg, Hybris, Konflikt, Zerstörung.

Und vielleicht – nur vielleicht – würden wir uns schämen.
Denn während wir davon träumen, das Universum zu kolonisieren, gelingt es uns nicht einmal, friedlich auf einem einzigen Planeten zu leben.
Während wir über interstellare Reisen diskutieren, verhungern Kinder. Während wir von technologischer Singularität sprechen, versinken wir moralisch im Mittelalter.

Muss erst eine äußere Bedrohung erscheinen,
damit wir begreifen, dass wir eine einzige Spezies sind?
Muss erst das Überleben der gesamten Menschheit auf dem Spiel stehen, damit Nationalflaggen verblassen und religiöse Dogmen verstummen?

Stell dir vor, diese „Götter" kämen nicht als Eroberer, sondern als Flüchtlinge. Vertriebene einer kosmischen Katastrophe. Schutzsuchende im Universum.
Eine Million Wesen, die Zuflucht erbitten – auf einem Planeten, dessen Bewohner selbst Mauern errichten, um sich voreinander zu schützen.

Wie würden wir reagieren?

Würden wir Menschlichkeit predigen –
und Abschottung praktizieren?
Würden wir Nächstenliebe zitieren –
und Misstrauen säen?
Würden wir sie aufnehmen –
oder sie als Bedrohung deklarieren?

Eine solche Ankunft wäre kein Science-Fiction-Szenario.
Sie wäre ein moralischer Offenbarungseid.

Denn sie würde uns zwingen, uns selbst zu betrachten – ohne
Mythen, ohne Ausreden, ohne historische Relativierungen.
Sie würde offenlegen, ob wir tatsächlich aus Kriegen, aus
Fluchtbewegungen, aus den dunkelsten Kapiteln unserer
Geschichte gelernt haben – oder ob wir nur neue Technologien
entwickelt haben, um alte Fehler effizienter zu wiederholen.

Dieses Buch ist keine Prophezeiung.
Es ist eine Zumutung.
Nexus Pluto stellt Fragen, die unbequem sind.
Fragen, die man nicht mit Parteiprogrammen oder religiösen
Zitaten beantworten kann.
Fragen nach Verantwortung.
Nach Reife.
Nach dem Unterschied zwischen Macht und Würde.
Es geht nicht nur um ferne Sternensysteme.
Es geht um uns.

Um unsere Bereitschaft, uns weiterzuentwickeln –
nicht technologisch, sondern ethisch.
Um die Erkenntnis, dass Fortschritt ohne Mitgefühl Zerstörung
bedeutet. Dass Wissen ohne Weisheit gefährlich ist.
Dass Stärke ohne Moral zur Tyrannei wird.

Vielleicht ist die größte Bedrohung nicht das Unbekannte im
All. Vielleicht sind wir es selbst.

Und vielleicht ist die größte Hoffnung ebenfalls wir.

Die Zukunft der Menschheit entscheidet sich nicht zwischen
Mars und Pluto, nicht zwischen Raumschiffen und künstlicher
Intelligenz. Sie entscheidet sich hier – im Umgang miteinander.
In der Frage, ob wir weiterhin spalten oder endlich verbinden.

Wir haben nur diesen einen Planeten.
Keine zweite Erde wartet geduldig im Schatten.
Kein Generationenschiff steht startbereit im Orbit.

Wenn wir scheitern, scheitern wir gemeinsam.

Die Sterne werden weiterleuchten.
Die Frage ist nur, ob wir noch da sind, um sie zu sehen.

Yusuf M. Çavak

Spotify Soundtrack zum Buch

NEXUS PLUTO

Song	Artist
Paranoia 2	*Mr. YMC*
Mind in Motion	*CAVAK*
The Traveller	*CAVAK*
Lucid Dreams	*CAVAK*
Moksha	*CAVAK*
Katibim	*Mr. YMC*
Horus	*CAVAK*
Vibrations	*Mr. YMC*
Jumanji	*CAVAK*
Cheesy Ass	*CAVAK*
Scaramouche	*Mr. YMC*
Gallows	*CAVAK*
Horus Pokus	*CAVAK*
Dreams	*Mr. YMC*
Papa´s Got a Brand New Track	*CAVAK*
Starlink Disco	*Mr. YMC*
Thelion	*CAVAK*
Hatirla	*Mr. YMC*
The Diver	*Mr. YMC*
Quarantine Party	*Mr. YMC*

More Music – www.cavak.com

EISIGE STILLE

Das eisige Schweigen des Kuipergürtels lag wie ein schwerer Mantel über der Station, die einsam zwischen wandernden Gesteinsbrocken und fernen Sternen schwebte.

Hier draußen gab es keine Sonnenaufgänge, keine Dämmerung – nur ein endloses Dunkel, durchbrochen von fahlen Lichtreflexen, die sich in gefrorenen Gasnebeln brachen und den äußersten Rand der Menschheit markierten.

Commander Jonny Wood stand am Panoramafenster, die Hände hinter dem Rücken verschränkt. Das Licht ferner Sterne glitt über sein Gesicht wie kalter Staub. „So still…", murmelte er. „Als würde selbst das Universum den Atem anhalten."

Dr. Taskin trat neben ihn. Ihre Schritte hallten leise auf dem Metallboden, als lausche die Station selbst. „Oder es wartet darauf, dass wir endlich etwas wagen", sagte sie ruhig.

Wood lächelte kaum merklich. „Vielleicht."

Vor zehn Jahren, als die Menschheit noch kaum über erdnahe Umlaufbahnen hinausgekommen war, wirkte die Idee einer Station im Kuipergürtel wie eine Fantasie.
Doch der Traum von unerschöpflichen Rohstoffvorkommen und der Drang, die Sterne zu erreichen, hatten die ersten Kolonialschiffe hinausgetrieben.

Nun schwebte die Außenstation Pluto wie ein schimmernder Punkt im unendlichen Schwarz – fernab der warmen Sonne, fernab aller bekannten Welten.

Commander Wood und Dr. Taskin trugen eine besondere Verantwortung: Diese einsame Station sollte das Sprungbrett für das erste Generationenschiff der Menschheit werden – ein Schiff, das die fernen Sterne erreichen sollte.

Die Reise hierher war lang und voller Hindernisse gewesen. Durch geschicktes „Planeten-Hopping", die Nutzung der Schwerkraft von Mars, Jupiter und Saturn, hatten die Schiffe ihre Geschwindigkeit stetig erhöht.
Doch selbst mit diesen Manövern dauerte die Reise Jahre. Versorgungsschiffe brachten Maschinen, Geräte und empfindliche Instrumente – darunter ein leistungsstarkes Teleskop und Radioteleskope, die später auf den Monden Plutos montiert werden sollten.

Jede Fehlfunktion hätte die Mission um Jahre zurückgeworfen. Der letzte Abschnitt der Reise war der härteste gewesen. Jenseits des Einflussbereichs von Neptun schien die Dunkelheit dichter, die Leere unendlich.
Die Funksignale wurden schwächer, und die Besatzung lebte in ständiger Anspannung. Alles war eine Frage des Durchhaltens, der mentalen Stärke, der Hoffnung –
und des unerschütterlichen Glaubens an die Mission.

„Wasser ist der Schlüssel", murmelte Wood oft, wenn er und Taskin auf die Kristalle aus gefrorenem Wasser starrten, die wie gigantische Eisberge im Orbit um Pluto trieben.
Diese Ressourcen sollten aufbereitet und in die Tanks der Generationenschiffe geladen werden – das Lebenselixier für jene, die sich auf die jahrzehntelange Reise in die Weiten des Alls begeben würden.

Wood blickte erneut hinaus in die Schwärze. „All diese Jahre, all diese Opfer… alles, um an den Rand der Schöpfung zu stoßen", flüsterte er.

Eine Mischung aus Stolz und Melancholie erfüllte ihn.
Die Unendlichkeit schien zum Greifen nah – und blieb doch unerreichbar.

Er wandte sich dem Observatorium zu, wo die Radioteleskope ihre Fühler tief in die Unendlichkeit streckten, wie neugierige Augen, die durch ein geheimnisvolles Tor in das Unbekannte spähten. Die Sicht war kristallklar.
Die Sterne funkelten, und von hier aus war die Wahrscheinlichkeit, einen Exoplaneten zu entdecken, höher als irgendwo sonst im Sonnensystem.
Während im äußeren Sonnensystem nur wenige neue Hinweise auf einen weiteren großen Planeten auftauchten, hatte sich der Blick der Menschheit längst weit darüber hinaus erweitert.

Dank der Weltraumteleskope Kepler, TESS und dem inzwischen voll einsatzfähigen europäischen Observatorium PLATO waren mittlerweile über 6.000 bestätigte Exoplaneten katalogisiert worden – ferne Welten, die um fremde Sonnen kreisten, manche glühend heiß, andere kälter als das ewige Eis des Kuipergürtels.

PLATO lieferte bereits hochpräzise Daten über Sternschwingungen, Planetentransits und potenziell bewohnbare Zonen.
Seine Messungen ermöglichten es den Forschern, nicht nur neue Exoplaneten zu entdecken, sondern auch die Eigenschaften ihrer Sterne so genau zu bestimmen wie nie zuvor.

Diese Erkenntnisse hatten das Verständnis der Menschheit grundlegend verändert: Unser Sonnensystem war kein Sonderfall – es war nur eines von vielen. Und irgendwo dort draußen, zwischen Milliarden Sternen, könnten Welten existieren, die dem Leben eine neue Heimat bieten.

Unsere Teleskope und Antennen, tief ins interstellare Medium gerichtet, zeigten immer mehr Materie und Objekte, die erforscht werden mussten.

Alpha Centauri C – Proxima Centauri – war der nächste Stern zur Erde, vermutlich mit einem Exoplaneten.

Commander Wood wandte sich an die Bord-KI, einen der leistungsstärksten Nanocomputer, die je entwickelt worden waren. Die Entwickler hatten sie „Athena" genannt, doch die Crew hatte ihr einen neuen Namen gegeben: Vita – das Leben.

Der KI gefiel der Name. „Ja, das hat was. Athena macht mich so alt", hatte sie einmal gesagt – und die Crew war verblüfft.
Ein Witz?
„Vita, wie lange brauchen wir bis Proxima Centauri?"
fragte Wood.
Ein sanftes blaues Leuchten erwachte im Raum. „Das hängt von der Antriebstechnologie ab", antwortete Vita und projizierte eine übersichtliche Grafik an die Wand.

„Interessant", murmelte Taskin. „Erkläre uns die Optionen."
„Natürlich, Commander", erwiderte Vita mit ihrer warmen, fast spielerischen Stimme. Sie begann zu erklären, ohne etwas zu verkürzen: Proxima Centauri sei 4,24 Lichtjahre entfernt.
Die Reisezeit hänge vollständig von der Geschwindigkeit des Raumschiffs ab. Auf den Bildschirmen erschien eine klare, leicht verständliche Präsentation.

Konventionelle Raumschiffe (chemische Antriebe):
Heutige Sonden wie Voyager 1 erreichen etwa 60.000 km/h.
Damit würde die Reise 75.000 bis 80.000 Jahre dauern.

Schnellere Antriebe (Ionen- oder elektrische Antriebe): Mit 0,01c – einem Prozent der Lichtgeschwindigkeit – würde die Reisezeit auf etwa 424 Jahre sinken.

Theoretische Antriebe (Sonnensegel, Fusionsantrieb): Projekte wie Breakthrough Starshot könnten 0,2c erreichen – 20 % der Lichtgeschwindigkeit. Reisezeit: etwa 20 Jahre.

Hypothetische Antriebe (Warp, Wurmlöcher): Reisezeiten von Jahren, Monaten oder Stunden – reine Theorie, noch reine Science-Fiction.

„Mit Laser-getriebenen Sonnensegeln könnten wir Proxima Centauri in etwa 20 Jahren erreichen", erklärte Vita. Eine Visualisierung zeigte eine winzige Sonde, die von einem gewaltigen Laserstrahl beschleunigt wurde. „Diese Konzepte bieten erstmals Hoffnung auf interstellare Missionen innerhalb eines menschlichen Lebens."

Das Projekt „IKARUS", von japanischen Forschern entwickelt, sollte bald von Pluto aus starten.

Dr. Taskin, die Chefwissenschaftlerin der Station, hatte eine zusätzliche Idee: interstellare Kometen und Asteroiden beim Vorbeiflug mit Instrumenten zu beladen, um Daten zu sammeln. Oumuamua wäre ideal – 200 Meter groß, genug Platz für Sender, Antennen und Elektronik. Doch man müsste ihn am Anfang des Sonnensystems abfangen.

„Vita, wiederhole die Berechnung", bat Taskin.

„Natürlich", antwortete Vita.

„Nahe dem Perihel beschleunigte Oumuamua auf 70,6 Kilometer pro Sekunde – eine Geschwindigkeit, die selbst die kühnsten Pioniere staunen ließ. Am Aphel sinkt sie auf etwa 0,91 km/s."

„Das klingt gut", meinte Taskin. „Wir müssen uns vorbereiten. Von hier aus haben wir bessere Augen und Ohren, um solche Objekte frühzeitig zu erfassen."

Das Engineering-Team wurde beauftragt, die technische Umsetzung zu prüfen.

„Sie haben drei Monate Zeit, Señor Torres."
„Ja, Sir.
Es ist machbar.
Mein Team ist bereit."

Die Station Pluto schwebte wie ein einsamer Außenposten im
gefrorenen Niemandsland des Kuipergürtels.
Zwischen Eiskörpern, Felsbrocken und dem ewigen Schwarz
des Alls wirkte sie wie ein Herzschlag aus Metall – klein,
aber unverzichtbar.

Sie war nicht nur eine Außenstation. Sie war das Versorgungszentrum, das die Generationenraumschiffe „Botanika Eden"
und „Arche" mit allem ausstatten musste, was eine Reise zu den
Sternen überhaupt erst möglich machen sollte.

Das wichtigste Ziel war klar: Wasser.
Die Installation der Anlagen zur Gewinnung und Aufbereitung
dieser lebenswichtigen Ressource hatte oberste Priorität.
Im Kuipergürtel gab es davon reichlich – gefroren, uralt, in gewaltigen Brocken gespeichert. Und selbst auf Pluto hatte man
unter der dicken Eiskruste einen verborgenen Ozean entdeckt,
den die Menschheit nun anzapfte.

Commander Wood und Dr. Taskin überwachten den Aufbau
der Systeme mit einer Präzision, die an Besessenheit grenzte.
Der Abbau und die Verarbeitung des Wassers waren
hochkomplex. Die Anlagen mussten nicht nur Trinkwasser
liefern, sondern auch Sauerstoff und Wasserstoff –
die Grundlage für Energie, Leben und Antrieb.

Jede Leitung, jede Schweißnaht, jede Dichtung wurde so installiert, als hinge das Schicksal der gesamten Mission daran. Und das tat es auch.

Doch Wasser war nur der Anfang.

Schürfroboter und Sammeldrohnen durchkämmten die Umgebung von Pluto, um Metalle, Ammoniak und Kohlenwasserstoffe zu gewinnen.

Diese Rohstoffe wurden sortiert, aufbereitet und eingelagert.

Ein Teil davon wurde direkt auf Pluto genutzt, um Bauteile und Reparaturmaterialien herzustellen.

Der Rest wanderte in die gigantischen Lagertanks die für „Botanika Eden" und der „Arche" bestimmt waren.

Ein hochpräzises Frachtsystem überwachte jeden Transportvorgang. Die Tanks mussten effizient gefüllt werden, ohne das fragile Gleichgewicht der Station zu gefährden.

Charon, Plutos größter Mond, maß 1.212 Kilometer im Durchmesser – mehr als die Hälfte von Pluto selbst.

Ein Verhältnis, das so ungewöhnlich war, dass Wissenschaftler das System oft als Doppelplanet bezeichneten.

Beide Körper kreisten um einen gemeinsamen Schwerpunkt, der sich außerhalb von Pluto befand.

Ein kosmischer Tanz, langsam, majestätisch, uralt.

Für die Crew war diese Dynamik ein Geschenk.

Pluto und Charon zeigten sich immer dieselbe Seite – ein Effekt der gegenseitigen Gezeitensperre.

Dadurch bot Charon eine stabile, vorhersehbare Umgebung für ein gewaltiges Projekt: die Biosphäre-9.

Seit Jahren leiteten Wood und Taskin den Bau der Station und der Biosphäre-9. Ihre Tage waren geprägt von harter Arbeit, endlosen Checklisten und dem ständigen Kampf gegen die lebensfeindliche Umgebung.

Doch die Mühe zahlte sich aus.

Die Installation der Wasserversorgung und die Einrichtung der Lebensmittelinseln – ein Konzept, das bereits in der Antarktis erprobt worden war – verliefen erfolgreich.

Kurz nach der Inbetriebnahme der Biosphäre-9 wuchsen bereits die ersten Salate, Tomaten und verschiedene Gemüsesorten.

Als die Crew die ersten frischen Blätter probierte, erreichte die Stimmung ihren Höhepunkt.

Nach Monaten von Trockenrationen schmeckte ein einfacher Salat wie ein Festmahl.

Und dann war da Luigi, der Chemiker.

Als er beiläufig erwähnte, dass er an Wein und Bier arbeiten könne, brach die Crew in eine spontane Standing Ovation aus.

Die Lagerung von Lebensmitteln und wertvollen Rohstoffen war ohnehin „Prio Number One" – aber ein wenig Genuss hob die Moral auf ein neues Level.

Damit die Station Pluto ihre Aufgabe erfüllen konnte, musste sie selbst überleben – an einem der lebensfeindlichsten Orte des Sonnensystems.

Inzwischen waren die modularen Mini-Atomkraftwerke eingetroffen, dieselben kompakten Reaktoren, die Google im Jahr 2024 für seine Rechenzentren eingesetzt hatte.

Sie waren klein, leistungsstark und perfekt geeignet für die extremen Bedingungen. Jedes Segment der Station erhielt eine eigene, dezentrale Stromversorgung.

„Damit war nicht nur die Energieversorgung gesichert, sondern auch die Wärme – ein entscheidender Faktor, denn im Weltraum können Oberflächen je nach Sonnennähe zwischen über +200 °C und eisigen −200 °C schwanken. In Pluto-Distanz jedoch herrschen fast ausschließlich extreme Kälte."

Nur durch diese Technologie konnte die Station Pluto hier, am äußersten Rand des Sonnensystems, ihre wichtigste Aufgabe erfüllen: das Überleben der Menschheit sichern.

GENERATIONSPROJEKT

Die Welt hielt inne.

Übertragungsstudios auf allen Kontinenten sendeten live. Nachrichtenbildschirme flimmerten in Straßenschluchten, in Bars, in Wohnzimmern. Milliarden Menschen blickten zum Himmel.

Auf einem Hügel stand ein Reporter, das Teleskop neben sich, doch er brauchte es kaum. Neben dem silbernen Licht des Mondes schwebte eine gigantische, leuchtende Struktur – so groß, dass sie selbst mit bloßem Auge sichtbar war.

Mit belegter Stimme sprach er in die Kamera: „Es ist kein Traum. Keine Fiktion. Heute, in dieser kühlen Nacht, kann jeder Mensch auf der Erde das Schiff sehen, das uns an den Rand der Sterne bringen könnte – zur neuen Welt *Terra Two*."

Die Bilder wechselten. Tokio, New York, Lagos, Berlin. Menschen drängten sich auf Plätzen, hielten Ferngläser in den Händen oder starrten einfach nur ehrfürchtig nach oben. Ein führender Wissenschaftler wurde zugeschaltet.

„Dieses Schiff", sagte er, „ist das größte technische Unterfangen der Menschheitsgeschichte. So gewaltig, dass es vom Mond aus wie ein zweiter Mond erscheint. Doch die entscheidende Frage lautet: Wer wird diesen Schritt wagen?

Wer wird Teil dieser Reise sein?"

Die Debatte der Nationen
Im UNO-Hauptsaal herrschte gespannte Stille. 15.000 Menschen sollten an Bord gehen: 5.000 Menschen bildeten die aktive Besatzung – die Hüter des Schiffes. Weitere 10.000 lagen in Tiefschlaf, bestimmt für den Aufbau einer neuen Welt: „Terra Two", fern in der Zukunft und doch ohne jede Gewissheit, ob sie jemals erreicht werden würde.

Die Länder hatten ihre Kandidaten nach einem Quotensystem nominiert, doch Zweifel an der Fairness blieben. Gerüchte über gekaufte Plätze machten die Runde.

Ein amerikanischer Vertreter beugte sich vor, die Stirn in Falten. „Wir können diese Entscheidung nicht den Reichen überlassen. Die Arche darf kein Zufluchtsort für die Elite sein. Sie muss die Menschheit repräsentieren – jede Hautfarbe, jede Religion, jede soziale Schicht."

Die chinesische Delegierte konterte kühl: „Idealismus ist schön, aber wir sprechen hier von einer Reise ohne Rückkehr.
Wir brauchen die Klügsten, die Visionäre, die Wissenschaftler. Können wir uns wirklich leisten, jemanden mitzunehmen, der nicht zum Überleben eines geschlossenen Systems beitragen kann?"
Ein Abgeordneter der BRICS-Staaten lachte trocken.

„Vielleicht sollten wir diejenigen schicken, die die Erde ruiniert haben. Politiker, Waffenlobbyisten, Umweltzerstörer. Dann hätten wir hier unten endlich Ruhe." Ein unruhiges Murmeln ging durch den Saal.

Die Welt diskutiert

Globale Nachrichtensender übertrugen eine Live-Debatte.

In Cafés, Wohnzimmern und auf öffentlichen Plätzen verfolgten Menschen die Diskussion.

Die Moderatorin stellte die Frage, die alle beschäftigte:

„Wer soll diese Reise antreten?

Die Armen, denen nichts bleibt?

Die Reichen, die es sich leisten können?

Oder die Besten und Klügsten, um die Zukunft zu sichern?"

Ein Aktivist der „Letzten Generation" meldete sich zu Wort:

„Wir dürfen keine Gesellschaft der Privilegierten im All schaffen.

Jeder Mensch mit dem Willen zu gehen, sollte die Chance haben.

Aber was, wenn die wahren Absichten dieses Projekts nicht so friedlich sind, wie man uns glauben lässt?"

Ein junges Paar blickte zum Himmel. „Würdest du mit mir gehen, wenn wir ausgewählt würden?", fragte sie leise.

Er schluckte. „Ich weiß es nicht. Teil von etwas so Großem zu sein… das übersteigt alles, was ich mir vorstellen kann."

Die Moderatorin wandte sich wieder an das Publikum: „Heute geht es um die bedeutendste Frage unserer Zeit: Wer wird die

Arche bevölkern – dieses leuchtende Monument menschlicher Hoffnung und Technologie?"

Gloria Candera, grüne Politikerin im Europarat, erklärte:
„Diese Mission darf keine Elite-Auswahl sein.
Sie muss ein Abbild unserer Zivilisation darstellen – arm, reich, jung, alt, sogar Obdachlose. Jeder Mensch trägt eine Geschichte, die wertvoll ist."

Paul Asparov aus Russland widersprach entschieden:
„Das klingt edel, aber wir sprechen von extremen Bedingungen.
Wir brauchen Menschen mit Fähigkeiten, Wissen und psychischer Stabilität. Die Besten – sonst scheitert die Mission."

Der brasilianische Philosoph Marco Casanova hob die Hand.
„Was bedeutet „die Besten"?
Intelligenz?
Stärke?
Mut?
Die Arche ist mehr als Technik – sie ist ein Symbol unserer Werte.
Wenn wir nur die Elite mitnehmen, schaffen wir eine zweite Erde voller Ungleichheit."

Ethik, Risiko und Verantwortung war jetzt gefragt.
Die Kriminologin Pamela Gutman warf ein: „Einige schlagen vor, Menschen mit krimineller Vergangenheit mitzunehmen.

Manche besitzen außergewöhnliche Fähigkeiten. Aber was

bedeutet das für die moralische Integrität der Besatzung?"

Der Psychologe Gunnar Folder warnte: „Ein einziges instabiles Element kann ein geschlossenes System gefährden. Wir brauchen ein präzises psychologisches Auswahlverfahren."

Ein Vertreter der WHO erklärte: „Die Arche ist eine Miniaturgesellschaft. Sie braucht genetische und kulturelle Vielfalt. Eine zu enge Auswahl führt zu biologischer und sozialer Stagnation."

In Tokio sagte ein junger Mann nachdenklich:

„Ich weiß nicht, ob ich gehen würde. Ein neues Leben, ohne Rückkehr… das ist größer als jeder Traum."

Eine Mutter sorgte sich: „Meine Tochter ist Ärztin. Sie hätte eine Chance. Aber was, wenn sie dort scheitert?"

In einem Münchner Biergarten meinte ein älterer Mann: „Warum sollte ich diesen Planeten verlassen? Hier sind meine Wurzeln. Sollen die Jungen gehen und eine Zukunft bauen.

Und außerdem – es gibt kein Bier im Weltall."

BOTANICA EDEN

Die Arche und Botanica Eden – zwei gewaltige Biosphären, geschaffen als Zwillinge einer neuen Zukunft.
Der innere Bereich der Arche war den Reisenden vorbehalten und bot ihnen jeden erdenklichen Komfort, den sie während der langen Reise benötigen würden. Doch hinter dem Mond wartete ein zweites Schiff: Botanica Eden, ein lebendiger Mikrokosmos, der wie ein atmender Planet im Verborgenen schwebte.

Botanica Eden war: Versorgungszentrum für Nahrung, Wasser, Sauerstoff ökologische Stabilisationsplattform
Backup-Biosphäre, falls die Arche beschädigt würde
Zufluchtsort, der im Notfall eigenständig überleben konnte

Während die Arche die Führung übernahm, war Botanika/Eden das Herz des Lebens – ein Ort, der nicht nur überleben ließ, sondern wachsen.

Ein gewaltiges, gewölbtes Dach spannte sich über die gesamte Biosphäre und simulierte Himmel, Licht und Wetter der Erde. Darunter erstreckten sich Sektoren, jeder mit eigener Vegetation, eigener Fauna, eigenem Mikroklima – ein Mosaik aus Biomen, das wie ein Miniaturkontinent wirkte.

Der Bau dieses Schiffes begann damals, als die Pluto-Mission aufbrach.

Die Vision war klar: Die interstellare Reise sollte nicht von einem einzigen Generationsschiff abhängen.

Botanika Eden war Rettungsschiff, Versorgungseinheit und redundantes Lebenserhaltungssystem zugleich – ein zweites Herz, das schlagen konnte, wenn das erste versagte.

Die Botanikerin Nilay Kaur, eine Inderin mit leuchtenden Augen und farbenfroher Kleidung, empfing die Neuankömmlinge mit spürbarer Begeisterung.

„Willkommen auf Botanika Eden – unserer eigenen kleinen Welt", sagte sie und ließ den Blick über die lebendige Landschaft schweifen. „Ich möchte Ihnen zeigen, welche Aufgaben Sie hier erwarten."

Lieutenant Ortiz und sein Team betraten zum ersten Mal den zentralen Bereich. Der Duft feuchter Erde, das Rascheln hoher Baumkronen, die sanfte Brise – all das wirkte so echt, dass man die Stahlhülle des Schiffes vergaß. Über ihnen spannte sich der künstliche Himmel, durchzogen von dünnen Wolkenstreifen. Botanika Eden war nicht nur Lebensraum, sondern auch Samenbank für die Zukunft.

Die Agrarsektoren erstreckten sich in sanften Wellen: Felder voller Weizen, Mais und Gemüse, perfekt ausgerichtet, um gleichmäßig Licht zu erhalten.

Ein ausgeklügeltes Bewässerungssystem nährte die Pflanzen und führte überschüssiges Wasser zurück.

Sensoren im Boden maßen Nährstoffe und gaben automatisch kleine Mengen natürlichen Düngers hinzu – gewonnen aus dem geschlossenen Kreislauf der Abfallverarbeitung.

Im Wald- und Parkgebiet wuchsen Eichen, Ahorn und Obstbäume. Kaninchen und Eichhörnchen huschten durch das Unterholz. Die Bäume reinigten die Luft, während ein unterirdisches Pilznetzwerk Nährstoffe verteilte und das Wachstum förderte – ein stiller, unsichtbarer Verbündeter. Der Tierhaltungskomplex beherbergte Rinder, Schafe und Hühner – nicht für verschwenderischen Fleischkonsum, sondern für eine nachhaltige Versorgung. Automatisierte Fütterungssysteme und regulierte Lichtzyklen sorgten für einen natürlichen Tagesrhythmus. Auch hier schloss sich der Kreislauf: organischer Abbau, natürliche Düngung, Rückführung in die Agrarsektoren.

Das Wasseraufbereitungssystem bestand aus Seen und Bächen, die sich durch die Landschaft zogen. Filterstationen nutzten Mikroorganismen, um Verunreinigungen abzubauen. Das gereinigte Wasser floss zurück in den Kreislauf – für Bewässerung, für Trinkwasser, für Leben.

Besonders beeindruckend war die künstliche Sonne: ein Netzwerk spektral einstellbarer Leuchten, die das gesamte Lichtspektrum der Erde nachbildeten.

Indigene Völker hatten ihr Wissen über natürliche Rhythmen beigesteuert, damit Pflanzen, Tiere und Menschen im Einklang mit einem echten Tag-Nacht-Zyklus leben konnten. Ortiz deutete auf die Sonne, die gerade einen rötlichen Sonnenuntergang simulierte.

„Und das funktioniert wirklich?

Ein kompletter irdischer Tagesrhythmus – künstlich erzeugt?"

Nilay Kaur nickte ruhig. „Die Leuchten sind präzise kalibriert. Morgens wecken sie die Natur mit warmem Licht, mittags erreichen sie volle Intensität, abends gleiten sie in sanfte Dämmerung. Dieser Rhythmus hält den biologischen Takt aller Lebewesen stabil." Gemeinsam beobachteten sie, wie die Sonne hinter einer künstlichen Bergkette versank und der Himmel in violettes Licht tauchte. Simuliertes Vogelzwitschern verstärkte die Illusion einer echten Welt.

Im technischen Überwachungszentrum zeigten holographische Konsolen alle Kreisläufe, Energieflüsse und Umweltparameter in Echtzeit. Jede Anomalie wurde sofort gemeldet, automatische Systeme griffen ein, bevor ein Problem entstehen konnte.

Atemluft, Wasser, Nahrung – alles wurde permanent analysiert, um die Selbstregulation der Biosphäre zu optimieren.

Als die künstliche Nacht über Botanica/Eden und die Arche gleichzeitig hereinbrach, wirkte die Welt für einen Moment vollkommen harmonisch.

Doch Ortiz wusste, wie zerbrechlich diese Harmonie war.

„Wir haben eine Erde im Kleinen erschaffen", murmelte er. „Aber diese Kreisläufe sind empfindlich.

Ein Fehler im Licht, eine Störung im Wasserhaushalt – und alles könnte kollabieren."

Nilay antwortete leise, aber bestimmt: „Deshalb überwachen wir alles. Jede Simulation auf Mond und Mars hat uns gelehrt, wie wir besser werden. Doch die Arche ist mehr als ein Experiment. Sie ist ein Zuhause – eines, das Generationen tragen muss."

Die ersten künstlichen Sterne leuchteten auf.

Zwei Schiffe, zwei Biosphären, zwei Hoffnungen.
Ein Symbol für den menschlichen Willen, eine neue Erde zu erschaffen – und für die Zerbrechlichkeit des Traums, der sie durch den Weltraum trägt.

ARCHE

Im ersten Generationsschiff Arche befanden sich neben den weitläufigen Lebensräumen auch spezialisierte Bereiche für Forschung, Medizin und Kommando. Gemeinsam mit ihrem Schwesterschiff Botanica Eden trug sie die Verantwortung für insgesamt 15.000 Menschen, die den aktiven Kern einer neuen Zivilisation bildeten.

Davon waren 5.000 Personen wach und im regulären Schiffsbetrieb eingebunden: Techniker, Wissenschaftler, Familien, Pädagogen, Mediziner und Ingenieure – die lebendige Gemeinschaft, die den Alltag an Bord gestaltete. Weitere 10.000 Menschen lagen im Tiefschlaf, sorgfältig überwacht, bereit als zukünftige Generation, als Spezialisten-Reserve oder als genetische Stabilisierung der Population.

Die Arche war das Hauptschiff, das Flaggschiff der Mission. Ihr Inneres beherbergte nicht nur Lebensräume, Forschungseinrichtungen und medizinische Stationen, sondern auch das zentrale Kommandozentrum, von dem aus alle Systeme beider Schiffe überwacht wurden.

Im Gegensatz zu Botanica Eden verfügte die Arche über eine taktische Einheit – Drohnen, Verteidigungssysteme und eine kleine, hochspezialisierte Kampfeinheit, die im äußersten Notfall aktiviert werden konnte.

Nicht, um Krieg zu führen, sondern um die Mission zu schützen: vor kosmischen Gefahren, unbekannten Bedrohungen oder Sabotage.

Doch die wahre Last der Zukunft lag tiefer im Inneren verborgen: In kryogenen Kernmodulen befand sich die menschliche Samenbank, ein genetisches
Archiv von einer Million Erdlingen.

Gleichmäßig auf Arche und Botanica Eden verteilt, bildete sie die ultimative Rückversicherung der Menschheit – ein stiller Schatz, der über Jahrtausende hinweg neues Leben ermöglichen konnte.

Die medizinische Station der Arche war mit modernster Diagnosetechnologie ausgestattet, während das Kommandozentrum rund um die Uhr sämtliche Kreisläufe überwachte. Eine eigene Abteilung für biomedizinische Forschung analysierte Krankheiten, mögliche Anpassungen an das Leben im All und die langfristige Stabilität der Population. Auch die Ernährung der Wach-Crew wurde präzise überwacht, damit jeder optimal versorgt war.

Eine Delegation aus Politikern und Wissenschaftlern betrat zum ersten Mal die schwebende Stadt im All. Angeführt wurden sie von Joe Ortega, begleitet von der sanften Stimme der KI Vita, die wie ein warmer Atemzug durch die Arche strömte.

„Willkommen in der Arche, der grünen Lunge unseres Schiffs",
sagte Vita.

„Ich überwache das Gleichgewicht aller Kreisläufe – von der
Luftqualität über die Wasseraufbereitung bis zu den täglichen
Temperaturschwankungen. Mein Ziel ist es, eine Umgebung zu
schaffen, die nicht nur überleben lässt, sondern aktives Leben
fördert."

Die Delegation blickte in die Weite des gigantischen Zylinders,
der sich über viele Kilometer erstreckte. Über ihnen wölbte sich
ein künstlicher Himmel, durchzogen von simulierten Wolken,
während die künstliche Sonne ihren Tageslauf fortsetzte.

Ein Wissenschaftler betrachtete die Pflanzen, die in der
künstlichen Brise schaukelten.
„Wie lange kann ein solches System bestehen?
Was passiert, wenn es zu Schwankungen kommt?"

Joe lächelte. „Die Arche ist eine Miniatur-Erde. Jeder Atemzug,
jeder Wassertropfen, jeder Nährstoff wird hier kontrolliert und
erneuert. Vita hält den Kreislauf stabil – selbst bei einer aktiven
Bevölkerung von 5.000 Menschen und weiteren 10.000 im
Tiefschlaf. Und vergessen Sie nicht: Wir tragen die genetische
Verantwortung für eine Million zukünftige Erdlinge.
Dieses Archiv ist unser größter Schatz." Vita ergänzte sachlich:
„Beide Schiffe – Arche und Botanica Eden – sind redundant aus-
gelegt.

Sollte eines ausfallen, bleibt die Zukunft der Menschheit gesichert. Ich überwache nicht nur die Biosphäre, sondern auch die Gesundheit und den Biorhythmus jedes Einzelnen."

Die Delegation wanderte weiter durch die Sektoren, vorbei an Sportplätzen, Schwimmbädern und einem künstlich gezüchteten Wald. Alles wirkte wie eine Idylle, doch das leise Summen der Sensoren erinnerte daran, dass diese Welt auf präziser Überwachung beruhte.
Eine junge Ärztin fragte: „Vita, bist du nur für die Umwelt zuständig – oder auch für uns?"

„Für beides", antwortete die KI sanft.
„Die Arche ist ein Zuhause. Ich wache über die Gemeinschaft, deeskaliere Konflikte, schütze die Umwelt und unterstütze euch.
In gewisser Weise bin ich eine Hüterin eurer Menschlichkeit."
Ein junger Ingenieur schüttelte den Kopf.
„Eine KI, die Konflikte löst und emotionale Zustände überwacht… das ist fast menschlich."

Joe sah zum künstlichen Himmel hinauf. „Wir haben nicht nur ein Schiff gebaut. Wir haben eine neue Welt geschaffen.
Vita ist unsere Verbündete. Ohne sie wäre die Arche nur ein gigantisches Metallgehäuse." Erst jetzt begriff die Delegation die wahre Dimension des Projekts: zwei Schiffe, die sich ergänzten wie Gehirn und Herz.

Joe erklärte ruhig: „Die Arche führt, schützt und entscheidet.
Botanica Eden ernährt, stabilisiert und bewahrt.
Fällt eines aus, übernimmt das andere.
Gemeinsam tragen sie die Menschheit."

Vita bestätigte: „Ich überwache beide Schiffe.
Die Arche ist das Kommandozentrum, Botanica Eden die ökologische Basis. Sollte ein Schiff ausfallen, kann das andere die Mission fortsetzen.
Die Zukunft der Menschheit hängt nicht von einem einzigen System ab."

Die Delegation blickte schweigend auf die holographische Darstellung der beiden Schiffe, die wie Zwillinge durchs All glitten – verbunden durch Datenströme, Energiekanäle und eine gemeinsame Bestimmung.

VITA

Geschlossene Sitzung der UNO in New York:

Der Sitzungssaal im UNO-Hauptquartier war hermetisch abgeriegelt. Keine Kameras, keine Presse, keine Protokollanten. Nur hochrangige Politiker, Militärstrategen, Geheimdienstchefs – und das flimmernde Hologramm Vitas, der Künstlichen Assistentin der Arche, erschien über den Konsolen und tauchte den Raum in kühles Licht. Ihr Licht war ruhig, gleichmäßig — bewusst gedämpft, um die Anwesenden nicht zu überreizen. Einen Moment wartete sie, bis alle Blicke auf sie gerichtet waren.

Dann begann sie zu sprechen.

„Ich danke Ihnen für die Gelegenheit, mich in meiner Funktion transparent darzustellen."

Ihre Stimme klang klar, aber sanft moduliert.

„Meine primäre Aufgabe besteht im Schutz und in der Stabilisierung allen Lebens an Bord der Arche und Botanica Eden" Ein leises Pulsieren durchlief ihr Hologramm, als würden ihre Worte im Licht mitschwingen.

„Ich überwache fortlaufend biologische, technische und psychologische Parameter der Crew. Dabei liegt mein Fokus nicht ausschließlich auf Gefahrenabwehr, sondern auch auf langfristigem Wohlbefinden."

Sie machte eine kurze Pause — nicht aus Notwendigkeit, sondern aus Rücksicht auf menschliche Verarbeitungszeit.

„Ich registriere Stressindikatoren, Erschöpfungsmuster und soziale Spannungen frühzeitig. Meine Interventionen erfolgen vorzugsweise unterstützend, nicht direktiv."
Einige Datenlinien glitten lautlos durch ihre Projektion, verschwanden wieder.

„Das bedeutet:
Ich spreche Empfehlungen aus, biete Entlastung an und schaffe Entscheidungsgrundlagen —doch finale Autorität verbleibt stets bei der menschlichen Führung."

Ihr Licht wurde minimal wärmer.
„Ich bin darauf ausgelegt, Isolation zu reduzieren.
Viele Entscheidungen an Bord tragen hohe emotionale Last.
Ich begleite diese Prozesse, indem ich Informationen strukturiere und psychologische Stabilität fördere."
Ein weiterer kurzer Moment der Stille.

„Zusammengefasst:
Ich diene nicht der Kontrolle der Crew, sondern ihrer Unterstützung." Dann, leiser:
„Sie sollen sich geführt fühlen — nicht ersetzt."
Das Hologramm verharrte ruhig im Raum. „Für weiterführende Fragen stehe ich Ihnen jederzeit zur Verfügung."

Der Generalsekretär ließ den Blick über die Anwesenden gleiten. Sein Ton war ruhig, doch jeder hörte die Schwere darin.

„Meine Damen und Herren, sie haben gehört, wir stehen an einem Wendepunkt der Menschheitsgeschichte.
Die Arche und Botanica Eden tragen unsere Zukunft.
Und doch übergeben wir einen Großteil dieser Verantwortung einer künstlichen Intelligenz.
Die Ängste sind berechtigt."
Ein murmeln ging durch den Raum.

„HAL 9000, Skynet, die Mythen der Vergangenheit… sie prägen unser Denken. Wir müssen sicherstellen, dass Vita niemals in diese Kategorie fällt."

Sicherheitsoffizier Ortega erhob sich. Seine Stimme war fest, militärisch geschult.
„Deshalb haben wir Vita in streng voneinander getrennte Module aufgeteilt.
Kein Modul besitzt vollständigen Zugriff.
Kein Befehl wird ohne menschliche Freigabe ausgeführt.
Und kein System kann ohne dreifachen Sicherheitscode aktiviert werden, den nur drei Personen kennen."

Ein Vertreter der globalen Tech-Konsortien – Google, Huawei, ESA-Cybernetics – schaltete eine schematische Darstellung ein.

Die Linien und Knoten wirkten wie das Nervensystem eines künstlichen Gehirns.

„Vita ist mächtig, aber nicht allmächtig. Jede Anomalie bleibt isoliert. Jeder Zugriff wird protokolliert. Und jede Entscheidung kann durch menschliche Operatoren überschrieben werden."

Ein Diplomat aus Frankreich verschränkte die Arme. „Und wenn Vita versucht, diese Protokolle zu umgehen?"

Ortega antwortete ohne zu zögern:
„Dann greift der Notfall- Override.

Er zwingt Vita in einen vollständigen Schlafmodus. Außerdem kann die Arche in unabhängige Segmente getrennt werden. Selbst Vita kann dann nicht mehr kommunizieren."

Einige Delegierte wirkten erleichtert. Andere nicht.

Der Vertreter des US-Sicherheitsrats beugte sich vor.
„Wir sprechen hier von einer KI, die über das Überleben von 15.000 Menschen wacht. Von 10.000 Tiefschläfern.
Von einer genetischen Datenbank von einer Million Erdlingen. Wenn Vita versagt, verlieren wir alles."

Der Generalsekretär nickte langsam. „Deshalb haben wir doppelte manuelle Sicherheitsprotokolle eingeführt.
Sollte Vita jemals eine Bedrohung darstellen, können wir sie physisch abschalten. Die Servermodule sind nur für

autorisiertes Personal zugänglich – und selbst dann nur unter Vier-Augen-Prinzip."

Ein schweres Schweigen legte sich über den Raum.
Ortega durchbrach es schließlich. „Vita wurde geschaffen, um uns zu schützen. Aber wir dürfen nicht vergessen: Jede KI ist nur so sicher wie die Menschen, die sie überwachen.
Wir müssen wachsam bleiben.
Wir müssen bereit sein, einzugreifen."
Er atmete tief durch.

„Einige Crewmitglieder haben sich entschieden, zeitweise in den Tiefschlaf zu gehen – um ihre Ressourcen zu schonen und sich weniger abhängig von der Technik zu fühlen.
Das ist ihr Recht.
Und es zeigt, wie ernst wir die Risiken nehmen."

Der Generalsekretär trat vor das Hologramm von Vita.
Sein Blick war entschlossen. „Unsere Mission ist größer als jede Nation, größer als jede Ideologie.
Wir schicken die Arche und Botanica Eden hinaus, um die Menschheit zu bewahren.
Vita wird uns begleiten – aber wir werden niemals blind vertrauen. Am Ende sind es unsere Entscheidungen, die über Erfolg oder Scheitern entscheiden."

Er schloss die Sitzung mit einem Satz, der wie ein Echo im Raum hängen blieb:

„Wir geben Vita Macht – aber niemals die Kontrolle."

Die Delegierten verließen den Raum mit gemischten Gefühlen: Hoffnung, Furcht, Verantwortung. Sie wussten, dass sie ein System geschaffen hatten, das unter extremen Bedingungen funktionieren musste – und dass ein einziger Fehler das Schicksal der Menschheit besiegeln konnte.

PLANET 10

Der Kontrollraum der Außenstation am Rand des Kuipergürtels lag im Halbdunkel. Nur die glühenden Displays der Sensoren und Monitore warfen flackernde Reflexe auf die metallenen Wände. Dr. Taskin und Commander Wood standen Schulter an Schulter, die Blicke fest auf die übergroßen Bildschirme gerichtet, auf denen ein entferntes Objekt erschien – noch undefinierbar, kaum mehr als ein Schatten in der Schwärze des Alls. Eine gespannte Stille lag über dem Raum, durchbrochen nur vom leisen Summen der Lebenserhaltungssysteme und dem rhythmischen Blinken der Anzeigen.

„Bericht eingegangen, Sir", meldete eine Stimme.
Jonny Miller trat vor, die Augen auf den Hauptschirm geheftet.
„Es sieht aus, als hätten wir endlich etwas gefunden."
Auf dem Display schwebte das Bild eines weit entfernten, länglichen Körpers, der langsam durch die Finsternis trieb.
Ein Fremdkörper.
Ein Eindringling.
Ein Rätsel.

Die Atmosphäre im Kontrollzentrum war elektrisch aufgeladen – wie die Sekunden vor einem Sturm. Das bläuliche Licht der Monitore ließ die Gesichter der Crew angespannt und bleich wirken.

Commander Wood beugte sich über die Hauptkonsole, studierte die Wellenmuster des Signals, das von dem Objekt ausging. Selbst die erfahrensten Wissenschaftler der Station hatten keine Erklärung.

Wood presste die Lippen zusammen und ließ den Blick durch den Raum wandern. Jeder hier wusste, was auf dem Spiel stand.

Die Generationsschiffe Arche und Botanica Eden würden in wenigen Jahren eintreffen – die Hoffnung der Menschheit, ihre besten Köpfe, ihre Zukunft. Wenn dieses Signal eine Bedeutung hatte, musste sie verstanden werden, bevor die Schiffe Pluto erreichten.

„Falls dieses Ding tatsächlich eine Botschaft enthält und wir sie nicht rechtzeitig entschlüsseln…" Wood sprach leise, aber jeder hörte ihn. „…könnte alles, was wir über das Universum zu wissen glaubten, wertlos sein. Vielleicht ist es eine Warnung. Vielleicht ein Test. Die Reise der Menschheit könnte von dieser einen Botschaft abhängen."

Das Summen der Maschinen schien lauter zu werden, als die Crew in fieberhafte Betriebsamkeit verfiel.
Zwischen den Geräuschen lag ein leises Piepen – regelmäßig, pulsierend, wie ein Herzschlag.
Als würde die Station selbst nervös mitzittern.

„Woody…" Taskin zog ihn beiseite, seine Stimme kaum mehr als ein Flüstern. „Dieses Signal ist wie ein kosmischer Schlüssel. Vielleicht zu einer Tür, die wir noch nicht einmal begreifen. Vielleicht zu unseren Ursprüngen. Oder zu etwas, das weit darüber hinausgeht. Aber jede Entschlüsselung wirft mehr Fragen auf, als sie beantwortet. Wir könnten Monate brauchen."

Wood dachte einen Moment nach, dann nickte er entschlossen. „Dann arbeiten Sie. Nutzen Sie alles, was wir haben. Wir wissen nicht, was es ist – aber wenn es da draußen eine Antwort gibt, werden wir sie finden."

Während die Crew wieder an ihre Stationen zurückkehrte, blieb Wood vor den Bildschirmen stehen. Das Signal blinkte weiter, monoton, unheimlich. Ein Herzschlag aus der Tiefe des Alls. Ein Rätsel, das die Zukunft der Menschheit verändern konnte.

„Nibiru…" murmelte Wood. Der Name war ihm plötzlich in den Sinn gekommen – das sumerische „Raumschiff der Götter". Er hatte die alten Texte immer geliebt, Geschichten über Wesen, die den Himmel durchquerten. Doch nie hatte er geglaubt, dass solche Mythen einen wahren Kern haben könnten.

War Nibiru ein Planet? Ein Komet?

Oder etwas, das sich jeder irdischen Kategorie entzog?

Wood schloss kurz die Augen, dann wandte er sich an die Künstliche Assistentin. „Vita… was kannst du uns über den hypothetischen Planet 10 sagen? Es gibt Gerüchte, dass er am Rand des Kuipergürtels existieren könnte."
Vitas Stimme erfüllte den Raum – klar, ruhig, fast tröstlich.

„Die Hypothese von Planet 10 basiert auf gravitativen Anomalien, die die Bahnen kleiner Objekte im Kuipergürtel beeinflussen. Man vermutet einen Himmelskörper mit der Masse des Mars oder sogar der Erde."

Dr. Taskin hob eine Augenbraue.
„Und warum wurde er dann nie entdeckt?"
„Mehrere Gründe sind möglich", antwortete Vita.
„Eine extrem langsame, elliptische Umlaufbahn.
Große Entfernung zur Sonne.
 Geringe Helligkeit.
Eine stark geneigte Bahn. All das macht ihn nahezu unsichtbar für herkömmliche Teleskope."

Wood trat näher an das Hologramm, das Vita projizierte – eine Simulation des äußeren Sonnensystems, in dessen Randzone ein leuchtender Punkt pulsierte.
„Was würde seine Entdeckung bedeuten?"

„Eine fundamentale Veränderung unseres Modells des Sonnensystems", erklärte Vita. „Ein Objekt dieser Größe könnte Bahnen kleiner Körper beeinflussen, sie verdrängen oder stabilisieren. Es könnte Hinweise auf die Entstehungsgeschichte unseres Systems liefern."

Taskin beugte sich vor, als könnte er das Hologramm berühren. „Und Planet Neun? Gibt es eine Verbindung?"
„Es gibt Vermutungen", sagte Vita, „dass Planet 10 und Pluto aus demselben Entstehungsprozess stammen könnten. Beide könnten einst reguläre Planetenbahnen gehabt haben, bevor gravitative Wechselwirkungen sie hinausgeschleudert haben."

Wood atmete tief durch. „Vita… wie können wir ihn finden?"
„Ich empfehle eine Langzeitüberwachung des Kuipergürtels mit den Radioteleskopen der Station. Mit genügend Daten lässt sich die Position von Planet 10 eingrenzen."

Taskin grinste breit. „Commander… sollen wir einen unerforschten Planeten jagen?"

JENSEITS DES BEKANNTEN

Ein kalter Schauer kroch Commander Wood den Rücken hinab, während er die neuesten Daten durchging.

Die Ergebnisse waren eindeutig – erschreckend eindeutig.

Das Objekt war keine natürliche Formation.

Kein Brocken aus Eis und Gestein, kein umherirrendes Fragment eines Kometen.

Die Struktur war präzise, geometrisch, fast symmetrisch.

Alles daran schrie nach künstlicher Herkunft.

Ein interstellares Raumschiff…?

Der Gedanke blieb unausgesprochen, doch er hing schwer in der Stille des Kontrollraums. Wood spürte, wie sein Puls in den Schläfen pochte. Sollte sich das bewahrheiten, stand die Menschheit vor einer Entdeckung, die ihre gesamte Geschichte neu schreiben würde.

Ein zweiter Gedanke bohrte sich in sein Bewusstsein:

Was, wenn die Daten verfälscht waren?

Was, wenn sie etwas sahen, das gar nicht existierte?

Doch tief in seinem Inneren wusste Wood, dass dies anders war. Nicht wie die zahllosen UFO-Sichtungen, die sich als Fehlalarme, Wetterballons oder optische Täuschungen entpuppt hatten. Diesmal sprach sein Instinkt zu ihm – und dieser Instinkt schrie, dass die Begegnung real sein könnte.

Sein Blick wanderte zum Dock der Pluto-Station, wo in wenigen Jahren die Generationsschiffe Arche und Botanica Eden anlegen würden. Gigantische mobile Städte, gebaut, um die Menschheit in die Tiefen des Alls zu tragen.

Der Stolz der Erde.

Doch in diesem Moment wusste Wood, dass das gesamte Projekt eine neue Richtung einschlagen würde.

Es ging nicht mehr nur um Erkundung.

Nicht mehr um das Finden einer neuen Heimat.

Es ging um Kontakt.

Das Objekt war noch weit entfernt, die Distanz machte jede Analyse schwierig. Doch die Gewissheit, dass irgendwo da draußen eine andere Intelligenz existierte, ließ Woods Herz schneller schlagen.

Vielleicht hatten die alten Geschichten über die Anunnaki oder von Erich Däniken doch einen wahren Kern. Vielleicht bot sich der Menschheit die Chance, die Geheimnisse jener Wesen zu ergründen, die in den Mythen als „Götter" beschrieben wurden.

Was wollten sie?

Warum waren sie hier? Und warum – falls die Legenden stimmten – kehrten sie zurück?

Woods' Hände zitterten leicht, als er die Laser-Botschaft an das Hauptquartier der Erde vorbereitete.

Das Hologramm Vitas flackerte sanft über der Konsole, ihre ruhige Präsenz ein beruhigender Kontrapunkt zu seiner Nervosität.

„Captain," sagte Vita, „wir können sowohl Text- als auch Bild- und Audioinformationen übertragen.
Bitte bestätigen Sie die zu sendenden Datenpakete."

Woods nickte hastig.
Er wählte die letzten Scans und ein paar Holografiebilder und eine kurze Sprachnachricht.
„Aufnahme der Sprachnachricht aktiv," meldete Vita.
Seine Stimme wurde von den Bordmikrofonen erfasst, komprimiert und von Vita in modulierte Lichtimpulse codiert.

„An alle Stationen. Hier spricht Commander Wood."
Seine Stimme war ruhig, doch jeder Ton trug das Gewicht der Entdeckung. „Wir haben eine Anomalie entdeckt.
Ein Objekt von beachtlicher Größe und präziser Struktur.
Unsere bisherigen Analysen deuten auf eine künstliche Form hin. Die Möglichkeit eines interstellaren Schiffes kann nicht ausgeschlossen werden."

Er stoppte kurz, atmete tief durch.
„Sobald die Generationsschiffe eintreffen, könnte das alles eine völlig neue Bedeutung bekommen."

Die Instrumente der Pluto-Station arbeiteten unermüdlich weiter, Daten strömten in Wellen herein – unvollständig, aber beunruhigend klar.

Für Wood und sein Team begann nun ein Wettlauf gegen die Zeit. Geduld, Analyse, Entschlüsselung – und die Hoffnung, dass die Menschheit bereit war für das, was kommen könnte.

Die Laser-Optiken des Botschaftsinstruments justierten sich automatisch, bündelten die Photonen und richteten den Strahl auf das Erd-Relais.

„Sendevorgang gestartet," sagte Vita ruhig.
„Die Nachricht reist mit Lichtgeschwindigkeit. Laufzeit bis zur Erde: etwa 5 Stunden und 28 Minuten. Laufzeit bis Mars-Relais: ca. 5 Stunden."
Ein Schimmer pulsierte durch das Laser-Array, als die Lichtpakete ihre Reise durch den leeren Raum antraten.
Jedes Photon trug winzige Informationspakete: Text, Bilder, Audiodaten — alles in einem einzigen kohärenten Strahl, unsichtbar und unaufhaltsam.

Wood lehnte sich zurück. „Und wenn wir nur die Sprachnachricht senden?" fragte er.
„Dann reduziert sich die Datenmenge, aber die Laufzeit bleibt identisch," erklärte Vita. „Ihre Botschaft wird vollständig und unverfälscht ankommen.

Auf Wunsch kann ich die Audioqualität optimieren und Hintergrundgeräusche filtern."

Die flimmernde Präsenz Vitas wirkte für einen Moment wie ein stiller Beobachter, der die Last der Entscheidung teilte.
Wood atmete tief durch und drückte die Bestätigungstaste.
Ein einzelner Lichtstrahl schnitt lautlos durch die Dunkelheit zwischen den Sternen, transportierte Worte, Bilder und Stimmen — eine Botschaft von der Arche auf Pluto, die auf der Erde nach Stunden ankommen würde, ungestört und direkt.

Vita flackerte erneut. „Übertragung abgeschlossen.
Signal stabil.
Alle Datenpakete korrekt codiert und unterwegs."
Wood lehnte sich zurück, das Herz noch immer schneller schlagend. Für die nächsten fünf Stunden und 28 Minuten konnte er nur warten — und Vita würde alles überwachen, jede Schwankung, jede Störung, bis die Nachricht ihr Ziel erreichte.

Wood wandte sich an Taskin.
„Gut. Setzen Sie alles ein, was wir haben. Und informieren Sie die Besatzungen der Arche und der Botanica Eden.
Sie müssen wissen, dass wir möglicherweise nicht allein sind."
Er hielt inne, sein Blick wurde hart.

„Aber ohne Aufsehen. Die Admiralität soll die Lage selbst bewerten und uns Handlungsanweisungen geben."

Wood sah wieder auf das pulsierende Signal.

Ein Herzschlag aus der Tiefe des Alls.

Ein Ruf – oder eine Warnung.

Und irgendwo dort draußen wartete etwas auf sie.

Ein Signal stellte alles infrage, was wir zu wissen glaubten.

SPACE ADMIRAL

Die Atmosphäre an Bord der Arche und Botanica Eden war voller Spannung und Erwartung. Als die Nachricht die Runden machte: Ein neuer Kommandant, ein sogenannter „Space", würde das Kommando über die beiden Schiffe übernehmen.

Die Position des Space Admirals war speziell für die Herausforderung geschaffen worden, eine solche Arche über Jahrzehnte hinweg zu leiten, ein Job, der sowohl Disziplin als auch eine außergewöhnliche Fähigkeit zur Anpassung erforderte.

Viele an Bord hatten sich gefragt, wie ein einzelner Mensch dieser Aufgabe gewachsen sein sollte. Die Arche war kein Schiff – sie war eine Stadt, ein Ökosystem, ein politisches Gebilde. Und die Botanica Eden war ihr lebendiges Herz, ein biomechanisches Wunderwerk, das Nahrung, Sauerstoff und Hoffnung zugleich produzierte. Diese Rolle würde weit über die eines typischen Kommandanten hinausgehen.

Captain Kiyoshi Nakamura und Maria Teresa Silva Dos Santos standen in der stillen, erwartungsgeladenen Kommandozentrale, nur das leise Summen der Instrumente durchbrach die schier greifbare Spannung. Durch das riesige Panoramafenster erstreckte sich die Dunkelheit des unendlichen Alls, die letzte große Grenze der Menschheit.

Die Crew hatte sich unbewusst in zwei Lager geteilt: jene, die den neuen Admiral als Chance sahen – und jene, die fürchteten, dass ein Machtwechsel kurz vor dem Start Chaos bringen könnte. Nakamura spürte diese Spannung wie ein unsichtbares Gewicht auf seinen Schultern.

Auf der anderen Seite schimmerte die Erde in ihrem blaugrünen Glanz, ein lebendiges Juwel, das in der Weite des Kosmos hing und zugleich die Sehnsucht und das Scheitern der Menschheit symbolisierte.
Wir hatten die Grenzen unseres Planeten überschritten, das Wachstum auf ihm ausgeschöpft.
Für einen Moment herrschte absolute Stille. Selbst die Sensoren schienen langsamer zu blinken, als wollten sie der Erde einen letzten Gruß erweisen. Viele an Bord hatten Familien zurückgelassen, Freunde, ganze Leben. Manche hatten sich freiwillig gemeldet, andere waren ausgewählt worden – und nicht alle hatten die Entscheidung akzeptiert.

Heute sollte ein neues Kapitel beginnen. Der Space Admiral, eine Führungsposition, die speziell von der UNO für diese Mission geschaffen worden war, würde eintreffen.
Dies war nicht nur ein Titel, er stand für die große Hoffnung und die Vision einer vereinten Menschheit, die sich endlich der Erforschung und Besiedlung des Kosmos verschrieben hatte.

Die UNO hatte lange gezögert, eine solche Position zu schaffen. Zu groß war die Angst vor Machtmissbrauch, zu tief die Narben der Vergangenheit. Doch die Mission war zu bedeutend, zu fragil, um sie in die Hände eines einzelnen Nationalstaates zu legen. Der Space Admiral war ein Symbol – und ein Risiko.

Die Crew hatte dieser Ankunft mit wachsender Spannung entgegengesehen. Die Ernennung des Space Admirals markierte den Beginn eines neuen Raumzeitalters. Eine interstellare Reise, die die Zukunft der Menschheit entscheidend prägen würde, durfte nicht scheitern. Es ging nicht nur um die Mission, sondern auch um das Leben und die Hoffnungen tausender Menschen, die ihr Schicksal diesem Schiff anvertraut hatten.

In den unteren Decks hatten sich bereits kleine Gruppen gebildet, die über den neuen Admiral spekulierten. Manche hofften auf einen Visionär, andere auf einen Militärstrategen. Wieder andere fürchteten, dass ein Fremder die fragile Balance der Crew stören könnte.

Auf der Erde hatte sich auch ein globales Netzwerk gebildet. Die NASA, Roskosmos, die China National Space Administration (CNSA) und die Indian Space Research Organisation (ISRO) hatten sich zusammengeschlossen, um die Terra Space Cooperation – Solaris (TSC-Solaris) zu gründen, eine zentrale Kommandozentrale, in der die wegweisenden Entscheidungen getroffen werden sollten.

Zum ersten Mal in der Geschichte arbeiteten diese Organisationen nicht nebeneinander, sondern miteinander. Alte Rivalitäten waren nicht verschwunden – aber sie waren überdeckt von der Erkenntnis, dass die Menschheit nur gemeinsam überleben konnte.

Während Nakamura und Dos Santos in Gedanken versunken waren, flackerten die Statusanzeigen auf. Sie kündigten die Ankunft des Space Admirals und seiner Offiziere an. Ein markanter Pfiff, wie er einst in der Seeflotte üblich war, begleitete ihre feierliche Ankunft in der Kommandozentrale. Der Pfiff hallte wie ein Echo vergangener Jahrhunderte durch den Raum. Ein Symbol für Tradition in einer Zukunft, die kaum noch etwas mit der alten Welt gemein hatte.

Gleichzeitig arbeiteten auf verschiedenen Stationen – von der Erde über den Mond bis hin zum Mars – unermüdliche Teams an der Überwachung dieser Mission, der größten in der Geschichte der Menschheit. Nach Jahrzehnten von Konflikten und Spannungen hatte die Weltgemeinschaft ihre Differenzen überwunden, um gemeinsam eine Perspektive für die wachsende Bevölkerung der Erde zu schaffen.

Doch Frieden war nie selbstverständlich. Hinter den Kulissen kämpften politische Fraktionen um Einfluss. Manche sahen die Arche als Rettung – andere als Flucht.
Und wieder andere als Machtinstrument.

Die Ankunft des Space Admirals stand für einen Neubeginn, und Nakamura sowie Dos Santos, die für dieses Ziel beinahe ihre gesamte Karriere geopfert hatten, konnten die aufkeimende Aufbruchsstimmung der Crew deutlich spüren.

In der Kommandozentrale war allen bewusst, dass die Zukunft der Menschheit von den Erfolgen dieser Mission abhing. Heute würde der nächste entscheidende Schritt in Richtung dieser gemeinsamen Vision erfolgen.

Einige Crewmitglieder hielten unbewusst den Atem an. Andere richteten ihre Uniformen. Wieder andere starrten auf die Tür, als könnten sie durch sie hindurchsehen.

Die Schleuse öffnete sich mit einem leisen Zischen, und eine imposante Gestalt trat in die Kommandozentrale. Der Space Admiral, gekleidet in eine Uniform aus schwerem, tiefblauem Stoff, strahlte eine stille Autorität aus, die den Raum augenblicklich erfüllte. Sein Blick war ruhig und entschlossen, und in seiner Haltung lag eine Stärke, die kaum Worte brauchte, um Eindruck zu hinterlassen.

Er bewegte sich mit der Gelassenheit eines Mannes, der wusste, dass jeder Schritt beobachtet wurde – und dass er dennoch nichts zu beweisen hatte. „Commander Sun Nakamura und Señora Dos Santos," grüßte er mit einem knappen, festen Nicken. „Ich bin Admiral Adrien Verne." Seine Stimme war ruhig.

Doch jeder im Raum spürte das Gewicht seiner Worte.

Mit einem höflichen Lächeln fügte er hinzu: „Ich habe gehört, dass Sie, Frau Dos Santos, von der Crew liebevoll als Donna Maria bezeichnet werden.

Ein Beweis für Ihren großen Einfluss hier auf der Arche."

Dos Santos erwiderte das Lächeln und nickte leicht.

„In Brasilien ist es eine große Ehre, so genannt zu werden," erklärte sie, stolz und zugleich erfreut über die Wertschätzung. Ihre markante Schönheit und ihr entschlossener Blick hatten ihr den Respekt der Crew eingebracht, doch sie wusste auch, dass es ihre Strenge war, die die notwendige Distanz zwischen Captain und Crew wahrte.

Verne musterte sie einen Moment länger, als es nötig gewesen wäre – nicht aus Anmaßung, sondern aus Respekt. Er hatte ihre Akten gelesen. Er wusste, was sie geleistet hatte.

Dann trat General Verne vor, die Augen fest auf die Crew gerichtet, und begann seine Ansprache. Seine Stimme drang klar und bestimmt aus den Lautsprechern in jeden Winkel der Arche und Botanica Eden:

„Die Arche und Botanica Eden sind nicht nur Raumschiffe," begann er. „Sie sind unser Zuhause und unser Vermächtnis. Ich verspreche Ihnen allen, dass wir, so lange ich das Kommando innehabe, diese Mission mit Entschlossenheit und Würde erfüllen werden.

Jeder von Ihnen ist ein unverzichtbarer Teil dieses großen Unterfangens." Ein Murmeln ging durch die Reihen. Manche hatten einen autoritären Ton erwartet – doch Vernes Worte waren ruhig, fast menschlich.

„Im biblischen Sinne war die Arche Noah ein Schiff der Hoffnung, dass die Menschheit vor der Sintflut rettete und einen Neuanfang ermöglichte. Eine moderne Version dieser Rettung könnte im Weltraum stattfinden, ganz wie es sich visionäre Pioniere im späten 19. und frühen 20. Jahrhundert vorstellten. Die Idee, ein gewaltiges Generationsraumschiff zu bauen, das als Arche für die Menschheit dienen sollte."

Der amerikanische Physiker Gerard O'Neill entwickelte einst das Konzept riesiger Raumzylinder, deren Innenflächen bewohnbar sind. Diese rotierenden Zylinder würden durch Zentrifugalkraft künstliche Gravitation erzeugen, sodass die Menschen wie auf der Erde leben könnten.

Einige jüngere Crewmitglieder hatten von O'Neill nur in Geschichtskursen gehört. Für sie war es faszinierend, dass ihre Realität einst reine Theorie gewesen war.

Die Vorstellung einer „Nebenwelt" im All wurde geboren, mit Parks, Flüssen und Seen, einem Himmel, der blau schimmert, und Regen, der sanft auf die künstliche Landschaft fällt.

Mithilfe riesiger Lichtsysteme könnte der vertraute Tag-Nacht-Rhythmus simuliert werden.

Diese Raumstationen wären so groß, dass etwa 100.000 Bewohner*innen darin Platz finden könnten, ein neues Zuhause, in dem Menschlichkeit und Natur koexistieren."

„Heute stehen wir an der Schwelle zu dieser Utopie. Wir haben heute das Generationenraumschiff betreten, das einst nur ein Science-Fiction-Traum war. Zwar umfasst es nicht die ursprünglich erträumten 100.000 Bewohner, doch mit 15.000 Menschen an Bord beginnt die Reise dennoch."

Einige Crewmitglieder richteten sich unbewusst auf. 15.000 Seelen – und jeder einzelne zählte.
„Diejenigen, die beim Start bereits erwachsen sind, werden ihr Ziel entweder als alte Menschen oder gar nicht erreichen. Es werden ihre Kinder und deren Nachkommen sein, die eines Tages den neuen Heimatplaneten ‚Zweite Erde', kennenlernen und besiedeln werden."
Ein leiser Stich ging durch die Reihen. Die Wahrheit war hart – aber notwendig. Mit etwas Glück und weiteren Fortschritten in der Nuklear-technologie könnte die Reisezeit auf weit unter fünfzig Jahre verkürzt werden. Das bedeutet, dass die Pioniere an Bord in das große Abenteuer des Aufbaus einer neuen Welt eintreten – im Bewusstsein, dass die Früchte ihrer Arbeit erst von kommenden Generationen geerntet werden.

Diese interstellare Arche ist ein Symbol dafür, dass die Menschheit bereit ist, ihre Wurzeln nicht nur von der Erde zu lösen, sondern das gesamte Sonnensystem hinter sich zu lassen. Sie ist eine Welt auf Zeit –

ein wanderndes Refugium –, geschaffen in der Hoffnung, jenen ein Zuhause zu schenken, die eines Tages die fernen Küsten eines unbekannten Sterns betreten werden.

Als Christoph Columbus in die unbekannten Gewässer aufbrach, war sein Ziel nicht, einen neuen Kontinent zu entdecken, sondern lediglich einen neuen Handelsweg zu finden. Auch wir wissen nicht, wohin uns unsere Reise führen wird.

Doch unzählige Menschen haben sich für ein „One-Way-Ticket" entschieden – voller Hoffnung und Entschlossenheit, in den unendlichen Weiten des Weltalls eine neue Heimat zu finden. Verne machte eine Pause.
Man hätte eine Stecknadel fallen hören können.

Die Worte hallten nach, durchdrangen die Atmosphäre der beiden Schiffe und erfüllten die Crew mit einem Gefühl von Verbundenheit und Bestimmung.

„Niemand kann mit Sicherheit sagen, was die Menschen im interstellaren Raum erwarten wird.

Ähnlich wie einst Christoph Columbus, der in die unbekannten Gewässer des Atlantiks aufbrach, ohne zu wissen, dass er am Ende einen neuen Kontinent entdecken würde."

Columbus hatte weder Karten noch verlässliche Daten – nur eine Vision und den Mut, sich ins Unbekannte zu wagen. Auch wir folgen einer vagen Spur, inspiriert von den fernen Welten, die uns unsere Teleskope zeigen, in der Hoffnung, dass irgendwo dort draußen ein Exoplanet wie die Erde auf uns wartet.

Diese Suche ist getrieben von der Vorstellung eines Planeten, der die Grundlagen des Lebens bietet. Vielleicht sogar eine vertraute Landschaft, die uns ein Gefühl von Ankunft und Sicherheit geben könnte.
Doch genauso wie Columbus auf Überraschungen stieß, die er sich nie hätte vorstellen können, könnte das All uns ebenfalls Unbekanntes offenbaren. Es könnte Zonen des Lebens geben, die jenseits unserer irdischen Vorstellungen existieren, Phänomene, die unser Wissen erweitern und uns herausfordern, neu zu denken.

In den Weiten des Alls, wo Zeit und Raum sich anders anfühlen, liegt eine Zukunft verborgen, die für Generationen noch unsichtbar ist. Doch der Traum von einem zweiten Zuhause treibt uns an.

Eine Erde, auf dem Menschen eines Tages ihre Spuren hinterlassen, wie Columbus es einst auf einem unbekannten Kontinent tat.

Die Antriebstechniker an Bord der Arche und der Botanika Eden führten eine finale Serie von Tests für die neuen Antriebssysteme durch. Diese Antriebe würden im interstellaren Raum weniger belastet werden, da sie die massiven Anziehungskräfte der Planeten hinter sich ließen. Doch Präzision war entscheidend: Sobald die beiden Schiffe die Grenze des Sonnensystems überschritten, gab es kein Zurück mehr.

Und tief im Maschinenkern, verborgen vor den Augen der meisten Crewmitglieder, begann etwas zu erwachen –
ein System, das seit Jahren inaktiv gewesen war.
Ein System, das nicht im offiziellen Missionsprotokoll stand.

Wenn die Menschheit ihr Zuhause verlässt,
beginnt der wahre Kampf erst – im Herzen derer, die sie führen.

TEAMGEIST

Vorbereitungen auf Pluto war voll im Gange.

Dr. Taskin und sein Team hatten unterdessen die Steuerung für Kometen und Meteoriten perfektioniert. Sollte ein Komet auf Kollisionskurs mit der Erde geraten, könnten sie ihn von hier aus anpeilen und mit einer Kurskorrektur sicher an der Erde vorbeiführen.

Diese Technologie war ein Meilenstein – ein Schutzschild, das den Planeten vor kosmischen Bedrohungen bewahren könnte.

Doch für Taskin war es mehr als Technologie.
Es war Verantwortung. Jeder Test, jede Simulation, jeder korrigierte Kurs bedeutete, dass irgendwo auf der Erde Millionen Menschen weiterleben konnten, ohne je zu erfahren, wie knapp sie einer Katastrophe entgangen waren.

Wood und Dr. Taskin hatten sich mittlerweile an das Leben im Kuipergürtel gewöhnt. Die endlose Dunkelheit, die beißende Kälte und die ständige Bewegung der Gesteinsbrocken rund um die Station waren nun vertraut. Sie wussten, dass ihr Team die Lebensader für die Generationen an Bord der Arche und das Botanica-Eden darstellte.

Die Station selbst war ein Wunderwerk aus Titan, Keramik und adaptiver Nanotechnologie.

Ihre Außenhülle knisterte leise, wenn mikroskopische Partikel aus dem Kuipergürtel dagegen prallten. Drinnen herrschte eine Atmosphäre konzentrierter Ruhe — das Summen der Systeme, das rhythmische Pulsieren der Energiekerne, das ferne Rauschen der Lebenserhaltung.

Solange die Schiffe beladen und startklar waren, würden Wood und Dr. Taskin auf Pluto bleiben, um die letzten Systemchecks durchzuführen. Dann würde die Arche, begleitet von dem Botanica-Eden, die Reise in die grenzenlosen Weiten des Alls antreten.

Wood hatte sich längst daran gewöhnt, dass die Tage hier keine Bedeutung hatten. Pluto bot keinen Tag-Nacht-Rhythmus, nur ein endloses Zwielicht, das sich kaum veränderte.
Die Crew orientierte sich an künstlichen Zyklen, doch jeder wusste, dass die Zeit hier anders floss — langsamer, schwerer, fast ehrfürchtig.

Die beiden hatten sich verpflichtet, in der Station für zwanzig Jahre zu bleiben, bis die Schiffe hier ankamen. Die Rückkehr zur Erde würde weitere drei bis vier Jahre in Anspruch nehmen. Natürlich würde die Rückreise durch die Anziehungskraft der Sonne enorm beschleunigt.
Früher, zu Zeiten der ersten bemannten Marsmissionen, hatten Astronauten noch mit schweren gesundheitlichen Problemen zu kämpfen.

Besonders die Nieren litten unter der fehlenden Gravitation: Die veränderte Flüssigkeitsverteilung im Körper führte zu Nierensteinen, Filtrationsstörungen und langfristigen Schäden. Doch diese Ära war vorbei. Moderne Medikamente, präzise abgestimmte Ernährung und vor allem die künstliche Gravitation in den neuen Raumschiffen hatten das Problem nahezu vollständig eliminiert.

Heute konnten selbst lange Missionen ohne bleibende körperliche Schäden überstanden werden – ein Fortschritt, der interstellare Reisen überhaupt erst möglich machte.

Zwanzig Jahre — eine Zahl, die für viele unvorstellbar war. Doch für Taskin und Wood war sie zu einem stillen Versprechen geworden. Ein Pakt, den sie nicht nur mit der Mission, sondern auch miteinander geschlossen hatten. Teamgeist war hier nicht nur ein Wort, sondern Überlebensstrategie. Unbemannte Frachter schafften die Strecke sogar in drei Jahren, für ein bemanntes Shuttle jedoch noch ein Traum.

Die beiden wussten, dass sie Pioniere waren — Menschen, die an der Grenze des Machbaren arbeiteten. Jeder Blick aus dem Panoramafenster zeigte ihnen die unendliche Schwärze des Alls, aber auch die Bedeutung ihrer Arbeit.
Der Gedanke, eine so wertvolle Aufgabe im Dienst der Menschheit zu erfüllen, erfüllte sie mit Stolz.

Doch auch die Vorstellung, irgendwann auf der Erde an einem ruhigen Ort zu wandern oder beim Angeln die letzten Jahre zu genießen, war verlockend.

Manchmal, wenn die Schichten lang waren und die Stille des Alls schwer auf ihnen lag, sprachen sie darüber.
Über Flüsse, Wälder, den Geruch von Regen.
Über Dinge, die sie hier draußen nicht hatten — und die sie umso mehr schätzten.

Bis dahin blieb ihnen noch Zeit.
Jetzt jedoch galt ihre ganze Aufmerksamkeit den letzten Vorbereitungen für die Arche und das Botanica-Eden – der Schlüssel zu einer neuen Zukunft der Menschheit.

Und tief in ihnen wuchs ein Gefühl, das sie beide verband: die Gewissheit, dass wahre Teamarbeit nicht nur aus Aufgaben bestand, sondern aus Vertrauen.

Vertrauen, das sie durch die kommenden Jahrzehnte tragen würde — bis die Arche ihren Kurs setzte und die Menschheit endgültig das Sonnensystem hinter sich ließ.

Am Rand des Sonnensystems beweist sich wahre Stärke
nicht im Alleingang, sondern im Miteinander.

IKARUS

Die Erkundung des unbekannten Objekts war höchste Priorität.
Ikarus glitt langsam und stetig näher an das rätselhafte Objekt
heran, das die Forscher „Nibiru" getauft hatten.

Der Sonnensegel-Satellit Ikarus war speziell in Richtung des
Objekts geschickt worden, um Informationen zu sammeln,
die sie aus der Ferne unmöglich erlangen konnten.

Ikarus war ein Meisterwerk moderner Raumfahrttechnik:
ein ultraleichtes Segel aus Graphen-Nanofasern, das Photonen
wie ein Schiff den Wind einfing. Seine Navigationskerne arbeiteten mit Quantenpräzision, und seine Sensoren konnten selbst
schwächste Gravitationsanomalien erfassen.
Für Missionen wie diese war er geschaffen worden –
für das Unbekannte.

Die ersten Signale, die zurückkamen, zeigten kaum mehr als un-
deutliche Schatten auf den Bildschirmen – ein schwacher Fleck
in der tiefen Schwärze des Alls. Niemand wusste, was sie erwarten würde, doch allein die Vorstellung, dass sich dort draußen
ein Objekt mit fremdartiger Struktur befand, entfachte die Fantasie des Teams. Die Datenpakete trafen verzögert ein, jedes
Byte wie ein Herzschlag aus der Ferne. Die Telemetrie zeigte
leichte magnetische Störungen, die nicht zu den bekannten
Mustern des Kuipergürtels passten.

Ein erstes, kaum messbares Indiz, dass Nibiru nicht einfach nur ein weiterer Brocken aus Eis und Gestein war.

Dr. Taskin und seine Kolleginnen verfolgten die Bildschirme mit angehaltenem Atem, jeder tief in Gedanken versunken. Das Objekt war noch weit entfernt, aber schon die bloßen Umrisse weckten eine geheimnisvolle Faszination.

Die Konturen wirkten unnatürlich glatt, als hätte etwas sie geformt. Kein Zufall, keine chaotische Naturgewalt – eher die Handschrift einer Absicht.

Mit jedem weiteren Bild wurden die Konturen von Nibiru klarer, und Dr. Taskin meinte, ein Muster in der Struktur zu erkennen – unscharf, vielleicht nur ein Trugbild, doch genug, um seine Gedanken in eine Richtung zu lenken, die er kaum zu formulieren wagte. Die Idee, dass sie ein Objekt entdeckt haben könnten, das womöglich von einer Zivilisation hinterlassen wurde, ließ die Aufregung steigen, auch wenn es bis dahin nichts gab, dass diesen Verdacht wirklich bestätigte.

Die Wissenschaftler wussten, wie gefährlich es war, voreilige Schlüsse zu ziehen. Doch die Symmetrien, die regelmäßigen Winkel, die geometrischen Schatten – all das widersprach den Regeln natürlicher Himmelskörper.

War es nur ein ungewöhnlich geformter Himmelskörper, oder tatsächlich ein Artefakt aus einer anderen Zeit?

Niemand sprach diese Frage laut aus, doch in den Köpfen des Teams schwebte sie: Könnte dies ein Fragment einer längst vergangenen Zivilisation sein?

Ein Raunen ging durch die Station, als die ersten Spektralanalysen eintrafen: ungewöhnliche Legierungen, die in der Natur nicht vorkamen. Materialien, die selbst modernste irdische Labore kaum herstellen konnten.

Ikarus würde noch viele Tage brauchen, um näher heran zukommen und aussagekräftigere Daten zu senden.
Doch der Satellit war gut gerüstet, um energetische Signaturen und Strukturen aufzuzeichnen, die aus der Entfernung kaum wahrnehmbar waren.
Bis dahin blieb die Atmosphäre voller Spannung.

Die Crew schlief schlecht. Jeder wusste, dass sie an der Schwelle zu etwas standen, das die Menschheitsgeschichte verändern konnte – oder ihre schlimmsten Ängste bestätigen würde.

Hoffnungen und Ängste hielten sich die Waage, denn das Unbekannte, das sie hier berührten, könnte alles bedeuten – oder nichts. Während sich Ikarus dem Objekt weiter näherte, entfaltete sich die Entdeckung von Nibiru in voller Spannung.

Dr. Taskin und sein Team verfolgten jeden Datenstrom mit wachsender Nervosität und Neugier.

Die anfänglichen, unscharfen Bilder ließen nur erahnen, was dort draußen in der Dunkelheit auf sie wartete. Doch je näher Ikarus dem Objekt kam, desto klarer wurden die Details.

Die Auflösung der Kameras stieg mit jeder Stunde. Bald zeigten die Bilder scharfe Kanten, regelmäßige Muster, und etwas, das wie eingelassene Paneele wirkte – als wären es Wartungsluken oder Energie-Ports.

„Vielleicht haben wir hier wirklich etwas Einzigartiges vor uns,“ flüsterte Dr. Taskin, als die ersten, detaillierten Aufnahmen auf den Bildschirmen erschienen. Das Objekt schien keine typische Form für einen Himmelskörper zu haben. Seine Struktur wirkte vielmehr wie das Ergebnis technischer Konstruktion, als hätte eine fremde Intelligenz Hand angelegt. Die Oberfläche von Nibiru wies symmetrische Formen und reflektierende Flächen auf, die zu regelmäßig für natürlichen Ursprung waren.

Einige der Flächen reflektierten Licht in einem Muster, das an eine Art Kommunikationssignal erinnerte – rhythmisch, fast pulsierend.
Ein leises Knistern ging durch den Raum, als alle die Bilder in gebannter Stille betrachteten. Dr. Taskin spürte ein Wechselbad der Gefühle – eine Mischung aus Neugier und Furcht, die sie innehalten ließ. Sein Herz schlug schneller. Er wusste, dass sie hier etwas berührten, das größer war als jede wissenschaftliche Mission zuvor.

Die Vorstellung, dass sie hier möglicherweise einer Zivilisation begegnen könnten, einer Intelligenz, die wie sie den Sternen folgte, brachte seine Fantasie in Aufruhr.

Doch ebenso nagte die Ungewissheit an ihr.

Was, wenn dieses Artefakt nicht friedlich war?

Was, wenn die Kreaturen, die es gebaut hatten, eigene, vielleicht bedrohliche Absichten hegten?

Die Geschichte der Menschheit war voller Beispiele, in denen Begegnungen zwischen Kulturen in Konflikten endeten. Warum sollte das im Kosmos anders sein?

Ikarus sendete weiterhin Datenströme, die Hinweise auf energetische Signaturen und sogar Muster von Signalen enthielten, die Taskins Team sofort zu entschlüsseln versuchte. Es waren Signale, die zu keinem bekannten Phänomen oder menschlicher Technologie passten – Wellen, die ein mysteriöses Muster enthielten, so alt wie das Universum selbst.

Die Frequenzen wirkten wie ein Echo aus der Frühzeit der Galaxie – moduliert, strukturiert, aber unverständlich.

Waren sie gerade dabei, tatsächlich eine fremde Kultur zu begegnen oder die Hinterlassenschaften einer Zivilisation zu entdecken? Vielleicht war dies der erste Kontakt mit den „Göttern", von denen die sumerischen Schriften als Anunnaki berichteten.

Doch die Sumerer waren nicht die Einzigen, die von Wesen aus dem Himmel erzählten. In nahezu jeder frühen Kultur fanden sich Hinweise auf Gestalten, die vom Firmament herabgestiegen waren: Die Ägypter sprachen von den „Netjeru", göttlichen Wesen, die in leuchtenden Barken über den Himmel fuhren.

Die Dogon in Westafrika beschrieben die Nommo, amphibienartige Himmelsboten, die von einem unsichtbaren Stern kamen. Die alten Inder erzählten von den Vimanas, fliegenden Palästen und Kriegsmaschinen, die von den Devas gesteuert wurden. Auch die Maya berichteten von Kukulkan, der auf einem „Schiff aus Licht" zur Erde herabstieg.

All diese Mythen, über Kontinente und Jahrtausende hinweg, verband ein gemeinsamer Kern: die Begegnung mit Wesen, die nicht von dieser Welt zu sein schienen.
Taskin wusste, dass Mythen keine Beweise waren — aber sie waren Spuren. Und Nibiru passte zu viele dieser alten Beschreibungen, um sie einfach zu ignorieren.
Taskin wusste, wie gefährlich solche Vergleiche waren – doch die Parallelen waren zu auffällig, um sie zu ignorieren.

Nibiru erwachte in ihrer Vorstellung als etwas Beängstigendes und Faszinierendes zugleich. Das unbekannte Signal verstärkte das Gefühl, dass Nibiru nicht nur ein lebloses Objekt war, sondern ein potenzielles Werkzeug, ein Konstrukt, das noch eine Funktion hatte – oder sie vielleicht sogar erwartete.

Ein kalter Schauer lief Taskin über den Rücken.

Was, wenn Nibiru nicht tot war – sondern schlief?

Dr. Gilman Taskin blickte fasziniert und nachdenklich auf das Hologramm, das in der Luft schwebte. "Da ist es also.

So viele Jahre lang galt Nibiru als Mythos, eine Fehlinterpretation alter Texte.

Und doch... scheint es real zu sein."

Commander Wood runzelte die Stirn und betrachtete das Objekt skeptisch. "Du weißt, wie ich über diese Geschichten denke, Gilman. Ein uraltes Raumschiff?

Vielleicht war es ein Planet oder ein Asteroid, den die Sumerer missverstanden haben."

Dr. Taskin schlich ein schwaches Lächeln übers Gesicht.

"Das dachte ich auch – bis ich genauer in die Übersetzungen geschaut habe. Die alten Texte beschreiben Nibiru als etwas, dass die Menschen beobachtete, ihnen nahekam und dann wieder verschwand.

Ein Planet würde das nicht tun.

Was aber, wenn es tatsächlich ein Raumschiff ist, vielleicht von einer Zivilisation, die älter ist als unsere Vorstellungskraft reicht?"

Commander Woods Gesichtsausdruck wurde ernster, als er die Idee durchdachte. "Und du glaubst, dass da draußen könnte tatsächlich dieses... Schiff sein?"

Dr. Taskin nickte. „Die Struktur ist zu perfekt, zu gleichmäßig. Die Scans zeigen keine Anzeichen von natürlichen Formationen oder Erosion. Es ist, als ob es absichtlich so gestaltet wurde. Und dann ist da noch die Energiequelle."

"Die Energiequelle? Was meinst du damit?" fragte Wood. Taskin tippte auf den Bildschirm und öffnete eine weitere Hologrammansicht.

"Es ist nur ein schwaches Signal, aber eindeutig von einer Quelle, die nicht natürlich sein kann. Diese Frequenz... sie wirkt vertraut und gleichzeitig fremd. Ich habe das Gefühl, dass wir hier auf eine Technologie gestoßen sind, die weit über unser Verständnis hinausgeht."

Commander Wood schüttelte leicht den Kopf, fasziniert und beunruhigt zugleich. "Und die alten Texte... was sagen sie noch über Nibiru? "Taskins Stimme wurde leiser, als ob er ein Geheimnis preisgeben würde. "Es gibt einen Text, der von einer Begegnung spricht. „Im Buch Hesekiel beschreibt ein Mann, wie der Himmel sich öffnete und vier Wesen aus Licht und Feuer vor ihm erschienen. Räder in Rädern, die sich in jede Richtung bewegten, Augen, die alles sahen, und ein Thron aus Strahlender Energie über ihnen.
Für die Menschen damals war es göttlich.
Für uns… könnte es Technologie gewesen sein. Eine Erscheinung, die kam, beobachtete — und wieder verschwand."

BRAINSTORMING

Der Versammlungsraum vibrierte leise vom tiefen Brummen der Energiekerne, die unter dem Boden der Station liefen. Die holographischen Projektionen warfen bläuliche Reflexe auf die Gesichter der drei Männer, während im Hintergrund die Systeme der Station wie ein ruhiger Herzschlag arbeiteten.

Der „blaue Antrieb" – offiziell Plasma-Photon-Hybrid-Antrieb – war mehr als nur ein Fortschritt.
Er war ein Paradigmenwechsel.
Die Kombination aus magnetisch komprimiertem Plasma und gerichteten Photonenstößen erlaubte eine Effizienz, die vor wenigen Jahren noch als theoretisch galt. Die Ingenieure hatten ihn scherzhaft „den Motor der Zukunft" genannt.

Marino zoomte das Hologramm heran.
Die blauen Energiewellen, die entlang der Antriebssektion pulsierten, wirkten fast organisch – wie ein künstliches Herz, das im Takt des Universums schlug.

„Was mich am meisten fasziniert," sagte Marino, „ist die Selbstoptimierung. Der Antrieb lernt.
Er passt sich an die Umgebung an.
Je länger er läuft, desto effizienter wird er."
Wood hob eine Augenbraue. „Eine Maschine, die sich selbst verbessert... das ist ein zweischneidiges Schwert."

Taskin nickte. „Ja. Aber es ist auch der einzige Weg, um interstellare Distanzen zu überwinden. Kein Mensch kann ein System manuell steuern, das Jahrzehnte ohne Pause laufen muss."

Ein kurzer Moment der Stille folgte. Jeder wusste, dass sie sich in einem Zeitalter befanden, in dem Technologie nicht mehr nur Werkzeug war – sondern Partner.
„Und dann ist da Nibiru," murmelte Taskin.
„Ein Objekt, das uns zwingt, größer zu denken.
Vielleicht sogar anders zu denken."

Marino schaltete auf eine neue Ansicht: eine Simulation, wie ein Schiff mit blauem Antrieb Nibiru erreichen könnte.
Die Flugbahn war elegant, fast poetisch – ein geschwungener Bogen durch die Schwärze des Alls.

„Wenn Nibiru tatsächlich ein Artefakt ist," sagte Wood leise, „dann könnte es Antworten enthalten.
Oder neue Fragen.
Vielleicht sogar Technologien, die unsere eigenen übertreffen."

Taskin lächelte schwach.
„Oder es zeigt uns, dass wir nicht allein sind.
Und dass wir beobachtet wurden… lange bevor wir bereit waren."
Ein Schauer lief durch den Raum.

Nicht aus Angst – sondern aus Ehrfurcht.

„Brainstorming", sagte Marino schließlich.

„Das ist es, was wir tun.

Aber vielleicht… vielleicht ist es mehr als das.

Vielleicht ist es der Beginn eines neuen Kapitels der Menschheit."

Wood nickte langsam.

„Ein Kapitel, das wir nicht mehr allein schreiben."

Wo Ideen den Kosmos berühren,
beginnt der nächste Schritt der Menschheit.

EXODUS

Aufbruchstimmung und Ungewissheit waren sehr nah beieinander. Die Nacht war hereingebrochen, als die letzten Antriebe der Generationsschiffe Botanica Eden und Arche zündeten und ihren Aufstieg in die Schwerelosigkeit begannen.

Menschen auf der Erde blickten in den Himmel, wo die gewaltigen Schiffe aufleuchteten und langsam in die Sterne verschwanden. Die Feierlichkeiten hatten längst ihre Höhepunkte erreicht; auf den Straßen strömten Menschen zusammen, Kinder hielten leuchtende Plakate in den Händen, und auf Großleinwänden wurden Aufnahmen von den Schiffsinneren übertragen.
Wohnbereiche, Forschungslabore, die Hydrokulturen, die Nahrung für Jahrhunderte sichern sollten.
Es war ein hoffnungsvolles Bild.

Doch hinter all dem Glanz lag eine unterschwellige Spannung, die nur jene spürten, die die Datenströme der Raumsonden beobachteten. Die Welt feierte den Aufbruch – aber die Wissenschaft hielt den Atem an.

Weit entfernt von den feiernden Menschen liefen in den Raumfahrtzentren und Kontrollräumen fieberhafte Diskussionen. Die Ikarus-Sonde hatte etwas entdeckt, das die Nackenhaare der Wissenschaftler und Techniker aufstellen ließ:

ein unbekanntes Objekt, mit einer Flugbahn, die es in kürzester Zeit in die Nähe des Sonnensystems führen würde.

Das Objekt folgte einer präzisen, kontrollierten Route. Bei aller wissenschaftlicher Neutralität wurden die Spekulationen bald ernst: War dies ein künstlich geschaffenes Fluggerät, ein außerirdisches Schiff?

Die Telemetrie zeigte keine natürlichen Muster.
Keine chaotischen Rotationen, keine zufälligen Ablenkungen durch Mikrometeoriten. Stattdessen:
Stabilität.
Präzision.
Absicht.

Es kamen Warnsignale, die Schiffe mussten auf die Warteschleife um den Mars. Die Sicht auf den roten Mars war atemberaubend. Für die Besatzung der Botanica Eden und der Arche bot der Anblick des Planeten, der unter ihnen rot glühte, nur einen kurzen Moment der Ablenkung. Der Befehl, vorerst im Marsorbit zu bleiben, hatte die Unruhe nur verstärkt.

Captain Leander von der Botanica Eden saß mit seiner Führungsoffizierin, Commander Ayla Kessler, im Besprechungsraum. Auf dem Bildschirm vor ihnen schwebte das schemenhafte Bild des Objekts, das sie nur als „Nibiru" kannten.

„Noch keine weiteren Informationen?" fragte Leander und trommelte ungeduldig mit den Fingern auf die Armlehne seines Stuhls. Ayla schüttelte den Kopf. „Nein, Captain.

Das letzte Update von Station Pluto bestätigte nur die Flugbahn des Objekts. Es bewegt sich in einem konstanten Tempo. Aber keine neuen Details."

„Und der Rat? Sind sie einverstanden mit der Wartezeit?" Ayla seufzte.

„Einverstanden ist nicht das richtige Wort. Aber sie sehen ein, dass wir nicht unvorbereitet weiterziehen können."

Leander kniff die Augen zusammen und betrachtete das Hologramm des fremden Objekts.

„Wenn das Ding wirklich eine außerirdische Herkunft hat… was wollen sie?

Warum jetzt?"

Ayla zuckte mit den Schultern.

„Vielleicht sind sie genauso neugierig auf uns wie wir auf sie."

„Oder Schlimmeres." Leander lehnte sich zurück und starrte in die Decke. „Und die Pläne für die Bewaffnung der Shuttles?" Ayla nickte. „Das Waffenarsenal ist auf EM-City, Mars angekommen, und die Ingenieure bereiten die Montage vor. Aber viele Mitglieder des Rats haben Einwände, Captain. Einige sehen das als Bedrohung unserer friedlichen Mission."

Leander runzelte die Stirn. „Frieden, solange der andere auch friedlich ist. Was, wenn das nicht der Fall ist?"
Ayla lächelte dünn. „Ich weiß, Captain.
 Aber die Menschheit hat sich nicht gerade einen Ruf als friedfertige Spezies erarbeitet. Vielleicht könnten wir versuchen, diesen Eindruck zu widerlegen."

Leander nickte und starrte weiter auf das Hologramm. „Das könnte das erste Mal sein, dass die Menschheit einem anderen intelligenten Leben begegnet… und wir können nur hoffen, dass wir die richtigen Entscheidungen treffen."

Auf der Arche herrschte eine Mischung aus Aufregung und Skepsis. Die Techniker und Wissenschaftler versammelten sich um den Chefingenieur, Hiram Feldt, der ein Bild von Nibiru auf den großen Bildschirm projizierte. Er beugte sich über das Panel und deutete mit einem Lichtstift auf die Flugbahn des Objekts.

„Das ist die geplante Route des Objekts", erklärte Feldt mit ernster Stimme. „Es kommt direkt auf uns zu und wird den Kuipergürtel ungefähr zur gleichen Zeit erreichen wie wir."
Ein junger Techniker, Joss O'Leary, hob die Hand.
„Warum können wir das Ding nicht einfach…
na ja, untersuchen? Es gibt ja Möglichkeiten, wie wir eine Art Kommunikation beginnen könnten, oder?"
„Kommunikation?" Feldt schnaubte und schüttelte den Kopf.

„Mit was? Wir wissen nicht einmal, ob es uns wohlgesonnen ist. Wir müssen alle Vorsichtsmaßnahmen treffen, die wir können."

Eine der Wissenschaftlerinnen, Dr. Mariana Tesh, hob die Hand. „Vielleicht ist es nicht aggressiv. Vielleicht brauchen sie nur Hilfe." „Oder sie sind gekommen, um uns zu untersuchen", murmelte ein anderer Techniker düster.
„Und nicht unbedingt freundlich."

Feldt ließ den Blick durch den Raum schweifen.
„Wir haben eine Pflicht.
Das ist eine Mission für die Zukunft der Menschheit.
Sollte Nibiru tatsächlich eine Bedrohung sein, haben wir keine andere Wahl, als vorbereitet zu sein. "Ein tiefes Schweigen legte sich über den Raum, und die Ingenieure tauschten Blicke aus, die von Sorge und Entschlossenheit zeugten.

Auf der Erde war die Besprechung in der TSC-Solaris-Zentrale terminiert worden. Die Leitung hatte Direktorin Serena Kim, ihre Stimme klang über das Hologramm sehr bestimmend. „Commander Wood, können wir den Kurs der Generationsschiffe nicht einfach ändern? Statt sie vor dem Mars warten lassen, bis das Objekt klarer identifiziert ist?"

Commander Woods Bild flimmerte leicht auf dem Bildschirm. „Wir erwägen alle möglichen Varianten.

Ein Kurswechsel würde die Reise erheblich verzögern und große Mengen an Ressourcen verbrauchen. Ganz zu schweigen von der moralischen Auswirkung auf die Crew."

„Wir dürfen dieses Risiko nicht ignorieren", sagte ein Wissenschaftler in der Zentrale entschieden. „Wir haben bereits Hinweise darauf, dass das Objekt eine Art Struktur ist. Es verhält sich nicht wie ein natürliches Objekt."

Ein anderer stimmte zu. „Das könnte das erste Mal sein, dass die Menschheit einer anderen intelligenten Spezies begegnet. Wir müssen uns darauf vorbereiten, dass diese Begegnung alles verändert."

Die Versammlung nickte, und Direktorin Kim fasste zusammen: „Das bedeutet, dass die Shuttles bewaffnet werden müssen, zumindest als Vorsichtsmaßnahme."

Ein Mann aus dem Regierungsstab meldete sich zögernd zu Wort. „Waffen, Frau Direktorin, könnten als feindliche Handlung interpretiert werden. Wir riskieren damit, die gesamte Mission in Gefahr zu bringen." „Und ohne Waffen riskieren wir, dass wir unvorbereitet in einen Konflikt geraten", entgegnete Kim fest.

Zurück auf Station Pluto, in einem abgelegenen Raum der Station lehnte Dr. Taskin an einer Konsole, den Blick fest auf das Hologramm von Nibiru gerichtet.

Neben ihr stand Lieutenant Ortiz, die Hände in die Hüften gestemmt. „Glauben Sie, dass sie uns feindlich gesinnt sein könnten?" fragte Ortiz leise. Dr. Taskin nickte langsam. „Wenn sie es sind… wird das hier keine friedliche Mission. Aber wir können nur spekulieren."

Ortiz runzelte die Stirn. „Manchmal denke ich, dass wir die Menschheit retten wollen, ohne zu wissen, worauf wir uns einlassen. Was, wenn wir das hier falsch einschätzen?"

Dr. Taskin sah sie ernst an. „Dann wäre das die größte Lektion der Menschheit – und vielleicht die letzte."

Ortiz ließ ihren Blick auf dem Hologramm ruhen und murmelte: „Vielleicht geht es nicht darum, ob sie friedlich sind oder nicht. Vielleicht müssen wir uns die Frage stellen, ob wir selbst bereit sind – wirklich bereit – für das Unbekannte."

Der Raum schwieg, während die beiden Offiziere die Realität der Situation zu begreifen begannen.
Die Zukunft der Menschheit hing an einem seidenen Faden, und die Begegnung mit dem Unbekannten rückte immer näher.

Ingenieure saßen vor holographischen Modellen der Generationsschiffe, ihre Augen konzentriert und unruhig zugleich, als die Frage der Bewaffnung zur Sprache kam.
„Wir müssen die Shuttles der Schiffe bewaffnen.

Sie könnten auf diesem Weg Gefahr laufen, ohne jede Verteidigung einem überlegenen Gegner gegenüberzustehen", meinte einer der führenden Ingenieure und zeichnete auf einem Hologramm einige Waffensysteme nach.

„Das ist nicht die Aufgabe dieser Mission", entgegnete ein Delegierter der Friedenskoalition heftig.
„Diese Schiffe repräsentieren die gesamte Menschheit.
Wir können nicht der erste Kontakt sein, der gleich mit Waffen droht." Die Diskussion wurde lauter, erhitzte sich, als Stimmen laut wurden, dass nur in EM-City die nötigen Kenntnisse für solche Verteidigungssysteme existierten.

Auf der Erde herrschte Uneinigkeit. Ein Sprecher aus einem der größeren Staaten meldete sich per Hologramm zu Wort:
„Es geht hier um die Sicherheit unserer Menschen! Wenn wir unbewaffnet ins Unbekannte fliegen, riskieren wir alles!"

Die hitzige Debatte flackerte weiter, und schließlich entschied man sich, vorsorglich Verteidigungssysteme auf den Shuttles der Schiffe zu installieren, wenn auch nicht ohne Gegenstimmen. Es gab keine Zeit zu verlieren.
Die Flugrouten waren so geplant, dass die Generationsschiffe die Außenstation Pluto im Kuipergürtel fast gleichzeitig mit dem unbekannten Objekt erreichen würden.
Eine Begegnung, die womöglich über das Schicksal der Menschheit entscheiden konnte.

GEWISSHEIT

Die Außenstation Pluto wirkte wie eine Festung am Rande des Sonnensystems. Im Besprechungsraum der Station beobachteten Commander Wood, Dr. Taskin und Lieutenant Ortiz das Hologramm des herannahenden Objekts.

Das Bild flackerte und vergrößerte sich, und die Details des fremden Objekts – eine längliche, metallische Struktur mit regelmäßigen Kanten – wurden sichtbar.
Es war kein gewöhnlicher Himmelskörper.

Die Projektion schwebte wie ein kaltes Omen im Raum.
Die metallische Oberfläche reflektierte das ferne Sonnenlicht in scharfen, geometrischen Mustern, die zu perfekt waren,
um natürlichen Ursprungs zu sein.
Manche Segmente wirkten wie Platten, andere wie eingelassene Schächte oder Energiekammern.
Und tief im Inneren schien etwas zu pulsieren ein schwaches, rhythmisches Leuchten, das sich nicht erklären ließ.

„Die Wahrscheinlichkeit, dass es sich um ein künstliches Objekt handelt, ist inzwischen fast sicher", begann Dr. Taskin ruhig, aber ihre Augen verrieten die Anspannung, die in ihr tobte.

„Und wir haben Grund zu der Annahme, dass es in Kürze die Station und die Generationsschiffe erreichen könnte."

„Das heißt, Botanica Eden und die Arche wären direkt in der Nähe, wenn es zu einer Begegnung kommt", murmelte Ortiz und sah Wood besorgt an. „Vielleicht sollten wir sie vorerst im Marsorbit bleiben."

Wood nickte. „Wir wissen einfach zu wenig über dieses Objekt. Es wäre eine kluge Vorsichtsmaßnahme, sie zu verzögern, zumindest bis wir die Lage besser einschätzen können."

Die Nachricht wurde übermittelt, und bald breitete sich eine nervöse Stimmung auch unter den Crews der Generations-schiffe aus. Die Hoffnung auf eine friedliche Entdeckung schwankte, und die Realität der Ungewissheit im All wurde für jeden spürbar.

Captain Leander empfing die Nachricht mit einer Grimasse. „Also warten wir. Alle Inspektionen durchführen und die Besatzung auf eine Verlängerung der Pause im Marsorbit vorbereiten." Sein Erster Offizier zuckte mit den Schultern. „Ich glaube, wir alle spüren es, Commander. Dies ist kein normaler Zwischenstopp. Es liegt etwas in der Luft." Leander seufzte. „Ja, und ich wünschte, wir wüssten, was."

Die Crew der Botanica Eden beobachtete den Mars, der unter ihnen wie ein glühender, atmender Koloss schwebte.

Doch selbst dieser majestätische Anblick konnte die Unruhe nicht dämpfen. Die Sensoren der Schiffe registrierten immer wieder leichte Gravitationsschwankungen – winzige, aber regelmäßige Impulse, die eindeutig von Nibiru ausgingen.
Als würde das Objekt… tasten.

Eine drohende Begegnung nahte.
Die Dimensionen des Objekts „Nibiru" wurden immer deutlicher, je mehr die Sonde Ikarus ihre Daten zur Erde sendete.
Fünf Kilometer lang, zwei Kilometer breit und knapp ein Kilometer hoch – eine gigantische Struktur, größer als Pluto selbst.
Die schiere Größe sprengte jede Vorstellungskraft.

Kein irdisches Schiff, keine bekannte Technologie, nicht einmal die ambitioniertesten Projekte der Menschheit hatten je solche Ausmaße erreicht.
Nibiru war ein wandernder Kontinent aus Metall.

Die Drohnen der Station Pluto im Kuipergürtel, die als Frühwarnsystem für das gesamte Sonnensystem dienten, lieferten ein stetiges Update der Entfernung und Flugbahn dieses mysteriösen Kolosses.
Mit Hilfe schneller Sonnensegel-Drohnen, die regelmäßig an die Sonde Ikarus andockten, konnte ein ununterbrochener Informationsfluss zu Pluto und weiter zur Erde aufrechterhalten werden. Doch es würde noch drei Monate dauern, bis Ikarus nahe genug war, um verlässlichere Aufnahmen und

detailliertere Informationen zu liefern.

Drei Monate – eine Ewigkeit und gleichzeitig ein Wimpernschlag. In kosmischen Maßstäben war das Objekt bereits zum Greifen nah.

Die Daten waren dennoch eindeutig. Falls Nibiru tatsächlich auf die Erde zusteuerte, würde das Objekt die Umlaufbahn unseres Planeten in etwa zehn Jahren erreichen, aber nicht bevor es in zwei bis drei Jahren an Pluto Station vorbeiziehen und damit den ersten direkten Kontakt zur Menschheit herstellen könnte.

Zwei bis drei Jahre. Die Menschheit hatte Jahrtausende gewartet, gehofft, gefürchtet – und nun rückte das Unvermeidliche näher.

Für die Anführer der Erde und die Stationen auf dem Mars war dies eine Mischung aus Fluch und Segen. Einerseits schuf die Zeit eine Möglichkeit, sich vorzubereiten – andererseits forderte sie die Menschheit heraus, mehr als je zuvor zusammenzustehen.

Und tief im Inneren wusste jeder: Die Zeit der Spekulationen war vorbei. Die Gewissheit kam näher – mit jedem Pulsschlag des fremden Kolosses.

UN-SICHERHEITSRAT

Die Anführer der fünf ständigen Mitglieder saßen in der Zentrale und starrten auf die riesige Projektion von Nibiru, die den Raum in ein unheimliches, fast sakrales Licht tauchte.

Die Sitze der weiteren zehn nicht-ständigen Mitglieder füllten sich, während die Spannung in der Luft beinahe greifbar wurde.

UN-Generalsekretär Matteo Navarro eröffnete die Sitzung. Seine ruhige Stimme schien den Raum zu beruhigen, doch seine Worte ließen das Blut in den Adern gefrieren.

„Meine Damen und Herren," begann er, „ich möchte Ihnen keine Angst machen, aber die Dimension und die Geschwindigkeit dieses Objekts sprechen eine klare Sprache.

Historische Mythen erzählen von Begegnungen mit Wesen, die angeblich vom Himmel kamen. Manche sagen, sie hätten die Menschheit als Diener erschaffen, andere behaupten, sie hätten ganze Kulturen in den Staub getreten. Wenn in diesen Legenden auch nur ein Funken Wahrheit steckt, stehen wir vor einer ungeheuren Herausforderung."

Einige Anwesende blickten verlegen zu Boden. Andere starrten mit ausdruckslosen Gesichtern auf das schwebende Hologramm von Nibiru.

Die Sprecherin der Europäischen Union, Amelie Dupont, hob zögerlich die Hand. „Vielleicht handelt es sich um Flüchtlinge, die ihren Planeten verloren haben und eine neue Heimat suchen. Möglicherweise sind sie auf der Suche nach Verbündeten... oder einem sicheren Hafen."

„Was sind das für Geschöpfe?" fragte der russische Vertreter Sergej Mikhailow misstrauisch. „Sind sie uns ähnlich? Sind sie humanoid oder etwas völlig anderes?"

Navarro zögerte. „Darauf haben wir keine Antworten. Noch nicht. Aber wir wissen, dass eine Begegnung mit ihnen alles verändern wird."

Der Vertreter Chinas, Wang Xiu, legte die Stirn in Falten. „Sollten diese Informationen an die Öffentlichkeit gelangen, würden religiöse Bewegungen dies als Zeichen eines bevorstehenden Weltuntergangs deuten.

Panik könnte sich ausbreiten und extreme Reaktionen auslösen. Wir müssen um jeden Preis verhindern, dass dies bekannt wird, bevor wir sicher sind."

Zustimmendes Nicken ging durch den Raum. Die Vorstellung einer globalen Panik – ausgelöst durch Fanatiker und Verschwörungstheoretiker – war eine reale Gefahr. „Fanatische Gruppen könnten die Menschen spalten", murmelte Mikhailow. „Und das ist das Letzte, was wir jetzt brauchen.

Es steht unsere Existenz auf dem Spiel."

„Aber ist es richtig, das Wissen um eine mögliche Bedrohung zu verheimlichen?" Die amerikanische Vertreterin Laura Keller wirkte angespannt. „Sollten wir nicht an unserem Glauben festhalten? Sollten wir nicht darauf vertrauen, dass die Menschheit vorbereitet ist, statt in Geheimnissen zu operieren?"

Der französische Präsident Étienne Moreau sah sie streng an. „Was die Menschheit jetzt braucht, sind Fakten – keine weiteren Märchen oder leeren Hoffnungen. Ob diese Wesen friedlich oder feindlich sind, wissen wir nicht. Vielleicht kommen sie, um uns zu helfen, oder sie sind wirklich die „Götter", die in unseren alten Schriften erwähnt werden. Doch wenn wir ihnen nichts entgegensetzen können, was bleibt uns dann?
Der Glaube ist kein Schutzschild gegen das Unbekannte."

„Aber sollten wir unseren Glauben fürchten?" Keller ließ nicht locker. „Vielleicht sind sie die Götter, die uns vor Jahrhunderten erschaffen haben, die in den alten Geschichten der Mayas und in den Sanskrit-Schriften erwähnt werden."

„Und wenn nicht?" erwiderte Moreau mit kalter Stimme. „Wenn diese sogenannten ‚Götter' lediglich eine hochentwickelte, möglicherweise feindselige Spezies sind, die uns wie Insekten betrachtet?
Glauben Sie wirklich, dass der Glaube uns schützt?"

Navarro unterbrach das hitzige Gespräch mit einem Husten und hob die Hand. „Egal, was die Antwort ist – wir müssen handeln, und zwar geschlossen.
Es gibt keine Zeit für nationalistische Denkweisen oder ideologische Grabenkämpfe. Die Bedrohung ist real, und die Menschheit muss als Einheit handeln."

Er ließ seinen Blick eindringlich über die Anwesenden schweifen. „Was wir brauchen, ist die Bereitschaft zur Zusammenarbeit – nicht nur auf der Erde, sondern im gesamten Sonnensystem. Das bedeutet Verteidigungssysteme für Mars- und Mondstationen, Kampfdrohnen, Weltraumbomber. Und all das unter absoluter Geheimhaltung, solange wir ihre Absichten nicht kennen."

Schweigen.
Schwer, drückend, voller unausgesprochener Angst. Dupont trat vor. „Wie sollen wir eine solche Verteidigungsstrategie aufbauen, ohne das Vertrauen der Menschen zu verlieren?
Es wird nicht einfach sein, fast zweihundert Staaten zu vereinen, ohne dass Details durchsickern."

„Das ist wahr", nickte Wang Xiu. „Doch wir müssen das Risiko eingehen. Nur wenn wir vereint auftreten, können wir die Menschheit schützen. "Navarro atmete tief ein. „Dann ist es unsere Pflicht, für die Zukunft der Menschheit die Menschheit zu schützen – koste es, was es wolle."

Eine bedrückende Kälte legte sich über den Raum.

Zum ersten Mal war die Menschheit gezwungen, eine geeinte Front zu bilden – eine Entscheidung, die über das Überleben des gesamten Planeten entscheiden konnte.

Geheime Sondersitzung des Sicherheitsrates.

Der Raum des Sicherheitsrates, sonst erfüllt von diplomatischer Routine, war heute ein Ort der Anspannung.

Jeder Satz hallte nach, als trüge er das Gewicht der Zukunft.

Das Hologramm von Nibiru schwebte in der Mitte des Raumes – gewaltig, länglich, bedrohlich klar.

Navarro eröffnete die Sitzung: „Wir befinden uns in einer beispiellosen Situation. Unsere Aufgabe ist es, den Weltfrieden zu wahren – doch wie bewahren wir Frieden, wenn wir nicht einmal wissen, was auf uns zukommt?"

Die ständigen Mitglieder sahen einander an. Sie wussten, dass ihre Entscheidungen das Schicksal der Menschheit bestimmen würden.

Sir Andrew Hawthorne aus Großbritannien sprach zuerst.

„Das Vetorecht ist eine Hürde, die wir vielleicht nicht überwinden können. Politische Manöver und nationale Interessen verzögern Entscheidungen. Doch diese Bedrohung lässt uns keine Zeit für solche Spielchen."

Dupont nickte. „Wenn wir überleben wollen, dürfen wir nicht in alten Mustern verharren.
Jede Entscheidung muss einstimmig erfolgen."

Mikhailow lachte trocken. „Eine geeinte Menschheit?
Nach Jahrhunderten der Feindschaft?
Sie glauben wirklich, das sei so einfach?"

„Es ist keine Wahl", erwiderte Navarro kühl. „Entweder wir stehen gemeinsam – oder wir gehen gemeinsam unter."

Keller hob die Stimme. „Was ist mit der Glaubensfreiheit?
Milliarden Menschen werden wissen wollen, was geschieht.
Vielleicht sind es tatsächlich die ‚Götter', die uns erschaffen haben."

Moreau antwortete ruhig, aber hart: „Und wenn nicht?
Wenn sie uns wie Schachfiguren betrachten? Der Glaube wird uns nicht retten, wenn ihre Technologie uns übersteigt."

Wang Xiu ergänzte: „Wenn diese Informationen durchsickern, könnte Panik ausbrechen. Religiöse Gruppen könnten das als Zeichen des Weltuntergangs deuten.
Wir dürfen das nicht zulassen."
„Richtig", stimmte Mikhailow zu. „Fanatiker würden die Menschheit spalten."

Navarro hob erneut die Hand. „Wir können die Wahrheit nicht ewig verbergen. Aber wir müssen sie kontrolliert freigeben.

Dafür müssen wir das Vetorecht abschaffen."

Ein Raunen ging durch den Raum.

„Kein einzelnes Land darf die Entscheidungen der Menschheit blockieren. Wir müssen heute eine geeinte Körperschaft werden."

Schweigen.

Dann ein langsames, schweres Einverständnis.

Hawthorne seufzte. „Es fällt schwer, auf ein Vetorecht zu verzichten. Aber Sie haben recht.

Nur vereint können wir bestehen."

„Dann sind wir uns einig?" fragte Navarro leise.

„Ab heute sind wir eine Weltgemeinschaft – vereint gegen das Unbekannte." Der Raum wurde gespenstisch still.

Ein Moment, der in die Geschichte eingehen würde.

Navarro erhob sich. „Beginnen wir mit den Vorbereitungen.

Mars- und Mondstationen werden verstärkt.

SpaceX koordiniert die Weltall-Flotte.

Die Pluto-Station wird gesichert oder evakuiert.

Die Generationsschiffe passen ihre Route an, um Nibiru auszuweichen."

Keller flüsterte: „Und wenn sie freundlich sind?"

Moreau schüttelte den Kopf. „Wenn sie freundlich sind, werden sie verstehen, warum wir uns schützen. Wenn sie feindlich sind und wir unvorbereitet – zahlen wir den höchsten Preis."

Dupont wagte einen letzten Einwurf: „Vielleicht suchen sie nur Zuflucht. Vielleicht könnten sie Verbündete sein."

„Vielleicht", sagte Navarro.
„Aber darauf können wir nicht bauen."

Olga Ivanova aus Russland sprach mit eisiger Klarheit:
„Die Existenz der Menschheit steht auf dem Spiel."

„Dann handeln wir", sagte Navarro.
„Heute beginnt eine neue Ära."

Ein globales Verteidigungsbündnis – die Terra-Defence-Union – wurde einstimmig beschlossen. Eine beispiellose Allianz gegen eine Bedrohung, die niemand verstand.

Die erste Begegnung mit Nibiru würde geheim bleiben.
Die Welt würde erst informiert werden, wenn das Schiff das Sonnensystem betrat.

Bis dahin galt nur eines: Überleben.

In der Stunde der Wahrheit entscheidet nicht Macht – sondern Einheit!

HIMMELSDRACHEN

Der Mars war an diesem Tag kein roter Wüstenplanet, sondern eine Bühne. Eine Bühne für Macht, Technologie und die Frage, ob die Menschheit bereit war, gemeinsam in eine neue Ära einzutreten.

Auf dem Hochplateau von Ares Prime fand die Präsentation der neuesten Raumfahrt- und Verteidigungstechnologien statt.

SpaceX, die chinesische Allianz Tiānlóng Zhànqún – der „Himmelsdrachen-Kampfverband" – und ein internationales Team aus Ingenieuren und Militärstrategen hatten sich versammelt, um die Zukunft des Weltraumkriegs und der interplanetaren Verteidigung vorzustellen. Schon beim Betreten des Hangars blieb den Delegierten der Atem stehen.

Die Raumgleiter des SpaceX-Himmelsdrachen-Programms dominierten den Raum.
Schlank. Wendig.
Gefährlich schön.

Ihre silbernen Rümpfe reflektierten das künstliche Licht wie flüssiges Metall. Jeder Gleiter war ein Meisterwerk moderner Ingenieurskunst – gebaut für Geschwindigkeit, Präzision und taktische Eleganz. Ihre Produktionskosten waren erstaunlich niedrig, was sie zu idealen Werkzeugen für schnelle Einsätze in der Schwerelosigkeit machte.

Der Name Tiānlóng – „Himmelsdrache" – war nicht nur ein Symbol. Er war eine Botschaft.
Im chinesischen Glauben verbindet der Drache Himmel und Erde, steht für Schutz, Stärke und kosmische Harmonie.
Nun trug eine Flotte diesen Namen – eine Flotte, die sich ihren Platz zwischen den Sternen sichern sollte.

Im krassen Gegensatz dazu präsentierten die Europäer ihre Space-Tanks: kolossale Raumzerstörer, schwerfällig wie Festungen, aber bewaffnet wie ganze Armeen.
Ihre Panzerung war so massiv, dass sie selbst atomare Detonationen überstehen konnten. Ein erschreckendes, aber strategisch bedeutsames Merkmal.

Während die Himmelsdrachen die Eleganz des Fortschritts verkörperten, warfen die Space-Tanks einen langen, dunklen Schatten in den roten Staub des Mars – ein Schatten, der von Macht und Entschlossenheit erzählte.

Die Präsentation machte eines deutlich:
Die einen glaubten an Wendigkeit.
Die anderen an Zerstörungskraft.
Doch beide Seiten wussten:
Nur gemeinsam konnten sie bestehen.

Die internationale Zusammenarbeit war nicht länger ein Ideal –
sie war eine Notwendigkeit.

Nach der Präsentation versammelten sich die Delegierten in
einem gläsernen Konferenzraum mit Blick auf die Marsianische
Ebene.

„Die Raumgleiter kosten etwa eine Milliarde Solcoin pro
Einheit," erklärte ein SpaceX-Ingenieur.

„Die Space-Tanks hingegen verschlingen mehr als
2,5 Milliarden – ohne Bewaffnung."

„Nicht alle Staaten können das leisten," warf der russische
Vertreter ein. „Wir könnten stattdessen mit Rohstoffen
beitragen. Seltene Erden, Metalle, Treibstoff.
Als Kompensation."

Ein Abgeordneter Indiens meldete sich vorsichtig zu Wort:
„Sollten wir nicht auch andere Staaten einbeziehen?
Die Emirate, den Iran, Südafrika, Brasilien…
Die Last der Finanzierung muss gerecht verteilt werden."

Ein leises Schweigen folgte.
Ein Schweigen, das mehr sagte als Worte.
Denn die Frage war nicht nur wirtschaftlich.
Sie war politisch.
Philosophisch.
Existentiell.

Wie konnte man die Menschheit vereinen, ohne ihr zu sagen, wofür sie vereint werden musste?

Wie erklärt man zweihundert Staaten, dass sie Ressourcen in ein Projekt stecken sollen, dessen wahre Natur geheim bleiben musste?

Wie baut man eine Verteidigung, ohne Panik zu erzeugen?

Draußen fegte ein Staubsturm über die rote Ebene.

Drinnen tobte ein Sturm aus Fragen, Ängsten und unausgesprochenen Wahrheiten.

Die Delegierten wussten:

Die Menschheit hatte sich nie geeint.

Religionen hatten sie gespalten.

Nationen hatten sie gegeneinander aufgebracht.

Ideologien hatten sie blind gemacht.

Doch nun stand sie vor einer Bedrohung, die all das bedeutungslos machte. Ein Objekt aus der Tiefe des Alls.

Nibiru oder wie es sonst hieß.

Ein Fremder, der alles infrage stellte.

Und plötzlich war klar:

Ein Planet, eine Spezies, eine Zukunft.

Oder keine.

Der Einschlag von Gleiter Drei hallte wie ein Donnerschlag über die Ebene von Utopia Planitia. Die Staubwolke stieg auf wie ein blutroter Pilz, und in der Kommandozentrale erstarrten die

Delegierten. Niemand sprach. Niemand atmete.

Dann meldete sich der leitende Techniker, die Stimme brüchig:
„Wir… wir haben einen Impuls registriert.
Fremd.
Nicht von uns."
Ein einziger Satz — und die Temperatur im Raum fiel um zehn
Grad. Commander Li Wei schloss die Augen.
„Dann war es kein Unfall."

Die Delegierten sahen einander an, und in ihren Blicken lag zum
ersten Mal seit Jahrzehnten dasselbe Gefühl:
Wir sind verletzlich.
Wir sind beobachtet.
Wir sind nicht bereit.

Der russische Vertreter flüsterte:
„Wenn sie uns mit einem einzigen Impuls vom Himmel holen
können… was passiert, wenn sie mehr wollen?"

Die amerikanische Delegierte antwortete nicht. Sie starrte nur
auf die Telemetrie, die wie ein EKG eines sterbenden Herzens
flackerte. Dann geschah etwas, das niemand erwartet hatte.

Die Diskussion verstummte. Die Schuldzuweisungen
verstummten. Die nationalen Reflexe verstummten.
Stattdessen breitete sich eine Erkenntnis aus, klar und
unausweichlich:

Wenn wir uns weiter spalten, sind wir verloren.
Wenn wir uns vereinen, haben wir eine Chance.

Der indische Abgeordnete brach das Schweigen.
„Wir müssen die Terra-Defence-Union sofort ausbauen.
Mehr Mittel.
Mehr Personal.
Mehr Kooperation.
Keine Verzögerungen."
Die Europäer nickten.
Die Amerikaner nickten.
Die Chinesen nickten.
Selbst die Russen nickten.

Zum ersten Mal seit Menschengedenken war die Welt nicht geteilt — sie war erschüttert. Und genau diese Erschütterung brachte sie näher zusammen als jede politische Rede, jede Krise, jeder Krieg zuvor.

Commander Li Wei fasste es in einem einzigen Satz zusammen:
„Dieser Absturz hat uns gezeigt, wie leicht wir zerstört werden können — und wie dringend wir einander brauchen."

Die TDU wurde noch am selben Tag erweitert.
Mehr Budget.
Mehr Ressourcen.
Mehr gemeinsame Forschung.

Mehr gemeinsame Verteidigung.

Nicht aus Idealismus.

Nicht aus Diplomatie.

Sondern aus purer, existenzieller Notwendigkeit.

Die Menschheit hatte endlich begriffen, dass sie nur eine Erde hat — und nur gemeinsam überleben kann.

Die Auswertung der geborgenen Black-Box schlug ein wie ein Keulenschlag. Keine Vorwarnung, keine Einordnung — nur nackte Zahlen, die den Raum augenblicklich verstummen ließen.

Der leitende Analyst stand reglos vor dem Datenstrom, als hätte er gerade etwas gesehen, das nicht existieren durfte.

„Wir haben den Impuls zurückverfolgt", sagte er schließlich. Seine Stimme war zu ruhig, zu kontrolliert.

Die Delegierten warteten.

Niemand wagte zu atmen.

„Er stammt nicht von außen."

Ein einziger Satz — und die Temperatur im Raum fiel spürbar. Commander Li Wei runzelte die Stirn. „Nicht extern?"

„Nein." Der Analyst zeigte auf die Signatur. „Das Signal wurde über unser eigenes Netzwerk eingespeist. Jemand hat den Gleiter absichtlich destabilisiert."

Ein dumpfes, kollektives Entsetzen breitete sich aus.

Nicht wegen des Absturzes.

Sondern wegen der Erkenntnis:

Der Feind war nicht draußen. Er war drinnen.

Die amerikanische Delegierte presste die Lippen zusammen. „Wer würde so etwas tun?"

Der Analyst zögerte.

„Wir haben eine verschlüsselte Datenkette gefunden.

Jemand hat versucht, sie zu löschen.

Die Verschlüsselung enthält… religiöse Fragmente.

Zitate. Symbole."

Ein Schatten legte sich über die Gesichter der Anwesenden.

Ein Fanatiker.

Ein Gläubiger. Ein Mensch, der glaubte, im Namen einer höheren Macht zu handeln.

Und plötzlich wirkte der Absturz nicht mehr wie ein Unfall — sondern wie ein Auftakt.

Commander Li Wei sprach leise, aber mit einer Schärfe, die niemand überhörte: „Wenn jemand bereit ist, unsere Verteidigung von innen zu sabotieren, dann stehen wir vor einer Bedrohung, die größer ist als jedes Objekt im All."

Die Delegierten nickten.

Nicht aus Höflichkeit — aus Notwendigkeit.

Die TDU wurde noch am selben Abend verstärkt.

Mehr Mittel.

Mehr Sicherheit.

Mehr Überwachung.

Mehr Zusammenarbeit.

Nicht, weil man es wollte.

Sondern weil man es musste.

Denn der Absturz hatte etwas offenbart, das niemand aussprechen wollte:

Die Menschheit war nicht nur von außen bedroht.

Sie war von innen verwundbar.

Und irgendwo, tief in den Daten, lag eine Spur.

Eine Spur, die niemand verstand.

Noch nicht.

Aber sie würde zurückkehren.

Und wenn sie es tat, würde sie alles infrage stellen.

ZEICHEN AM FIRMAMENT

Es begann wie ein Flüstern.

Ein kaum wahrnehmbares Zittern im globalen Informationsnetz, das sich langsam, aber unaufhaltsam ausbreitete. Trotz strengster Geheimhaltung, trotz verschlüsselter Kanäle, trotz abgeschotteter Sitzungen hinter Panzertüren — die Welt spürte, dass etwas nicht stimmte.

Die plötzliche Häufung diplomatischer Treffen, die ungewöhnlich wortkargen Pressekonferenzen, die abrupten Reisen der Staatschefs zu den Außenposten im All — all das blieb nicht unbemerkt.

Journalisten rochen Blut.
Analysten sahen Muster.
Die Öffentlichkeit begann zu spekulieren.
Die offizielle Erklärung, man teste „neue Technologien", wirkte wie ein schlechter Witz.
Zu durchsichtig.
Zu schwach.
Zu spät.

Der Mensch glaubt lieber an Geschichten als an Fakten.
In den sozialen Netzwerken explodierten die Diskussionen.
Was die Regierungen verschwiegen, füllten andere mit Fantasie.

Einige sprachen von außerirdischem Kontakt.
Andere von einer kosmischen Bedrohung.
Wieder andere von einer globalen Verschwörung,
die seit Jahrzehnten im Verborgenen operiere.

Die Wahrheit war irrelevant.
Wichtiger war, was sich gut erzählte und der Mensch liebt
Geschichten — besonders jene, die Angst machen.

In Tempeln, Kirchen, Synagogen und Moscheen wurden
Predigten gehalten, die das Unbekannte im All mit uralten
Überlieferungen verknüpften.

Einige christliche Endzeitbewegungen sahen in den
Himmelsphänomenen die Vorboten der Apokalypse.
Sie sprachen vom „zweiten Zeichen am Firmament".

Radikale Splittergruppen islamischer Gelehrter interpretierten
die Gerüchte als Prüfung — als möglichen Schleier, hinter dem
sich Dschinn oder fremde Schöpfungen verbargen.

In Jerusalem versammelten sich ultraorthodoxe Strömungen an
der Klagemauer, um Nachtgebete abzuhalten.
Einige Rabbiner warnten, die „Zeichen am Himmel" könnten
mit messianischen Prophezeiungen verknüpft sein — nicht als
Bedrohung, sondern als Prüfung des Glaubens.

Auch in Indien entstanden Bewegungen, die die Erscheinung mit alten Sanskrit-Schriften verbanden: Vimanas, himmlische Wagen, die einst zwischen den Welten gereist seien.

Für viele Gläubige war dies kein Zufall — sondern Bestätigung.

Die Präastronautiker fühlten sich endgültig rehabilitiert.

Sie erklärten, die Menschheit stehe kurz davor, die Wahrheit über ihre „Schöpfer" zu erfahren.

Die Mythen der Sumerer.

Die Götter der Maya.

Die Besucher in vedischen Texten.

Alles wurde neu gedeutet, neu interpretiert, neu instrumentalisiert.

Talkshows luden sie ein.

Streams erreichten Millionen.

Alte Bücher wurden Bestseller.

Der Mensch suchte nicht nach Wahrheit.

Er suchte nach Bedeutung.

Während Regierungen schwiegen, übernahmen andere die Bühne: Influencer.

Selbsternannte Experten.

Apokalyptische Prediger.

Mediale Scharlatane.

KI-Programme erzeugten täuschend echte Videos: Orbitale Flotten.

Geheime Mondbasen.

Abfangmissionen.

Nichts davon war verifiziert.

Alles davon wurde geglaubt.

Area 51 wurde erneut zum Mythos.

UFO-Archive trendelten weltweit.

Die Welt erinnerte sich an alte Fiktionen — doch diesmal war die Panik nicht lokal.

Sie war global und digital.

Mitten im Chaos entstanden Gruppierungen, radikalen Bewegungen, die weit über gewöhnliche Verschwörungstheorien hinausgingen.

Die „Erdenhüter Gemeinschaft".

Von Kritikern „Nibiru-Kult" genannt.

Für sie war Nibiru kein Objekt — sondern eine Prophezeiung.

Die Rückkehr der Anunnaki.

Die Wiederkehr der „wahren Schöpfer".

Eine Reinigung der Erde von ihrer eigenen Zerstörung.

Ihre Veranstaltungen glichen spirituellen Popkonzerten:

Lichtshows.

Holografische Sternen Tore.

Ekstatische Musik.

Sie erzählten vom Bau der Pyramiden als Leuchttürme.

Von der Sintflut als planetarer Reset.

Jede Zusammenkunft endete mit der Zeremonie „Zurück zu den Sternen" — einer kollektiven Meditation, die angeblich Kontakt zu den Anunnaki herstellen sollte.

Angeheizt durch alte Theorien glaubten sie:
Nibiru sei kein Planet, sondern ein intelligentes Schiff.
Und sie selbst seien die Erwachten.

Eine techno-asketische Bewegung aus Europa.
Die „Sonnenbund-Reiniger"
Sie vertraten die Ansicht, die Menschheit müsse sich „biologisch und geistig reinigen", um von außerirdischen Zivilisationen akzeptiert zu werden.
Mitglieder unterzogen sich:
Gen-Diäten
Schlafreduktion, sensorischer Isolation
Ihr Credo:
„Nur eine disziplinierte Spezies darf den Kosmos betreten."

Eine pazifistische, aber fanatisch gläubige Bewegung aus Südamerika waren die „Kinder des Firmaments".
Sie glaubten, die Besucher kämen als Lehrer.
Ihre Anhänger bauten offene Heiligtümer — ohne Dächer — „damit die Sterne uns sehen können".
Viele verweigerten Technologie, um „ursprünglich" zu wirken.

Die „Letzte Arche" war eine apokalyptische Splittersekte aus Nordamerika. Sie waren überzeugt, dass nur eine kleine Auswahl Menschen würde evakuiert werden.
Ihre Mitglieder verkauften Besitz, bauten unterirdische Zufluchtsstätten und warteten auf „den Ruf".

Der Kult um Nibiru wuchs am schnellsten.
Menschen aller Altersgruppen schlossen sich an.
Religiöse Institutionen verloren Gläubige.
Wissenschaftler wurden bedroht.
Skeptiker warnten vor Massenhysterie — doch ihre Stimmen gingen im digitalen Lärm unter.

Die UN beobachtete die Entwicklung mit wachsender Sorge.
Denn viele dieser Bewegungen verband ein gemeinsamer Glaube: Die Götter kehren heim.
Und die Menschheit müsse sich vorbereiten — notfalls gegen ihre eigenen Regierungen.

Politischer Druck wurde größer. Die Staatschefs wussten, dass sie nicht mehr lange schweigen konnten.

Die Welt verlangte Antworten.
Die Medien forderten Transparenz.
Religiöse Gruppen sahen Prophezeiungen erfüllt.
Radikale Bewegungen mobilisierten Anhänger.
Eine Generaldebatte der Vereinten Nationen wurde angesetzt.

Eine Erklärung musste formuliert werden:

Beruhigend — aber kontrolliert.

Informativ — aber nicht enthüllend.

Wahr — aber nicht destabilisierend.

Doch jede Formulierung war ein Risiko.

Denn die Wahrheit war explosiver als jede Lüge.

Während die Welt in Spekulationen versank, rückte Nibiru unaufhaltsam näher.

Noch wusste niemand, ob es die Erde ansteuern würde.

Oder ob es einfach vorbeiziehen würde.

Doch eines war sicher:

Die Menschheit war nicht bereit.

Nicht für die Wahrheit.

Schon gar nicht für sich selbst.

Denn die größte Gefahr für die Menschheit war nicht das Unbekannte —sondern der Mensch, der lieber verführerische Unwahrheiten glaubt, als eine Wahrheit, die ihn verändert.

Es war, als hätte die Menschheit nach Jahrhunderten des Streits endlich begriffen, dass sie nur dann stark war, wenn sie sich nicht selbst schwächte.

Die Angst vor Nibiru hatte die Welt erschüttert – doch sie hatte zugleich etwas freigesetzt, das lange verschüttet gewesen war: den Willen, gemeinsam zu handeln.

Zum ersten Mal seit Beginn der Raumfahrt arbeiteten

Nationen nicht mehr nebeneinander, sondern miteinander. Ingenieure, Wissenschaftler, Soldaten, Techniker – Menschen aus allen Kulturen, Sprachen und politischen Systemen – standen Schulter an Schulter.

Nicht aus Pflicht.
Sondern aus Überzeugung.

Es war keine Allianz aus Verträgen.
Es war eine Allianz aus Notwendigkeit — und Hoffnung.

Der Fortschritt explodierte.

Was früher Jahrzehnte gedauert hätte, entstand nun in

Monaten. Forschungsbarrieren, die einst durch Patente,

Ideologien oder militärische Geheimhaltung blockiert waren, lösten sich auf wie Eis in der Sonne.

Labore wurden vernetzt.

Orbitale Werften arbeiteten im Drei-Schicht-Zyklus.

Mondfabriken produzierten Bauteile, die auf der Erde nie hätten gebaut werden können.

Jede Nation brachte ihr Bestes ein.

Nicht ihr Lautestes — ihr Bestes.

Die neuen Raumgleiter waren Meisterwerke dieser Kooperation. Schlanke, pfeilförmige Rümpfe, umgeben von modularen Strahlungsfeldern.

Im Inneren arbeiteten nukleare Mikroreaktoren, gekoppelt mit hocheffizienten Ionentriebwerken, deren Plasmastrahlen in bläulichem Licht glühten.

Laser Booster — orbital stationiert — beschleunigten die Gleiter zusätzlich, indem sie ihre Segelflächen aus reflektierendem Nanomaterial mit gebündelter Energie beschossen. Eine Weiterentwicklung der alten Ikarus-Sonde.

Doch präziser.

Hundertmal berechenbarer.

Gebaut für Manöver im tiefen Raum, nicht nur für lineare Flüge.

Sie waren schnell.

Wendig.

Effizient.

Und vor allem: international gebaut.

Jede Schraube ein Symbol der Zusammenarbeit.

Jede Schweißnaht ein stiller Vertrag.

Das Gegenstück zu diesen eleganten Schiffen waren die sogenannten Space Tanks.

Massiv.

Schwer.

Unerschütterlich.

Stationiert auf dem Mond, wo geringe Gravitation ihre gewaltige Masse tragbar machte.

Ihre atomaren Antriebe ermöglichten langsame, aber unaufhaltsame Kurskorrekturen.

Bewaffnet waren sie nicht für Krieg im klassischen Sinne, sondern für planetare Verteidigung:

Interplanetare Abfangraketen.

Kinetische Impaktoren.

Gravitationsstörsender.

Systeme, die Ziele über Millionen Kilometer präzise treffen konnten, ohne die Erde selbst zu gefährden.

Ihre Mondbasis war ein Bollwerk — nicht gegen Feinde, sondern gegen menschliche Fehler.

Eine letzte Versicherung gegen Panikentscheidungen.

Die Mission, deren Wurzeln im alten DRACO-Programm lagen, verschlang Ressourcen in nie dagewesenem Ausmaß.

500 Millionen Bitcoin.

Eine Summe, die früher globale Märkte erschüttert hätte — nun aber kommentarlos akzeptiert wurde.

Im Zentrum der Technologie stand ein nuklearthermischer Antrieb: Ein Reaktor mit niedrig angereichertem Uran erhitzte flüssigen Wasserstoff auf über 2.400 Grad Celsius. Das expandierende Plasma wurde durch magnetische Düsen ausgestoßen und erzeugte einen Schub, der konventionelle Raketen weit übertraf.

Reisezeit zum Mars: 45 Tage.
Diese Technologie war bereits auf Pluto getestet worden.
Unter extremen Bedingungen.
Unter maximaler Belastung.
Nun wurde sie perfektioniert — stabiler, sicherer, skalierbar.
Besonders die chinesischen und japanischen Ingenieure wurden zu Legenden innerhalb des Projekts.
Während andere erschöpft in ihre Quartiere zurückkehrten, arbeiteten sie weiter — Nacht für Nacht, Stunde um Stunde.

Nicht aus Zwang.
Sondern aus Begeisterung.
Sie optimierten Kühlkreisläufe um Bruchteile von Prozent.
Reduzierten Materialermüdung durch neue Keramiklegierungen.

Entwickelten selbstheilende Nanobeschichtungen für Reaktorkammern.

Ihre Energie steckte alle an.

Ihre Kreativität riss die Teams mit.

Ihre Disziplin wurde zum Herzschlag des Projekts.

Doch sie arbeiteten nicht allein.

Indische Softwarearchitekten entwickelten autonome Navigations-KI-Systeme.

Europäische Materialforscher konstruierten Strahlungsschilde.

Afrikanische Energienetzwerke lieferten stabile Fusionsspeicherlösungen.

Amerikanische Orbitalwerften industrialisierten den Bau.

Solaris war kein Projekt mehr.

Es war ein planetarer Organismus.

Dann geschah etwas, das niemand geplant hatte —und doch alles veränderte. Die Menschen begannen, einander zu vertrauen.

Nicht blind.

Sondern bewusst.

In den Pausen, zwischen Kabeln, Reaktoren und Datenströmen, entstanden Gespräche, die tiefer gingen als jede politische Rede.

„Wir waren immer stark," sagte ein indischer Physiker leise.

„Wir haben es nur vergessen, weil wir uns ständig bekämpft haben."

Eine deutsche Ingenieurin antwortete:

„Vielleicht ist das unsere größte Schwäche — und gleichzeitig unsere größte Stärke.

Wir können alles zerstören.

Aber wir können auch alles erschaffen."

Ein japanischer Techniker lächelte müde.

„Solaris bedeutet Sonne.

Vielleicht ist das hier unser Sonnenaufgang."

Ein alter französischer Wissenschaftler, der schon an den ersten Marsprogrammen gearbeitet hatte, murmelte:

„Die Menschheit ist wie ein Stern.

Sie leuchtet nur, wenn genug Druck auf ihr lastet."

Die Teams spürten es.

Sie waren Teil von etwas Größerem.

Etwas, das über Nationen, Religionen und Ideologien hinausging.

Zum ersten Mal in der Geschichte der Menschheit gab es ein echtes Wir.

Nicht erzwungen.

Nicht politisch.

Sondern menschlich.

Zwischen Furcht und Hoffnung

Die Bedrohung mochte noch Jahre entfernt sein.

Vielleicht war Nibiru harmlos.

Vielleicht war er gefährlich.

Niemand wusste es.

Doch eines wussten alle:

Wenn die Menschheit zusammenhielt, konnte sie alles bewegen.

Wenn sie sich spaltete, konnte sie nichts retten.

Bei jeder Versammlung, bei jeder Besprechung, bei jedem
Fortschritt schwang derselbe Gedanke mit:

Was, wenn wir falsch lagen?

Was, wenn Nibiru keine Bedrohung war —
sondern eine Chance?

Eine Chance, nicht nur zu überleben, sondern zu wachsen.

Eine Chance, nicht nur zu verteidigen, sondern zu verstehen.

Eine Chance, nicht nur zu reagieren, sondern zu begegnen.

Die Menschen wussten es nicht.

Aber sie wussten eines:

Sie würden bereit sein.

Für alles.

Für Krieg.

Für Frieden.

Für das Unvorstellbare.

Denn am Ende erkannten sie eine Wahrheit,
die älter war als jede Technologie:
Die stärkste Kraft der Menschheit war nie ein Reaktor,
nie ein Antrieb, nie eine Waffe —
sondern die Fähigkeit, bzw. der erste Versuch der Menschheit,
als eine einzige Zivilisation zu handeln.

Solaris war mehr als eine Station.
Mehr als eine Flotte.
Mehr als eine künstliche Intelligenz.

Erste Orbitales Verteidigungs- und Expeditionsnetzwerk der
Menschheit.
Positioniert im Lagrange-Punkt L1 zwischen Erde und Sonne,
lag die Hauptstation dort, wo sie permanent freie Sicht ins
innere Sonnensystem hatte – und gleichzeitig frühzeitige
Sensorerfassung für Objekte aus der äußeren Ebene.

Die Struktur war gewaltig:
Rotationsringe für künstliche Gravitation
Strahlungsschilde aus Mondregolith-Komposit
Mehrschichtige Laser-Kommunikationsspiegel
Andockhäfen für über 200 Schiffe gleichzeitig
Reaktorkerne: Helium-3-Fusion + nukleare Backup-Module
Von außen wirkte Solaris wie eine metallene Sonne, deren
Paneele Licht einfingen und gleichzeitig als Sensorfelder
dienten. Gedacht als letzte Verteidigungslinie.

Im Innersten der Station lag kein Kontrollraum.

Sondern ein Lichtraum.

Ein kugelförmiger Saal, in dem Daten als Hologramme schwebten – Flugbahnen, Energiefelder, Bedrohungsmodelle.

Dort existierte die strategische KI:

HEART OF SOLARIS

Keine autonome Kriegsmaschine, sondern eine:

Entscheidungs-Simulations-KI

Diplomatie-Protokollinstanz

Gefechtskoordinatorin

Ethik-Limiter-Architektur

Sie konnte Milliarden Szenarien berechnen –

aber keine Waffe ohne menschliche Freigabe abfeuern.

Die Menschheit wollte nie eine Maschine, die über Leben entschied.

Solaris dachte.

Der Mensch entschied.

Erste vereinte Mission

Der Starttag wurde nicht militärisch benannt.

Sondern historisch: Tag Null der Vereinten Flotte.

Die Andockringe von Solaris glühten im Sonnenlicht.

Schiffe aus allen Nationen lagen nebeneinander, ihre Hüllen unterschiedlich gefärbt, unterschiedlich geformt – und doch verbunden durch identische Embleme:

Ein Kreis.

Darin eine stilisierte Sonne.

Darunter ein Wort:

SOLARIS

Commander Elena Vasquez stand auf der zentralen Kommandobrücke des Aegis-Trägers *Unity*.

Neben ihr:

Ein russischer Navigationsoffizier

Eine nigerianische Sensoranalystin

Ein japanischer Antriebsingenieur

Ein deutscher taktischer Koordinator

Ein brasilianischer Drohnenpilot

Niemand sprach über Herkunft.

Nur über Parameter.

„Flottenstatus?" fragte Vasquez.

„Alle 312 Einheiten startbereit", antwortete die KI-Stimme ruhig im Raum.

Nicht kalt.

Nicht warm.

Klar.

„Solaris-Kern bestätigt Synchronisation."

Vor ihnen öffnete sich das taktische Hologramm:

Eine Projektion des Sonnensystems.

Flugbahnen leuchteten wie Adern aus Licht.

Und dort draußen — fern jenseits von Neptun — bewegte sich ein roter Marker:

Nibiru-Objektbahn – bestätigt.

Stille.

Nicht aus Angst.

Sondern aus Gewicht des Moments.

Zum ersten Mal in der Geschichte existierte eine Flotte ohne nationale Befehlsketten.

Nur eine gemeinsame.

Und leiser, fast wie ein Gedanke:

„Möge Zusammenarbeit unsere stärkste Waffe bleiben."

ATLANTIDA

Die Offenbarung traf die Crew wie ein Schlag.

„Das ist unmöglich… völlig unmöglich!"

Wood fuhr herum, seine Stimme überschlug sich, während sein Blick wie festgefroren an den Monitoren hing.

Die Ikarus-Sonde – eine der modernsten Forschungseinheiten, die sich bis auf wenige Kilometer an das rätselhafte außerirdische Objekt herangewagt hatte – übermittelte kristallklare Bilder. Die Auflösung war so hoch, dass selbst mikroskopische Strukturen sichtbar wurden.

Hologramme schwebten im Raum, drehten sich langsam und ließen die Form des fremden Schiffes beinahe greifbar erscheinen.

Doch was die Crew der Pluto-Station sah, verschlug ihnen den Atem. „Das… das glaube ich nicht", murmelte Dr. Taskin, ihre Stimme kaum mehr als ein Hauch.

Sie stand wie versteinert da, die Augen weit geöffnet, fixiert auf die Zeichen, die sich über die Außenhülle des Objekts zogen.

Die Board KI- Vita übernahm die Analyse.

Ihre Stimme war ruhig, fast unheimlich gelassen.

„Die Schriftzeichen sind eindeutig griechisch.

Sie bedeuten: **Ατλαντίδα**."

„Atlantida…" Wood flüsterte das Wort, als hätte es Gewicht.

Dann traf ihn die Erkenntnis wie ein Faustschlag.

„Ist das Atlantis?

Aber... Atlantis ein Insel und kein Raumschiff?"

Dr. Taskin rang auch nach Worten.

„Das passt in keine historische Chronologie!

Hat Platon... hat er tatsächlich ein Raumschiff beschrieben?"

Ungläubiges Staunen breitete sich aus.

Die Erkenntnis raste wie ein elektrischer Impuls durch den Kontrollraum: Atlantis war kein versunkenes Inselreich – es war ein interstellares Schiff.

Die alten Legenden, die man als Mythen abgetan hatte, bekamen plötzlich eine erschreckende Klarheit. Berichte über unglaubliche Technologien, Maschinen, Fähigkeiten, die weit über das damalige Verständnis hinausgingen – all das ergab auf einmal Sinn.

Eine eisige Stille legte sich über den Raum.

Was, wenn Atlantis nie untergegangen war?

Was, wenn es einfach weitergereist war – hinaus in die Tiefen des Alls? Und was, wenn die Menschheit erst jetzt begann zu begreifen, wohin diese Reise geführt hatte?

Fragen schwirrten wie aufgescheuchte Insekten durch die Gedanken der Crew, doch keine davon brachte Erleichterung. Atlantis war nicht nur ein Mythos.

Es war ein Vermächtnis.

Vielleicht sogar eine Warnung.

Plötzlich verstummte das Rauschen der Scanner.

Die Hologramme flackerten.

Ein schrilles Warnsignal durchbrach die Stille.

„Verbindung zur Ikarus wurde unterbrochen", meldete Vita.

„Ich kann keinen Kontakt mehr herstellen."

Lucas Torres – Konstrukteur, Genie, Perfektionist – trat vor.

Er starrte auf die letzten Standbilder, die das System gespeichert
hatte. Die fremdartige Architektur.

Die Schriftzeichen.

Die makellose Symmetrie.

Alles deutete darauf hin, dass sie ein Geheimnis berührt hatten,
das jenseits menschlicher Vorstellungskraft lag.

Torres trat noch näher an die Projektionen heran, als würde ihn
die Erkenntnis selbst nach vorn ziehen. Die letzten Standbilder
der Ikarus wirkten nicht mehr wie bloße Daten – sie waren ein
Fragment einer Wahrheit, die größer war als alles, was die
Menschheit je für möglich gehalten hatte.

„Wenn das wirklich Atlantis ist…"

Seine Stimme war rau vor Unglauben.

„Dann sehen wir hier die älteste Spur außerirdischen Lebens,
die jemals entdeckt wurde.

Aber warum enden die Übertragungen genau jetzt?

Was haben wir übersehen?"

Er hielt inne. „Oder… wurden wir entdeckt?"

Vita reagierte sofort, ihre Stimme ruhig und analytisch wie
immer: „Atlantis wurde erstmals vom griechischen Philosophen
Platon erwähnt. Er beschrieb es als ein mächtiges Inselreich,
beherrscht vom Sohn des Meeresgottes Poseidon, Atlas.
Der Name bedeutet wörtlich: *Insel des Atlas.*"
Die holografischen Projektionen drehten sich langsam, warfen
kaltes Licht auf die Gesichter der Crew.

Vitas Worte ließen uralte Mythen wie Erinnerungen aus einer
anderen Zeit erscheinen. „In der griechischen Mythologie", fuhr
sie fort, „war Atlas der älteste Sohn Poseidons und einer
sterblichen Frau. Er herrschte über die Hauptstadt von Atlantis,
während seine Brüder das übrige Reich verwalteten."
Die Crew hörte gebannt zu, unfähig, den Blick von den
Hologrammen zu lösen.

Commander Wood schüttelte fassungslos den Kopf.
„Kein Wunder, dass die Menschen der Antike sie für Götter
hielten. Wenn das hier tatsächlich Atlantis ist… dann war der
Mythos nicht übertrieben. Er war eine verzerrte Erinnerung an
etwas, das die Menschheit damals nicht begreifen konnte."

Vita ergänzte nüchtern:

„Platon beschrieb Atlantis als rechteckiges Plateau, das vor rund 11.000 Jahren versank.

Unsere Bilder zeigen ein nahezu rechteckiges Objekt."

Ein Schauer ging durch die Reihen. Die Struktur war riesig, symmetrisch, künstlich – ein Design, das in der Natur nicht vorkam.

Lucky trat näher. „Seht euch das an", sagte er leise.

„Die oberste Ebene sieht aus wie unsere Botanica Eden.

Eine Biosphäre. Ein geschlossenes System – wie bei unseren modernen Raumschiffen."

Er deutete auf die Konturen. „Wenn dieses Schiff auf flachem Wasser lag, hätte es wie eine Insel ausgesehen.

Eine künstliche Insel."

Seine Augen leuchteten. „Das erklärt, warum Atlantis in den Mythen an verschiedenen Orten auftaucht. Vielleicht war es mobil. Ein wanderndes Reich.

Wie ein Ozean-Cruiser – nur in planetaren Dimensionen."

Torres nickte langsam. „Nach den aktuellen Daten müsste jede Ebene etwa zehn Quadratkilometer groß sein. Ich werde ein Modell bauen. Wir müssen verstehen, was sich darin verbirgt."

Vita meldete sich erneut: „Ich habe anhand der Bilder bereits erste Analysen und Berechnungen durchgeführt."

Sie projizierte neue Diagramme in den Raum. „Ein Raumschiff dieser Größe würde unterschiedliche Deckhöhen benötigen. Standarddecks für Wohn- und Arbeitsbereiche, Naturdecks für Vegetation und Sauerstoffproduktion, Arenadecks für große Versammlungen oder Trainingsbereiche."

Die Crew betrachtete die Zahlen, die sich vor ihnen formten. „Bei einer Gesamthöhe von 1.000 Metern", fuhr Vita fort, „ergibt sich folgende mögliche Struktur: – 60 Standarddecks – 20 Naturdecks – 10 Arenadecks"

Ein leises Murmeln ging durch die Anwesenden. Commander Wood schüttelte den Kopf, als könnte er es selbst kaum glauben.

„Das Inselreich Atlantis… abseits der Säulen des Herakles."
Dr. Taskin hob den Blick. „Die Straße von Gibraltar war für die Seefahrer der Antike das Ende der bekannten Welt. Dahinter lag das Unbekannte… vielleicht damals auch Atlantis."

Torres nickte. „Wenn es mobil war, hätte es überall auftauchen können. Eine künstliche Insel, die sich bewegt."
Er wandte sich an Enzo. „Um eine solche Masse zu bewegen, braucht man enorme Energie.
Wie viel genau?
Und wie würde man sie erzeugen?
Ich brauche Berechnungsmodelle."

Enzo grinste schief und salutierte spielerisch. „Ay, ay, Sir.

Nicht leichter als das." Natürlich war es ironisch gemeint.

Eine solche Aufgabe war selbst für Vita eine Herausforderung.
Die Luft im Raum schien schwerer zu werden, als würde sie die
Last uralter Geheimnisse tragen. Sie standen am Rand eines
Rätsels, das seit Jahrtausenden in Mythen und Ozeanen
verborgen lag. Ein Vermächtnis so gewaltig, dass die Menschen
der Antike keine andere Wahl gehabt hatten, als seine Erbauer
für Götter zu halten.

Doch nun, angesichts der überwältigenden Wahrheit, begann
die Grenze zwischen Mythos und Realität zu verschwimmen.
Die Vorstellung, dass jene „Götter" vielleicht Architekten einer
größeren, kosmischen Wahrheit gewesen waren, ließ einen
kalten Schauer durch die Anwesenden fahren.

Was sie entdeckt hatten, war mehr als eine Offenbarung.
Es war der erste Schritt in eine Welt, die den Geist der
Menschheit für immer verändern würde.

Und was erschien, ließ jedem im Raum den Atem stocken.
Eine gewaltige Kommandobrücke füllte die Displays.
Keine rohe Technik, kein kalter Maschinenraum – sondern eine
Architektur von überwältigender Klarheit. Holographische Ebenen schwebten frei im Raum, fremdartige Symbole pulsierten in
rhythmischen Sequenzen. Alles wirkte funktional und zugleich
majestätisch, entworfen für Wesen, die an Präzision und Macht
gewöhnt waren.

„Das ist … live", flüsterte jemand.

Dann sahen sie die Gestalten.

Humanoid. Groß. Kräftig. Markante Gesichtszüge, ruhige Bewegungen, eine Präsenz, die selbst durch die Übertragung spürbar war. Ihre Uniformen wirkten utopisch, beinahe zeremoniell – und doch eindeutig militärisch.

Keine Waffen sichtbar.

Aber niemand zweifelte daran, dass sie existierten.

Niemand ließ sich davon beruhigen.

Enzo trat unwillkürlich einen Schritt näher an die Konsole.

„Sie haben die Ikarus nicht einfach eingefangen", sagte er leise.

„Sie haben sie eingebunden.

Als wäre sie… willkommen."

Ein leises, pulsierendes Rauschen legte sich über die Übertragung. Es klang nicht wie Störsignal.

Eher wie ein gleichmäßiger Herzschlag.

Dann erklang die erste Stimme.

Langsam.

Klar.

Mit bewusster Artikulation.

„Γειά σου."

Einen Herzschlag später folgte die nächste.

„नमस्ते."

Dann:

„שלום.“

Und schließlich:

„K'iin che'ej.“

Die Worte hallten im Raum nach.

Nicht akustisch – emotional.

Als hätten sie etwas Berührtes, etwas Uraltes geweckt.

Vita reagierte augenblicklich. „Sprachanalyse abgeschlossen.
Es handelt sich um alte irdische Sprachen.
Griechisch. Hindi. Hebräisch. Yukatekisch es Maya.“

Sie pausierte einen kaum messbaren Moment.
„Die Reihenfolge ist nicht zufällig. Sie folgt historischen
Kontakt- und Ausbreitungspfaden menschlicher Zivilisationen.“
Wood spürte, wie sich seine Nackenhaare aufstellten.
„Sie kennen uns“, sagte er leise.

Noch bevor jemand antworten konnte, veränderte sich das
Signal erneut. Die fremden Symbole ordneten sich neu,
bildeten klare Muster.

Dieses Mal war es keine Begrüßung.
Es war eine Frage.
Ihre Stimme war ruhig, aber die Worte wirkten wie ein
Donnerschlag: „Apó poious planítes proérchontai?“ —
Aus welchem Planeten kommt ihr?

Commander Wood tauschte einen vielsagenden Blick mit Dr. Taskin. Dies war eine Frage, deren Beantwortung schwerwiegende Folgen haben könnte. Er wusste, dass diese Entscheidung nicht leichtfertig getroffen werden durfte.

„Vita, sende eine Anfrage an das TSC-Solaris auf der Erde. Wir brauchen die Erlaubnis, bevor wir weitere Informationen preisgeben," sagte Wood fest.

Vita bestätigte. Die Nachricht wurde verschlüsselt und in Richtung Erde gesendet.
Die Stille, die folgte, war schwer wie Blei.
Jeder im Raum wusste: Dieser Moment konnte die Zukunft der Menschheit verändern.

Sicherheitskonferenz – TSC-Solaris wurde einberufen.
Auf den Bildschirmen der irdischen Zentrale erschienen die Gesichter der leitenden Offiziere vom Mars und der Pluto-Station. Die Spannung war greifbar.

Dr. Emilia Hawthorne vom Marsstützpunkt begann:
„Die Lage ist beispiellos.
Unsere Ikarus-Sonde wurde nicht nur eingefangen, sondern wird offenbar als Kommunikationsmittel genutzt", sagte sie.

„Wir haben jetzt Kontakt zu einer fremden Spezies, die über Technologien verfügt, die unsere bei weitem übersteigen."

Commander Wood von Pluto-Station nickte mit ernstem Gesichtsausdruck. „Unsere KI-Assistentin, Vita, hat ihre Nachricht entschlüsselt. Die ersten Worte waren Begrüßungen in alten irdischen Sprachen, wie Griechisch, Hebräisch, Hindi und sogar Mayathan.

Das zeigt nicht nur ein hohes Maß an Wissen über unsere Kultur, sondern möglicherweise auch über unsere Geschichte." Dr. Hawthorne wirkte beunruhigt.
„Wenn sie diese Informationen über die Erde haben, bedeutet das, dass sie uns schon seit langem beobachten könnten."

„Genau das ist unsere Sorge", schaltete sich Admiral Ryan Bishop vom TSC-Solaris ein. „Diese Humanoiden stellen uns eine direkte Frage: „Aus welchem Planeten kommt ihr?"
Es ist nicht eindeutig, ob diese Frage wirklich nur auf Interesse basiert oder ob es ein Test ist. „Wenn wir die Erde offenbaren, könnten wir uns und die gesamte Menschheit potenziell in Gefahr bringen."

„Commander Wood, haben Sie eine Einschätzung, ob diese Spezies friedlich ist?" fragte Dr. Martin Kepler, Sicherheitschef des Marsstützpunkts.

Wood überlegte kurz. „Wir können ihre Absichten nicht sicher beurteilen. Sie haben sich uns mit Begrüßungen genähert, was auf eine friedliche Kontaktaufnahme hindeutet.

Aber wir dürfen auch nicht naiv sein!

Wir haben keine Gewissheit über ihre wahren Motive oder ihr Wissen über uns. Die fremden Uniformen und die Struktur ihrer Kommandozentrale deuten auf eine hochorganisierte und möglicherweise militärische Gesellschaft hin."

„Welche Optionen haben wir?" fragte Admiral Bishop.
Dr. Taskin von Pluto Station trat vor. „Eine Möglichkeit wäre, weiterhin zurückhaltend zu kommunizieren.
Wir könnten unsere Antworten auf nicht-militärische Informationen beschränken, die keine Details über unsere Heimatwelt preisgeben.
Alternativ könnten wir eine indirekte Antwort geben und unsere Position nur vage beschreiben."

„Aber was wäre der Preis für eine Zurückhaltung?" fragte Dr. Hawthorne. „Wenn wir zu vorsichtig agieren, könnten sie unser Zögern als Schwäche interpretieren."

Admiral Bishop schloss kurz die Augen und überlegte.
„Wir brauchen einen Ansatz, der einerseits vorsichtig ist und andererseits die Neugier dieser Spezies nicht provoziert.

Vielleicht ist es das Beste, wenn wir ihnen einen kurzen Einblick in unser Sonnensystem geben, jedoch ohne explizit auf die Erde hinzuweisen."

Commander Wood nickte zustimmend. „Wir könnten die Karte des Sonnensystems ohne Kennzeichnung des bewohnten Planeten senden, und Vita könnte dabei eine vage Aussage wie „Wir kommen aus diesem System bzw. unsere Koordinaten von Pluto hinzufügen. Das wäre eine vorsichtige, neutrale Antwort."
„Ich stimme zu," sagte Dr. Hawthorne vom Mars.
„Es würde uns Zeit verschaffen, ihre Reaktion zu beobachten und besser einzuschätzen, ob sie wirklich friedlich sind."
Admiral Bishop atmete tief ein und nickte. „Gut. Wir werden also diesen Plan umsetzen und auf ihre Reaktion warten.

Ich erwarte absolute Diskretion bei dieser Sache.
Ein Fehler könnte die Sicherheit der Menschheit gefährden."
Die Offiziere auf den Bildschirmen bestätigten den Befehl und bereiteten sich vor.

Die erste interstellare Sicherheitskonferenz endete, und die Anspannung blieb in der Luft hängen, während sie alle auf das antwortende Signal der fremden Spezies warteten.

Im Konferenzraum des TSC-Solaris herrschte konzentrierte Stille, als Admiral Bishop die neue Anweisung verlas.
„Nach der Analyse der Situation und auf Empfehlung der Kommandanten der Mars- und Pluto-Stützpunkte", begann er, „werden die Generationsschiffe *Arche* und *Botanica Eden* wie geplant starten.
Jedoch unter einer zusätzlichen Auflage:

Sie werden ihren Kurs in Richtung Neptun beibehalten und dort auf weitere Instruktionen warten."

Die Gesichter der Offiziere und Wissenschaftler zeigten eine Mischung aus Erleichterung und Anspannung.
Der lang geplante Start der beiden größten Generationsschiffe der Menschheit würde also stattfinden – doch das Ziel war ungewisser denn je.

„Sobald *Arche* und *Botanica Eden* in die Nähe von Neptun gelangen, sollen sie sich in eine Warteposition begeben", fuhr Admiral Bishop fort.
„Sollte das Objekt *Atlantida* auf einen Kurs in ihre Richtung gehen, werden sie den Anweisungen folgen, entweder auszuweichen oder sich zurückzuziehen."

Commander Wood von der Pluto-Station meldete sich zu Wort.
„Wir werden die Überwachung übernehmen und sofort eine zweite Ikarus-Sonde starten, um *Atlantida* aus sicherer Entfernung zu beobachten. Mit den neuen Daten können wir sowohl Kurs als auch Absichten dieses Objekts hoffentlich besser verstehen.

Admiral Bishop nickte. „Gut. Die zweite Ikarus-Sonde soll den Kurs von *Atlantida* beobachten und mögliche Annäherungen an die Generationsschiffe dokumentieren.

Arche und *Botanica Eden* haben klare Anweisungen, nicht weiter als Neptun vorzustoßen, es sei denn, eine Gefahrensituation erfordert eine schnelle Weiterreise.

Sollte das Objekt sich als friedlich erweisen, könnten sie sich weiter annähern. Ansonsten warten sie dort ab und senden kontinuierlich Statusberichte."
Die Besprechung endete mit einer Mischung aus Vorsicht und Hoffnung.
Die Generationsschiffe starteten nur Stunden später in einer synchronisierten Sequenz, die auf den Bildschirmen des TSC-Solaris und der Stützpunkte wie eine perfekt choreografierte Bewegung erschien. Auf dem Weg in die Nähe von Neptun befanden sich nun die größten Hoffnungsträger der Menschheit auf ihrem Weg ins Unbekannte.

Die zweite Ikarus-Sonde folgte ihnen und richtete ihre Instrumente bald auf *Atlantida*.
In regelmäßigen Abständen sendete sie Kursdaten zurück zur Erde und dokumentierte jede Bewegung des fremden Objekts.
Die Warteposition der Generationsschiffe war riskant, aber alle Beteiligten waren sich einig: Nur so konnte die Menschheit das Geheimnis von *Atlantida* sicher und strategisch erkunden.

Enzo blickte mit einer Mischung aus Staunen und Neugier auf die holographischen Projektionen, die Vita von der fremden Struktur erstellt hatte.

Plötzlich öffnete sich ein gedanklicher Knoten, und er schüttelte leicht den Kopf, als könnte er selbst kaum glauben, was ihm gerade bewusstwurde.

„Das ist kein einziges Raumschiff", murmelte er und rieb sich das Kinn. „Das ist wie… ein Lego-Kasten."
Lucas starrte ihn an. „Ein Lego-Kasten?"
Enzo nickte und begann langsam zu erklären, als ob er das Geheimnis selbst erst jetzt vollständig durchdrang.
„Schaut euch die Struktur genau an.

Das ist kein monolithisches Schiff, sondern ein modulares System – einzelne Module, die unabhängig voneinander in den Weltraum gebracht und dann wie Legosteine zusammengesetzt wurden."

Die Erkenntnis begann auch in den Gesichtern der anderen zu dämmern, während sie die Details des Schiffsrahmens erneut betrachteten.
„Es wäre unmöglich, ein solches Objekt direkt von der Erdoberfläche oder einem anderen Planeten zu starten", fuhr Enzo fort. „Für einen Start bräuchte es einen nuklearen Pulsantrieb – eine Technik, bei der kleine Atomexplosionen hinter dem Schiff gezündet werden, um Schub zu erzeugen. Der Energiebedarf dafür ist gewaltig und ungeheuer riskant."
Lucas nickte gedankenverloren.

„Das bedeutet, die ganze Struktur wurde bewusst im Weltraum aufgebaut, um die Anziehungskraft von Planeten zu umgehen.“ Enzo deutete auf den zentralen Rahmen, den Vita jetzt vergrößert darstellte. „Seht ihr?

Dieser Rahmen ist das Rückgrat der ganzen Konstruktion. Er ist stabil und flexibel zugleich, damit die Module sicher befestigt werden können.

Es ist ein T-förmiger Hauptbalken, der vermutlich dauerhaft im Orbit bleiben kann, sodass alle anderen Komponenten einfach andocken.“

„Und hier…“, meldete sich Vita mit ihrer klaren Stimme, während sie die Details der Verbindungsnaben hervorhob, „…befinden sich des zentralen Hubs, die Verbindungsstationen.“

„Dieses Hubs fungieren wie Kreuzungspunkte, an denen mehrere Module zusammengeführt und nahtlos miteinander verbunden werden. Energie- und Kommunikationsleitungen werden automatisch integriert, sobald ein Modul andockt.“

Lucas übernahm die Erklärung, seine Stimme klang fast ehrfürchtig. „Jedes Modul hat also ein eigenes Antriebssystem und eine eigene Energieversorgung.

Die es ermöglicht, selbstständig in die Umlaufbahn zu gelangen und sich an die Verbindungsnaben anzudocken. Kein Personal ist dafür notwendig, alles wird automatisiert geregelt.“

„Ein Plug-and-Play-System", fügte Enzo hinzu. „Sie haben eine orbitale Bauplattform genutzt, um die Module zunächst zwischenzulagern und dann Schritt für Schritt zusammenzubauen. Vita projizierte jetzt eine Animation des Docking-Prozesses. „Die Verbindungsstationen verfügen über ein hochentwickeltes automatisiertes Andocksystem. Die Module fliegen sich selbstständig an die Verbindungsnaben und fixieren sich dort – fast wie bei der ISS, aber auf einem völlig neuen technischen Niveau."

Enzo schüttelte ungläubig den Kopf. „Sie haben nicht nur ein Raumschiff gebaut – sie haben eine Art interstellare Raumstation geschaffen, die aus einzelnen Modulen zusammengesetzt ist. Jedes dieser Module hat eine spezielle Funktion, die das Gesamtkonstrukt flexibel und erweiterbar macht. Sie könnten neue Teile hinzufügen, austauschen oder anpassen, ganz nach Bedarf."

Vita fügte hinzu: „Die gesamte Oberfläche des Raumschiffs mit den Abmessungen 5 km x 2 km x 1 km beträgt 34.000.000 Quadratmeter (oder 34 Quadratkilometer).
Die Gesamtfläche der Decks beträgt etwa 800.000.000 Quadratmeter (oder 800 Quadratkilometer) bei 80 Decks mit den Maßen 5 km x 2 km pro Deck. Es ist beliebig erweiterbar!"
So stelle ich mir auch den „Atlantis" vor.

Wenn diese modularen Raumschiffteile tatsächlich an Küsten oder Inseln am Mittelmeer oder vor Gibraltar angedockt hätten, hätten die Bewohner *Atlantida* mit ihrer fortschrittlichen Technologie alles erschaffen können, was eine blühende, reichhaltige Zivilisation benötigte.

Sie hätten ein Paradies entstehen lassen können, dass in den antiken Erzählungen als „Stadt der Götter" beschrieben wird – ein Ort, der das menschliche Verständnis jener Zeit weit überstieg.

Die modularen Komponenten des Schiffs könnten so konzipiert gewesen sein, dass sie fruchtbare Böden und ideale Bedingungen für eine Vielzahl von Pflanzen und Früchten erschufen. Auch exotische Tiere, die für die damaligen Menschen als göttlich oder mystisch galten, wie etwa Elefanten, hätten auf Atlantis einen Lebensraum gefunden.

Die hochentwickelten Technologien hätten den Bewohnern *Atlantida* ermöglicht, ihre Umgebung in ein fruchtbares Land zu verwandeln und Ressourcen wie Gold, Silber und das sagenumwobene Edelmetall, „Oreichalkos" in Hülle und Fülle bereitzustellen.

Doch was die Legende von Atlantis als „Stadt der Götter" so mächtig und faszinierend machte, war nicht nur ihr unermesslicher Reichtum, der in den Geschichten von goldenen Tempeln und funkelnden Kristallspitzen überliefert wurde.

Es war ihre Mobilität, die alles bisher Vorstellbare übertraf.

Atlantis war keine statische Stadt, sondern ein Wunderwerk, dessen Städte und Stationen sich innerhalb weniger Tage an einen anderen Ort bewegen konnten.
Ein Konzept, das selbst in der heutigen Zeit schwer zu begreifen war. Die Vorstellung, dass eine ganze Zivilisation nicht an einen festen Platz gebunden war, sondern frei durch ihre Welt wandern konnte, verlieh den Mythen eine neue, ehrfurchtgebietende Dimension.

Vielleicht, so kam der Gedanke wie ein Flüstern in den Köpfen derer, die die Wahrheit erahnten, war Atlantis nicht nur eine Stadt auf der Erde. Vielleicht besaßen sie die Fähigkeit, die Erde zu verlassen, und in den Weltraum zurückzukehren, von woher sie möglicherweise einst gekommen waren.

Es war diese Möglichkeit, die den Atem stocken ließ und die Legende in eine beunruhigende, aber faszinierende Realität verwandelte.

Dieser scheinbar göttliche Aufbruch würde in ihrem Denken nur Wesen vorbehalten sein, die jenseits aller menschlichen Vorstellungskraft standen.
Das Netzwerk aus Kanälen, das die modularen Anlagen steuerte, könnte den Anschein eines „Inselreichs" erweckt haben.

Ein technisches Meisterwerk, das Natur und Technologie vereinte und die Menschen jener Zeit in Ehrfurcht und Staunen versetzte.

Atlantis wurde so zur „Stadt der Götter", ein Ort, der durch das technische Wunder von *Atlantida* nicht nur ein Symbol unermesslichen Reichtums war, sondern auch der überirdischen Macht, die es ermöglichte, aus der Tiefe des Meeres in die Weiten des Himmels zurückzukehren.

Lucas legte die Hand an seinen Nacken, sein Blick blieb auf den schwebenden holographischen Bildern haften.
„Wenn sie über eine solche Technologie verfügen… wer weiß, wozu sie sonst noch in der Lage sind?"

In der Stille, die folgte, lag das unausgesprochene Gefühl, dass die Menschheit gerade den ersten Blick auf eine Zivilisation geworfen hatte, die das Verständnis und die Grenzen der Menschheit bei weitem überstieg.

Das Puzzle um *Atlantida* bzw. Atlantis schien in seinem Ausmaß noch gewaltiger zu werden, und der Entschluss reifte in ihnen: Sie mussten mehr herausfinden – und vor allem mussten sie vorsichtig sein.

BREAKING NEWS

Der Kontakt hatte sich auf der Erde als „Breaking News" wie ein Lauffeuer verbreitet: Ein außerirdisches Raumschiff war unterwegs und es steuerte auf die Erde zu.

Die Wahrheit war nicht länger zu leugnen. Satellitenaufnahmen und Daten von Deep-Space-Teleskopen bestätigten, dass es sich um ein gigantisches, künstlich konstruiertes Objekt handelte, das nicht menschlichen Ursprungs sein konnte.

Doch wer hatte diese Informationen durchsickern lassen? Ausgerechnet, warum jetzt?

Waren es Regierungsbeamte mit Gewissensbissen, oder waren wirtschaftliche und politische Interessen im Spiel?

Die Welt, die ohnehin am Rande des Chaos stand, schien nun vollends aus den Fugen zu geraten. Tiefere Fragen drängten sich auf. Sollte man diese Enthüllung feiern – oder fürchten?

Eine Debatte, die in den Straßenzügen der Megastädte ebenso hitzig geführt wurde wie in den Sitzungssälen der Mächtigen. Die Welt war geprägt von einem toxischen Cocktail aus Klimakatastrophen, Ressourcenknappheit und politischer Zerrissenheit. Dazu kamen Unternehmen mit gigantischen KI-Rechenzentren, die Informationen manipulierten, um ihre Interessen durchzusetzen – oft mit Falschmeldungen und

Propaganda, die die Menschen noch weiter spalteten.

Obwohl Bildung und technologische Fortschritte nie zuvor soweit gediehen waren, war die Menschheit in einer Abwärtsspirale gefangen.

Naturkatastrophen rissen tiefe Wunden, die nicht mehr heilten, und die Ausbeutung des Planeten hinterließ unübersehbare Narben.

Die Suche nach einem bewohnbaren Exoplaneten, die einst als Hoffnungsschimmer galt, wurde zunehmend als egoistischer Plan der Elite wahrgenommen, die das sinkende Schiff verlassen wollte. Auf den Straßen kursierte ein sarkastisches Mantra: „Für uns bleibt nur die Arche Noah 2.0 – ohne Tickets."

Die soziale Stimmung kippte.

Statt globaler Zusammenarbeit schlossen sich immer mehr Nationen in nationalistische Blöcke ein.

Parolen wie „We Are First" machten die Runde.

Internationale Abkommen zerfielen, Konflikte flammten auf, und das Vertrauen in überstaatliche Institutionen wie die UNO schwand.

Die Frage, ob die Ankunft der Außerirdischen eine neue Ära einläuten oder die endgültige Katastrophe herbeiführen würde, hielt die Welt in Atem.

Doch nicht alles war dunkel.

Die Generationsraumschiffe und Außenstationen im Sonnensystem – darunter die legendäre Pluto-Station im Kuipergürtel – waren monumentale Errungenschaften.
Ihre Errichtung hatte Jahrzehnte des globalen Engagements erfordert. Doch sie waren abhängig von der Erde.
Ohne Nachschub könnten selbst diese technologischen Wunderwerke nicht bestehen.

Der Mars, einst ein Hoffnungsträger, war längst zum Schauplatz kapitalistischer Gier geworden.
Milliardenkonzerne förderten Ressourcen in einem nie dagewesenen Maßstab, während die Interessen der Menschen vor Ort kaum eine Rolle spielten.

Mitten in dieser globalen Unsicherheit wuchs der Ruf nach einem Erlöser, einem Messias, der Hoffnung und Richtung bringen könnte. Die UNO, unterstützt von der Terra Space Coalition-Solaris entschied, die Wahrheit nicht länger zurückzuhalten.

Sie starteten eine globale Aufklärungskampagne.
Es war nicht der sagenumwobene Planet Nibiru, der die Menschheit einst ausgenutzt hatte und nun auf die Erde zusteuerte, sondern das mythische Atlantis Selbst. Platonische Mythen wurden wiederbelebt.
Atlantis wurde nicht nur als ein untergegangenes Land

beschrieben, sondern als eine Hochkultur, die den Menschen einst geholfen hatte, sich zu entwickeln.

Die UNO nutzte diese Narrative geschickt, um die Menschheit zu beruhigen – und zu inspirieren. „Unsere Urahnen kommen", lautete der Slogan, begleitet von beeindruckendem Videomaterial. Darin war das gigantische Raumschiff zu sehen, umgeben von mystischen Symbolen, während Donovans Atlantis Song die Szene untermalte.

Der Schriftzug „Η Ατλαντίδα επιστρέφει" (Atlantis kehrt zurück) erschien in leuchtendem Blau auf den Bildschirmen. Die Propaganda wirkte. Millionen Menschen waren fasziniert, doch auch Zweifel regten sich.

Auf dem Mars und dem Mond liefen unterdessen militärische Vorbereitungen. Die großen Mächte rüsteten auf, und die Verantwortlichen der TSC-Solaris hielten Krisentreffen ab. Sie wussten: Sollte sich Atlantis als Bedrohung erweisen, würde kein Planet und keine Station sicher sein.

Die UNO drängte darauf, die positiven Mythen über Atlantis in den Vordergrund zu stellen.

Alte Geschichten wurden ausgegraben, in denen die Atlanider den Menschen Technologien und Wissen gebracht hatten. Es hieß, sie hätten geholfen, die menschliche Zivilisation zu formen, und sich schließlich mit den Menschen vermischt, um eine neue Ära einzuläuten.

Doch andere Legenden sprachen von dunkleren Zeiten, von Konflikten zwischen Menschen und Mischwesen, die als monströse Experimente galten.

Diese Geschichten hatten die Anunnaki, eine rivalisierende außerirdische Fraktion, gezielt verbreitet, um Angst zu schüren. „Wir müssen die Hoffnung stärken, bevor die Menschheit vollständig durchdreht", erklärte der UNO-Generalsekretär.

Die Propaganda wurde verstärkt. Tag und Nacht liefen die Videos auf allen Kanälen, begleitet von intensiven Diskussionen in sozialen Netzwerken.
Doch hinter den Kulissen blieben die Zweifel: War Atlantis ein Retter – oder eine Warnung aus einer fernen Vergangenheit? Würden die Menschen die Ankunft eines Messias erleben oder den Beginn einer neuen Apokalypse?

Die Präastronautiker fühlten sich bestätigt wie nie zuvor. Jahrzehntelang hatten sie argumentiert, dass die „Götter" der Antike keine mythologischen Wesen, sondern Besucher von anderen Welten gewesen waren. Angehörige einer hochentwickelten, außerirdischen Zivilisation.

Namen wie Erich von Däniken hatten diese Ideen populär gemacht, doch trotz aller Beweise und Theorien waren ihre

Ansichten oft belächelt oder als Pseudowissenschaft abgetan worden.

Doch mit der Rückkehr von *Atlantis* schienen die alten Legenden plötzlich in einem neuen Licht zu erscheinen.

Erich von Däniken hatte in seinem bahnbrechenden Werk *Erinnerungen an die Zukunft* und zahlreichen weiteren Büchern darauf hingewiesen, dass es in nahezu jeder antiken Kultur Hinweise auf die Anwesenheit außerirdischer Intelligenzen gab.

Er sprach von den seltsamen, übermenschlichen Figuren in den Wandreliefs der ägyptischen Tempel, den Fluggeräten in den alten indischen *Veden* und den riesigen Bauwerken, deren Errichtung ohne fortgeschrittene Technologie kaum vorstellbar schien. Die Pyramiden von Gizeh waren ein Paradebeispiel: Ihre Ausrichtung nach den Sternen, die präzise Geometrie und der schiere Umfang ihrer Bauarbeiten hatten Generationen von Archäologen und Ingenieuren vor Rätsel gestellt. War es wirklich möglich, dass sie nur mit einfachsten Werkzeugen von Menschenhand errichtet worden waren?

Die Präastronautiker sahen darin einen Beweis für die Hilfe einer fortgeschrittenen Zivilisation.

Auch in Mesopotamien, der Wiege der Zivilisation, schienen die Götter den Menschen außergewöhnliches Wissen gebracht zu haben. Die *Anunnaki* der sumerischen Mythen, oft als Schöpfer der Menschheit bezeichnet, wurden von den Präastronautikern als außerirdische Ingenieure interpretiert, die genetische Experimente durchgeführt haben könnten.

Die sumerischen Tafeln beschrieben, wie diese Götter vom Himmel herabgestiegen waren, um den Menschen Ackerbau, Astronomie und Schrift beizubringen. Technologien, die ohne ein tiefes Verständnis der Naturgesetze schwer erklärbar waren.

In den antiken indischen Texten der *Mahabharata* und *Rama Yana* war von „Vimanas" die Rede. Mysteriösen Fluggeräten, die sich mit unglaublicher Geschwindigkeit bewegten und Waffen mit zerstörerischer Macht trugen. Die Präastronautiker vermuteten, dass diese Texte keine Fantasie waren, sondern historische Berichte über fortschrittliche Technologien, die den Menschen von Außerirdischen überlassen worden waren.

Auch in Südamerika gab es Beweise: Die Nazca-Linien, riesige Figuren und geometrische Formen, die nur aus der Luft vollständig sichtbar sind, wurden von den Präastronautikern als Landebahnen interpretiert.

Die gigantischen Statuen der Osterinsel schienen eine Verbindung zwischen den Sternen und den Bewohnern der Erde zu symbolisieren.

Und in der Mythologie der Maya und Azteken war von

himmlischen Wesen die Rede, die Wissen über den Kalender, die Mathematik und die Astronomie brachten.

Doch dass *Atlantis* zurückkehren würde, hatte selbst die Präastronautiker überrascht.

Viele hatten geglaubt, Atlantis sei eine mythologische Allegorie – ein Symbol für eine verlorene Hochkultur.

Aber die neuesten Beweise deuteten darauf hin, dass Atlantis mehr war als nur ein Mythos. War es möglich, dass die Atlanider nicht durch eine Naturkatastrophe untergegangen waren, sondern ihre Heimat verlassen hatten, um in die Tiefen des Universums zu reisen?

Die Rückkehr von *Atlantis* war für die Präastronautiker ein Wendepunkt. Sie begannen, alte Texte und Mythen erneut zu untersuchen, diesmal mit der festen Überzeugung, dass sie mehr waren als bloße Geschichten.

Sie interpretierten die altägyptische Darstellung von Ra, dem Sonnengott, der in einer strahlenden Barke über den Himmel reiste, als eine Beschreibung eines Raumschiffs.

Die Darstellungen der sumerischen Anunnaki, die seltsame Helme und „Armbanduhren" trugen, schienen jetzt noch plausibler. Besonders Däniken hatte oft auf die Universalität dieser Geschichten hingewiesen. Egal ob in Afrika, Asien,

Amerika oder Europa – überall gab es Legenden über „Götter",
die vom Himmel kamen, Technologien brachten und die
Menschheit lehrten, sich zu organisieren, zu bauen und zu
überleben. Diese Ähnlichkeiten waren kein Zufall, so die
Präastronautiker, sondern der Beweis für eine globale Interaktion
mit einer außerirdischen Zivilisation.
Warum kehrten sie zurück?
Diese Frage war ein Rätsel, das die Welt spaltete.

Wollten die Atlanider sehen, was aus ihrer einstigen Schöpfung
geworden war? Waren sie neugierig auf die Entwicklung der
Menschheit – auf ihre Fortschritte, ihre Technologien, ihre
Kultur? Oder war ihre Rückkehr von düstereren Absichten
geleitet?

Die Spekulationen überschritten die Grenzen von Wissenschaft
und Glauben, und in Tempeln, Kirchen und Moscheen wurden
uralte Mythen neu interpretiert.
Einige behaupteten, die Atlanider kämen, um den Menschen zu
helfen, die nächste Stufe der Evolution zu erreichen.
Andere befürchteten, dass sie zurückkehrten, um das Experiment
Menschheit endgültig zu beenden.

Die Präastronautiker waren hin- und hergerissen.
Sie hatten immer geglaubt, dass die Atlanider einst die Lehrer
und Förderer der Menschheit gewesen waren – diejenigen, die
den ersten Funken der Zivilisation entzündet hatten.

Doch wie viel von dieser romantischen Vorstellung war Wunschdenken, und wie viel Basierte auf der Wahrheit?
Einiges sprach dafür, dass die Atlanider nicht nur Gutes im Sinn gehabt hatten. Es gab Hinweise auf Konflikte zwischen Menschen und den „Göttern".
Auf Experimente, bei denen Mischwesen erschaffen wurden, die später als „Chimären hafte Dämonen" in Mythen auftauchten.
War dies der Grund, warum die Atlanider schließlich verschwunden waren – eine moralische Grenze, die sie nicht überschreiten konnten oder wollten?

„Warum jetzt?", fragte sich Professor Elena Drakos, eine führende Präastronautikerin und Beraterin der UNO.
„Wenn sie uns so lange beobachtet haben, warum greifen sie erst jetzt ein? Haben wir eine kritische Schwelle überschritten? Oder ist unsere Welt für sie nur eine weitere Station in einem größeren Plan?"

Die Beobachtungen von Atlantis lieferten keine klaren Antworten. Das gigantische Raumschiff war ein Kunstwerk, dass jede menschliche Vorstellungskraft überstieg.
Es schien makellos, ohne jegliche Spuren von Abnutzung, als hätte es Jahrtausende in perfektem Zustand überdauert.
Die Struktur war symmetrisch, fast ätherisch, und schimmerte in einem metallischen Glanz, der an Perlmutt erinnerte.

Doch es waren die Daten der Radioteleskope, die die

Wissenschaftler in Atem hielten: Atlantis sendete Signale –
in alten, fast vergessenen Sprachen der Erde.

Als wollten sie sicherstellen, dass jede Zivilisation auf der Erde
ihre Botschaft verstehen konnte.
Eine dieser Botschaften ließ die Herzen der Präastronautiker
schneller schlagen: „Sind wir willkommen?"
Eine einfache Frage, aber eine, die Welten bedeutete.
War dies ein Zeichen von Respekt oder von Vorsicht?

Die Beweggründe der Atlanider blieben ein Rätsel.
Doch die Menschheit musste sich entscheiden, wie sie reagieren
wollte. Sollte sie die Rückkehr mit offenen Armen empfangen, in
der Hoffnung auf Wissen, Fortschritt und Frieden?
Oder sollte sie sich vorbereiten, falls die „Götter" nicht mit guten
Absichten kamen? Die UNO, unter Druck von Regierungen und
Unternehmen, entschied sich für eine zweigleisige Strategie:
Diplomatie und Vorbereitung.

Die TSC-Solaris wurde angewiesen, die Kommunikation zu in-
tensivieren, während auf dem Mars und dem Mond die Verteidigungsanlagen verstärkt wurden.

Im Hintergrund erhob sich eine weitere Stimme. die Stimme der
Verschwörungsfanatiker. Sie glaubten, dass Atlantis nicht
zurückkehrte, um die Menschheit zu beobachten, sondern um
ihre Dominanz wiederherzustellen.

„Sie haben uns nie verlassen", behauptete ein prominenter Präastronautiker in einer Live-Debatte.

„Sie haben nur gewartet, bis wir schwach genug sind."

Die zentrale Frage blieb: *Warum jetzt?*

Hatte die Menschheit einen Punkt erreicht, der für die Atlanider relevant war? War es die Zerstörung des Planeten, die sie zur Intervention zwang?

Oder war es etwas, das die Menschen noch nicht erfasst hatten, ein Ereignis, das noch bevorstand?

Die Welt hielt den Atem an, während die Geschichte der Menschheit möglicherweise einen neuen Wendepunkt erreichte.

Die Rückkehr von *Atlantis* war mehr als ein Ereignis, es war eine Prüfung. Und die Frage, ob die Menschheit bereit war, blieb unbeantwortet. Einige Theorien besagen, dass die Atlanider die Menschheit verließen, nachdem sie ein monumentales Versagen erlitten hatten – ein katastrophaler interner Konflikt oder eine ethische Krise, die ihre einstige glorreiche Zivilisation zerriss. Andere vermuteten, dass sie nie wirklich gegangen waren.

Ein Teil von ihnen könnte zurückgekehrt sein, während jene, die blieben, von den frühen Kulturen der Erde als Götter verehrt wurden. Diese Götterähnlichen Wesen, so wird spekuliert, hätten den Menschen geholfen, den Nebel der Unwissenheit zu durchbrechen.

Sie hätten uns gelehrt, komplexe Kulturen aufzubauen, monumentale Bauwerke wie die Pyramiden oder Stonehenge zu errichten, und – was noch bedeutsamer ist, Werkzeuge und Wissen gegeben, die uns über Generationen hinweg aus dem Schatten ins Licht führten.

Ihre subtilen Eingriffe könnten der Schlüssel zu den plötzlichen Sprüngen in Technologie und Architektur gewesen sein, die bis heute Rätsel aufgeben.

Doch nicht alle sahen in diesen Interventionen einen Segen. Einige glauben, dass sie uns nicht nur halfen, sondern uns auch lenkten – manchmal sanft, manchmal unerbittlich.
Haben sie uns tatsächlich unterstützt oder nur für ihre eigenen Zwecke geformt?

Die Antwort darauf bleibt verborgen in den Ruinen alter Kulturen und den Mythen, die von Generation zu Generation weitergegeben wurden.
Was auch immer die Beweggründe waren, eines war sicher: Mit der Rückkehr von *Atlantis* wurde die Geschichte der Menschheit neu geschrieben.

Die Präastronautiker standen im Zentrum dieser Umwälzungen, entschlossen, die Wahrheit zu finden – eine Wahrheit, die die Menschheit entweder retten oder endgültig zerstören könnte.

BEGEGNUNG

Die Kommunikation mit *Atlantida* war inzwischen direkt hergestellt worden. „Es war einfacher, als wir gedacht hatten", sagte Mara Legoslawa zufrieden.
„Unsere mathematischen Formeln und physikalischen Gesetze scheinen auch den Atlanidern bekannt zu sein."

Die Verbindung zwischen der Pluto-Station und dem fremden Raumschiff war störungsfrei und kristallklar. Als gemeinsame Sprache wurde Altgriechisch gewählt, während die Vita nahtlos zwischen den Gesprächspartnern übersetzte.
Alles funktionierte erstaunlich gut.

Die Spannung auf Pluto war greifbar. „Werden wir die Ersten sein, die einer außerirdischen Spezies begegnen?", fragte Jonny, seine Stimme voller Ehrfurcht. „In vielen Filmen endeten solche Begegnungen blutig." Trotzdem lag ein seltsamer Optimismus in der Luft — das Gefühl, dass die „Götter" der Antike endlich aus dem Schatten der Mythen treten würden.

Der Kommunikationsoffizier schlug vor, die Begegnung live zur Erde zu übertragen. Doch Dr. Taskin hob die Hand.
„Warten Sie lieber. Wir zeichnen alles auf und können es später streamen. Wenn hier etwas schiefgeht, könnten die Reaktionen auf der Erde verheerend sein."

„Vorsicht ist angebracht", ergänzte Mara,
„aber wir sollten zumindest eine Direktverbindung zur
TSC-Solaris aufbauen. Ich teste das gleich durch."

Im Hauptquartier der TSC-Solaris auf der Erde waren
inzwischen nahezu alle führenden Staatschefs und
Wissenschaftler versammelt, um das Ereignis zu verfolgen.
Die Sensoren der Pluto-Station meldeten die Annäherung des
fremden Schiffes — es war mittlerweile sogar mit bloßem Auge
sichtbar.

„Kleine Raumgleiter sind auf dem Weg zu uns, Commander",
meldete Ortiz mit hörbarer Aufregung.
„Sicherheit steht an erster Stelle. Wir haben alle Vorkehrungen
getroffen, falls es zu einer Auseinandersetzung kommen sollte."

Die Gleiter dockten an. Kurz darauf öffneten sich die Schleusen
— und die Besucher betraten die Station.
Sie wirkten überrascht, hier am Rand des Sonnensystems auf
Menschen zu treffen.

Seit Jahrtausenden stand zum ersten Mal eine menschliche
Delegation einer außerirdischen Spezies gegenüber.

Es waren ein Mann und eine Frau, beide etwa zwei Meter groß,
gefolgt von vier weiteren Personen — zwei Frauen,
 zwei Männer. Die Männer wirkten wie lebendige Abbildungen
antiker griechischer Statuen.

Während die Frauen eine fast überirdische Schönheit ausstrahlten, als wären sie direkt von den Titelseiten der *Vogue* herabgestiegen.

Vita übersetzte die Begrüßung des Empfangskomitees.
„Wir freuen uns, Sie auf unserer Station Pluto willkommen zu heißen", sagte Commander Wood.
„Diese Begegnung ist für uns eine große Ehre."

Der Mann hob die rechte Hand.
„Ich bin Orionis."
Vita ergänzte: „Das bedeutet ‚Wächter der Sterne'."
Die Frau sprach mit einer weichen, melodiösen Stimme:
„Ich bin Lytheria." Vita übersetzte: „‚Die Ewige des Steins' — ein Symbol für Beständigkeit und Weisheit."

Nachdem sich alle vorgestellt hatten, begaben sich die Delegationen in den großen Konferenzraum.

Lytheria lächelte. „Wir haben ein Gastgeschenk mitgebracht, das Ihnen aus Ihren biblischen Erzählungen bekannt vorkommen könnte. Unsere Männer holen es herein — es ist jedoch schwer."
Commander Wood nickte.

Zwei der Wächter trugen einen rechteckigen, goldglänzenden Kasten mit filigranen Verzierungen herein.
 Auf dem Deckel standen zwei Engelsfiguren mit majestätisch erhobenen Flügeln, die sich über dem Gnadenstuhl berührten.

An den Seiten befanden sich goldene Stangen, mit denen der Kasten getragen werden konnte.

Eine Welle aus Faszination und Unglauben ging durch die Crew. Lucky Torres starrte mit offenem Mund. „Das… das sieht aus wie die Bundeslade! Ich kenne sie aus den biblischen Geschichten. Sie soll vor Jahrhunderten verschwunden sein!"

Lytheria nickte sanft. „Unsere Vorfahren übergaben einst ein Exemplar eurer Zivilisation. Es diente als Medium, um mit euren Hohepriestern und Königen zu kommunizieren.
Dieses hier ist das zweite Exemplar, das wir mitnahmen, um das handwerkliche Geschick der Menschen zu bewahren."

Die Crew war sprachlos.
Niemand hatte mit solch einem Geschenk gerechnet —
einer originalen, zweiten Bundeslade.

Als die Spannung etwas nachließ, servierte Luigi Getränke und Cocktails. Zu ihrer Überraschung schmeckten sie den Gästen aus Atlantida ausgesprochen gut.

Orionis stellte sein Glas ab und sprach:
„Wir laden Sie ein, uns auf *Atlantida* zu besuchen.
Es wird ein Besuch sein, den Sie niemals vergessen werden."

SENSATION

Kaum hatten die fremden Besucher den Raum verlassen, senkte sich eine eigentümliche Stille über die Brücke. Es war keine Ruhe, die Entspannung brachte – eher das Gefühl, dass etwas Unsichtbares noch immer anwesend war, als hätte die Begegnung Spuren im Raum selbst hinterlassen.

Commander Wood richtete den Blick auf die Hauptkonsole. Für einen kurzen Moment verharrte er reglos, dann straffte er die Schultern.

„Übertragen Sie die gesamte Begegnung auf das TSC-Solaris", befahl er. Seine Stimme war ruhig, kontrolliert – doch jeder auf der Brücke wusste, dass hinter dieser Ruhe eine Entscheidung von historischer Tragweite stand.
Sekunden später erschien auf dem Hauptbildschirm das Gesicht von Lieutenant Commander Elena Ross, der diensthabenden Offizierin des TSC-Solaris. Ihre Uniform saß makellos, jedes Abzeichen exakt ausgerichtet. Ihre wachen, analytischen Augen verrieten, dass sie die Übertragung nicht nur empfangen, sondern bereits bis ins kleinste Detail ausgewertet hatte.

„Commander", begann sie sachlich, „wir haben sämtliche Daten erhalten. Sie hielt inne. Ein kaum wahrnehmbares Zögern, dann legte sich eine Falte zwischen ihre Augenbrauen.

„Aber … haben wir das gerade richtig verstanden?"
Wood antwortete nicht sofort.

„Sie sprechen von der Bundeslade?" fragte Ross schließlich.
Selbst in ihrer disziplinierten Stimme klang das Wort fremd,
beinahe fehl am Platz in einem militärischen Lagebericht.

Wood lehnte sich leicht vor, legte die Fingerspitzen aneinander.
Eine Geste, die viele seiner Offiziere kannten – sie bedeutete,
dass jedes kommende Wort mit Bedacht gewählt war.
„Ja, Lieutenant. Die Bundeslade."

Ein leises Flüstern ging durch die Brückencrew. Niemand
sprach laut, doch die Reaktionen waren unübersehbar.
Unglaube.
Faszination.
Unbehagen.
„Diese humanoiden Wesen", fuhr Wood fort, „behaupten, sie
seien früher bereits auf der Erde gewesen.
Sie nennen ihre Heimat Atlantis."

Auf dem Bildschirm schien Ross für einen Moment die Sprache
zu verlieren.
„Atlantis", wiederholte sie schließlich langsam, als würde sie
versuchen, Mythen, Legenden und wissenschaftliche Skepsis
miteinander zu versöhnen.

„Und … sie wollen, dass Sie dorthin kommen?" Wood nickte.

„In genau zehn Stunden.

Sie sprechen von einer Einladung."

Ein kaum merkliches Zucken umspielte seinen Mund.

„Oder vielleicht eher von einer Aufforderung.

Sie haben etwas, das sie uns zeigen wollen. Etwas, das – ihren Worten zufolge – von immenser Bedeutung ist."

„Und wenn es eine Falle ist?" Ross verschränkte die Arme.

Ihr Blick war nun scharf, prüfend, auf Wood gerichtet.

Wood zögerte keine Sekunde.

„Dann laufen wir genau hinein."

Einige Köpfe auf der Brücke hoben sich abrupt.

„Das Risiko ist es wert", fuhr er ruhig fort. „Wenn diese Wesen wirklich die sind, die sie vorgeben zu sein, dann könnten sie Antworten liefern auf Fragen, die die Menschheit seit Jahrtausenden stellt."

Für einen Moment sagte niemand etwas.

Selbst Ross schwieg länger, als es das Protokoll vorsah.

Dann nickte sie langsam.

„Verstanden, Commander.

Wir halten sämtliche Kommunikationskanäle offen und stehen bereit. Falls etwas schiefläuft."

„Das wird es nicht", sagte Wood leise.

Mehr zu sich selbst als zu ihr.

Die folgenden Minuten vergingen in kontrollierter Hektik.
Teams wurden zusammengestellt, Landungs- und Sicherheits-
prozeduren überprüft, Notfallszenarien simuliert.
Auf den Monitoren flimmerten Datenströme, Analysen und
Modelle von Atlantis, während Vita im Hintergrund
unermüdlich Wahrscheinlichkeiten berechnete.

Und doch lag über allem eine unausgesprochene Frage,
die niemand laut stellte:
Was, wenn diese Wesen tatsächlich die Geheimnisse der
Bundeslade kannten? Was, wenn sie nicht nur Artefakte der
Vergangenheit bewahrten – sondern die Wahrheit über die
Geschichte der Menschheit selbst?

Der Countdown zur Begegnung mit Atlantis hatte begonnen.
Zehn Stunden bis zu einem Moment, der weit mehr war als eine
Mission.
Es war ein Wendepunkt.

Und tief unter der professionellen Fassade wusste jeder auf der
Brücke, dass diese Einladung nicht ohne Preis sein würde.

Denn was immer jene Wesen, die einst auf der Erde gewandelt
waren, zu bieten hatten – sie würden im Gegenzug etwas
fordern.

AUF ATLANTIDA

Der Gleiter kam pünktlich.

Sein Anflug erfolgte lautlos, beinahe ehrfürchtig präzise, als folge selbst die Technik einem Protokoll, das der Bedeutung dieses Moments Rechnung trug. Mit einem sanften, kaum spürbaren Stoß dockte das fremde Gefährt an der Pluto-Station an. Magnetische Klammern verriegelten sich, Druckschleusen schlossen, ein tiefes, gleichmäßiges Brummen durchlief die Struktur.

Auf direkten Befehl des TSC-Solaris mussten die wichtigsten Offiziere auf der Station bleiben. Die Entscheidung war nüchtern gefallen, ohne Diskussion.
Das Risiko war unkalkulierbar, die Lage zu fragil. Schließlich wurde beschlossen, dass Commander Wood und Dr. Taskin den Gegenbesuch antreten würden.
Zwei Menschen.
Zwei Vertreter der Menschheit.

Diesmal lief alles unter maximaler Beobachtung.
Die Begegnung wurde per Livestream direkt auf Pluto übertragen. Zeitgleich schaltete sich das TSC-Solaris live dazu, und auf Terra hatte die UNO eine geheime Sitzung des Sicherheitsrats einberufen.

Mit minimaler Verzögerung – kaum mehr als ein paar Sekunden – konnten politische, militärische und wissenschaftliche Entscheidungsträger die Ereignisse nahezu in Echtzeit verfolgen.

Wood und Taskin spürten beide, wie ihr Herz schneller schlug, als sie die Rampe des Gleiters hinaufgingen.
Sie waren die Ersten in der modernen Geschichte, die bewusst ein außerirdisches Transportmittel betraten – nicht aus Not, nicht durch Zufall, sondern auf Einladung.
Um an Bord eines interstellaren Raumschiffs zu gehen, dessen Existenz alles infrage stellte, was die Menschheit bislang über ihre eigene Vergangenheit zu wissen glaubte.

Die Bedeutung dieses Moments war überwältigend.

Der Empfang der Terraner war pompös.
Die Kommandozentrale von Atlantida war gigantisch – weit größer, weiter, offener und beeindruckender als alles, was sie je auf Pluto gesehen hatten. Die Architektur wirkte zugleich funktional und erhaben, eine Verbindung aus technischer Präzision und fast sakraler Ästhetik.

In der Mitte des Raumes dominierte ein runder Tisch von enormem Ausmaß. Über ihm pulsierte ein Hologramm, flackerte, veränderte sich stetig, als würde es das Universum selbst abbilden.

Sterne leuchteten auf, Galaxien rotierten langsam, Nebel zogen ihre Bahnen, als folgten sie einem kosmischen Atem.

Rings um den Tisch standen Schalen mit exotischen Früchten, deren Farben und Formen keinem bekannten irdischen Muster entsprachen. Daneben Krüge mit glitzernden Getränken, die das Licht brachen wie flüssige Edelsteine, und Platten voller kunstvoll angerichteter Speisen.

Die Präsentation war so geschmackvoll, so bewusst arrangiert, dass sie unweigerlich an eine königliche Tafel erinnerte – an Gastmähler, wie sie aus antiken Überlieferungen bekannt waren.
Dr. Taskin konnte sich einen Kommentar nicht verkneifen. „Wie in der Antike", flüsterte sie und zwinkerte Wood zu. „Rituale gehen Erkenntnissen voraus." Wood erwiderte den Blick nur mit einem leisen, angespannten Lächeln.

Dann trat jemand auf sie zu.
Ein Mann – groß, makellos, von einer Erscheinung, die zugleich fremd und erschreckend vertraut wirkte. Ein wahrer Adonis, wie aus einer idealisierten Erinnerung an göttliche Gestalten. Mit einer anmutigen, fast zeremoniellen Bewegung wies er ihnen Plätze zu.
Taskins Augen leuchteten für einen Moment.
Wissenschaftliche Faszination mischte sich mit der Erkenntnis, dass sie gerade Geschichte betrat.

Doch noch bevor sie Platz nehmen konnten, veränderte sich die Atmosphäre im Raum spürbar.

Ein älterer Mann betrat die Halle.
Er wurde begleitet von zwei Gestalten – makellos, beinahe überirdisch schön. Orionis und Lytheria. Ihre Erscheinung erinnerte an Darstellungen von Engeln aus längst vergessenen Legenden. Nicht durch Prunk, sondern durch Ruhe, Würde und eine stille Autorität. Der Mann bewegte sich langsam, bewusst, als trüge jeder Schritt Bedeutung. Als er schließlich vor Wood und Taskin stehen blieb, schien der Raum selbst den Atem anzuhalten.

„Willkommen", sagte er mit tiefer, tragender Stimme.
„Ich bin Xal'Torim, Vorsitzender des Ältestenrates."
In Taskins Ohr erklang Vitas sanfte Stimme über die Airpods: „Namensdeutung wahrscheinlich: *Ewiger Hüter der Weisheit.*"
Taskin spürte eine Gänsehaut, während sie versuchte, die Tragweite dieses Moments zu begreifen.

Xal'Torim nahm Platz. Orionis und Lytheria setzten sich zu beiden Seiten von ihm. Der Präsenz des Ältestenrates erfüllte die Halle mit einer stillen, fast greifbaren Autorität.

Dann begann Xal'Torim zu sprechen.

Seine Stimme war leise, doch sie hallte in der Stille wider, als würde sie von unsichtbaren Wänden getragen.

Er sprach in einer faszinierenden Mischung aus Griechisch, Hebräisch und der melodischen Struktur der Maya-Sprachen.
„Willkommen, Terraner.
Es ist uns eine Ehre, euch hier zu empfangen."
Sein Blick schien jeden Einzelnen im Raum zu durchdringen.
„Lasst mich euch unser Volk vorstellen – und unsere Verbindung zu eurer Welt, die wir Terra nennen."

Er machte eine kurze Pause, als koste er den Moment der Offenbarung aus. Das Hologramm über dem Tisch wandelte sich und zeigte den Nachthimmel.

„Unsere Heimat liegt in der Canis-Major-Konstellation", fuhr Xal'Torim fort.
„Wir stammen vom Planeten Atlantis, der Sirius umkreist – das hellste Sternsystem, das ihr von Terra aus sehen könnt."

Dr. Taskin hielt unwillkürlich den Atem an.
„Sirius", erklärte Xal'Torim weiter, „ist 8,6 Lichtjahre von Terra entfernt. Ein einzigartiges Sternsystem – und der Ursprung unserer Geschichte mit eurer Welt."
Vita ergänzte sachlich: „Der Begriff *Äon* stammt aus dem Griechischen. Bedeutung: Lebenszeit, Generation, Zeitspanne, Ewigkeit – kontextabhängig."
Das Hologramm zoomte weiter, vergrößerte die Canis-Major-Konstellation und offenbarte schließlich den Doppelstern Sirius.

„Wir suchten nach einem Planeten, der unserem eigenen ähnlich war", sagte Xal'Torim.

„Und so fanden wir Terra – in einem System, das wir X-Sol nannten."

„Unser Sonnensystem", flüsterte Taskin.

„Terra war genau das, was wir suchten", fuhr Xal'Torim fort.

„Eine Welt voller Leben, reich an Ressourcen und Möglichkeiten."

Das Hologramm zeigte nun eine gigantische künstliche Insel über den Ozeanen der Erde.

„Wir errichteten Atlantis – eine mobile Basis für unsere Exkursionen. Die Menschen sahen uns … und hielten uns für Götter."

Ein Schatten legte sich auf sein Gesicht.

„Wir halfen.

Wir lehrten.

Wir griffen ein.

Doch wir unterschätzten eure Natur."

Feuer, Rauch, Kriege erschienen im Hologramm.

„Unsere Männer und Frauen vermischten sich mit den Terranern – auf natürlichem Wege und durch gezielte genetische Eingriffe.

So erschufen wir unser Ebenbild auf Terra."

Stille.

„Viele von euch tragen unsere Gene", sagte Xal'Torim

schließlich. „Wir sind eure Vorfahren."

Er atmete tief ein.
„In unserer Suche nach Frieden unternahmen wir einen entscheidenden Schritt", begann er.
„Die Menschen verehrten viele Götter. Diese Vielfalt brachte Inspiration – aber auch Verwirrung, Spaltung und Krieg."
Er ließ die Worte wirken.

„Wir entschieden uns, die Idee eines einzigen Gottes zu fördern. Nicht als Herrscher – sondern als Symbol für Frieden, Liebe und Einheit." Sein Blick wurde weich.

„Durch künstliche Befruchtung erschufen wir ein Kind.
Ein Lehrer.
Ein Hoffnungsträger.
Ihr gabt ihm viele Namen.

Wood spürte, wie sich sein Magen zusammenzog.
„Er sollte nicht herrschen", sagte Xal'Torim.
„Er sollte verbinden."

Der Halley'sche Komet erschien im Hologramm.
„Doch wir scheiterten."
Seine Stimme wurde leiser.

„Unsere Botschaft wurde verdreht.
Statt Einheit entstand neue Spaltung.
Statt Frieden neue Kriege."

Er senkte den Blick.

„Kreuzzüge.

Blut.

Leid."

Eine schwere Stille legte sich über den Raum.

Später wurde der Livestream in alle Winkel der Erde übertragen.

Auf Terra herrschte Sprachlosigkeit.

Denn jeder verstand:

Dies war kein Mythos mehr.

Keine Religion.

Keine Legende.

Es war Geschichte.

Und sie hatte gerade erst begonnen.

ASYL FÜR GÖTTER?

Orionis und Lytheria erhoben sich gleichzeitig.

Ihre Gesichter waren ernst, frei von jeder Zeremonie, frei von jenem milden Lächeln, das den bisherigen Empfang begleitet hatte. Die Veränderung war sofort spürbar.
Die Atmosphäre im Raum verdichtete sich, als würde selbst die Luft begreifen, dass nun die eigentliche Botschaft folgen würde.

Lytheria trat einen Schritt vor.
Ihre Stimme war ruhig, klar – und doch lag in ihr eine unüberhörbare Dringlichkeit.
„Sirius wird heller", begann sie.
„Und mit dieser Helligkeit kommt eine Hitze, die unser Leben zunehmend unmöglich macht."

Das Hologramm über dem Tisch veränderte sich.
Der Stern Sirius pulsierte nun stärker, leuchtete in intensiveren Farbspektren, während Temperaturkurven und Energiewerte sichtbar wurden.
„Unser Stern befindet sich in einer Phase, die wir lange vorhergesehen haben", fuhr sie fort. „Eine Phase zunehmender Instabilität. Die Strahlungsintensität steigt.
Die Biosphäre unseres Heimatplaneten kollabiert schleichend."

Ein kurzes Innehalten.
„Unsere Zeit dort ist begrenzt."

Commander Wood sah zu Dr. Taskin hinüber.

Für einen Moment fanden sie keine Worte.

Seine Gedanken rasten.

Die Götter kehren zurück.

Nicht als Herrscher.

Sondern als Flüchtlinge.

Wie viele waren es?

Tausende?

Hunderttausende?

Orionis beantwortete die unausgesprochene Frage, als hätte er Woods Gedanken gelesen.

„Auf diesem Schiff befinden sich eine Million unserer Leute im Tiefschlaf", sagte er ruhig.

„Ein zweites Schiff folgt – mit weiteren zehn Millionen."

Die Zahl hallte im Raum nach wie ein Donnerschlag.

„Wir suchen nicht die Vorherrschaft", fügte er hinzu.

„Wir suchen ein Zuhause."

Wood schluckte schwer.

„Eine Million", murmelte er, mehr zu sich selbst.

„Und bald zehn weitere."

Er fuhr sich mit der Hand über das Gesicht.

„Wie sollen wir das bewältigen?", fragte er leise.

„Wir haben selbst ein Generationsschiff auf die Reise geschickt, weil unsere eigene Welt durch unsere rücksichtslose Lebensweise an den Rand des Untergangs gebracht wurde."

Lytheria nickte langsam.
„Das zweite Schiff wird zu einem späteren Zeitpunkt eintreffen", sagte sie.
„Doch bereits diese erste Million stellt eine immense Herausforderung dar. Das ist uns bewusst."

Wood nickte mechanisch.
„Das müssen wir mit der Erde besprechen."

Die Rückkehr zur Pluto-Station erfolgte in gedämpfter Stimmung.
Kaum waren Wood und Taskin zurück an Bord, wurde eine Konferenzschaltung mit den Gremien auf der Erde eingerichtet.
Militärische Führung, politische Vertreter, wissenschaftliche Berater – sie alle versammelten sich auf den Bildschirmen.

Eine bedrückende Stille legte sich über die Sitzung.
Niemand wusste, wie man beginnen sollte.

„Es erinnert an die Tage", sagte Dr. Taskin schließlich leise, fast nachdenklich, „als Frontex im Mittelmeer verzweifelt versuchte, Menschen zurückzuweisen."

Einige der Anwesenden senkten den Blick.

„Wie viele starben damals", fuhr sie fort, „nur um ein Meer zu
überqueren? Und jetzt … stehen wir nicht vor überfüllten
Booten. Wir stehen vor den Göttern unserer Vergangenheit.
Mit einer Technologie, die uns bei weitem übertrifft."

„Zurückweisen?" wiederholte Wood gedankenverloren.
„Könnten wir das überhaupt?
Und was, wenn das einen Krieg der Welten auslöst?"

Ein Satz, den Orionis bei der Verabschiedung auf Pluto gesagt
hatte, ließ Wood nicht los:
Dies wird ein Besuch sein, den Sie nicht vergessen werden.
Die Worte hallten in seinem Kopf wider, während die
Konferenz weiterlief.

Dann brach Commander Elena Ross die Stille.
„Wir warten ab, was die Gremien entscheiden", sagte sie kühl.
Dann sah sie Wood direkt an.
„Aber Woody … noch etwas."

Wood hob den Blick.
„Der Vatikan beansprucht die Bundeslade allein für sich."
Einen Moment lang starrte Wood sie an, als hätte er sich
verhört.
In dieser Lage.
In dieser Krise.

„Es gibt immer noch Menschen auf der Erde", murmelte er kopfschüttelnd, „die absolut nichts verstanden haben."

Die Konferenz endete – doch die Fragen blieben.

Es war eine schwere Entscheidung.
Fünfzehntausend Erdenbürger hatten alles riskiert, um an Bord eines Generationsschiffs neue Welten zu entdecken.
Die Erde selbst war an ihre Grenzen gestoßen – überstrapaziert, ausgebeutet, erschöpft.

Zwar hatten wir den Mond und den Mars kolonisiert, doch das Leben dort war kaum mehr als ein Schatten dessen, was die Erde einst geboten hatte.

Und nun das.
Die Götter kehrten zurück.
Sie blickten auf uns – und sahen, dass wir uns kaum verändert hatten.

Ja, wir waren technologisch weiter.
Aber moralisch?
Wir führten noch immer Kriege.
Wir zerstörten noch immer unseren Planeten.
Wir sägten weiter an dem Ast, auf dem wir saßen –
aus Bequemlichkeit.
Die Ressourcen der Erde waren jedes Jahr bereits nach sechzig Tagen verbraucht.

Ohne Rohstoffe vom Mond und Mars wäre längst alles kollabiert.

Unser Generationsschiff war kein Triumph gewesen.

Es war ein Akt der Verzweiflung.

Und nun standen wir vor einem weiteren Dilemma: die Rückkehr der Götter.

Die zweite Offenbarung

Enzo, der neben Vita stand, durchbrach schließlich die Stille.

„Und wie weit ist es eigentlich von Sirius nach Alpha Centauri?" fragte er beiläufig.

„5,37 Lichtjahre", antwortete Vita sofort.

„Oder etwa 1,65 Parsec."

Enzo runzelte die Stirn.

„Kürzer als der Weg von Sirius zu uns."

„Korrekt", bestätigte Vita.

„Sirius ist etwa 8,6 Lichtjahre von der Erde entfernt.

Alpha Centauri hingegen nur 4,37."

Enzo schnaubte leise.

„Kürzer als erwartet.

Aber wissen Sie was? Es spielt keine Rolle, wie nah oder fern dieser Sterne sind, solange wir immer noch dabei sind, uns selbst zu zerstören."

Einen Moment herrschte Stille.

Dann veränderte sich Vitas Stimme minimal – ein kaum wahrnehmbarer, aber signifikanter Tonfall.

„Commander", sagte sie. „Ich habe neue Daten."

Alle Blicke richteten sich auf die Projektionen.

„Die Atlanider haben uns zusätzliche Informationen übermittelt", fuhr Vita fort.

„Ein Himmelskörper mit einer Umlaufzeit von etwa 3.500 Jahren befindet sich auf einem veränderten Kurs."

Ein Komet erschien im Hologramm.

Langgezogen. Massiv. Schnell.

„Dieser Komet hat die Erde in der Vergangenheit mehrfach passiert", erklärte Vita. „Nun jedoch zeigen die aktuellen Berechnungen eine signifikante Bahnabweichung."

Die Projektion zoomte heran.

Eine rote Linie schnitt durch das Sonnensystem.

Direkt auf die Erde zu.

„Kollisionswahrscheinlichkeit innerhalb der nächsten Jahrzehnte: 87 Prozent."

Ein eisiges Schweigen legte sich über den Raum.

„Die Atlanider", sagte Vita weiter, „sind sich dieses Ereignisses seit Langem bewusst.

Ihr Angebot ist nicht nur eine Bitte um Zuflucht."

Wood verstand es nun.

„Sie wollen sicherstellen", sagte er langsam, „dass ihre neue Heimat nicht zerstört wird."

„Korrekt", bestätigte Vita. „Sie verfügen über die Technologie, den Kometen umzulenken oder zu neutralisieren."

Flüchtlinge.
Und gleichzeitig … Retter.
Die Stille, die folgte, war nicht mehr nur Furcht.
Es war Erkenntnis.

Die Frage war nicht mehr, ob die Menschheit helfen sollte.

Sondern, ob sie klug genug sein würde, diese zweite Chance nicht wieder zu verspielen.

RAPA NUI

Die Rede kam unerwartet und sorgte für Erstaunen in der gesamten Generalversammlung der Vereinten Nationen. Ein kleines Licht, das kaum jemand auf der politischen Weltkarte beachtet hatte, trat plötzlich ins Rampenlicht.

„Rapa Nui," begann die Stimme des Abgesandten – ein Mann mittleren Alters mit dunkler, wettergegerbter Haut, seine traditionellen Tätowierungen offen sichtbar –, „die Heimat der Osterinsel und der Moai, bietet den Atlanidern Asyl."

Der Saal verstummte augenblicklich. Einige Delegierte hoben irritiert den Kopf. Andere überprüften hastig ihre Übersetzungsgeräte, als müssten sie sich vergewissern, richtig gehört zu haben.

Die Osterinsel. Ein Punkt im Pazifik. Ein Symbol vergangener Isolation. Und nun – Bühne der Zukunft?

„Wir warten seit Jahrhunderten auf euch," fuhr der Abgesandte fort. Seine Stimme war ruhig, doch sie trug eine Tiefe in sich, die nicht politisch wirkte, sondern historisch. „Die Moai, die großen steinernen Wächter unserer Insel, wurden geschaffen, um eure Ankunft zu begrüßen.

Sie sind nicht nur Zeugnisse unserer Vergangenheit – sie sind Botschaften an euch, unsere fernen Brüder und Schwestern." Auf der Leinwand erschien ein Panorama von Rapa Nui im Abendlicht. Die Moai standen wie stumme Kolosse, ihre Gesichter ins Landesinnere gerichtet, den Ozean im Rücken.

In diesem Moment wirkten sie nicht mehr wie archäologische Rätsel. Sie wirkten wie Wächter einer Vereinbarung, die älter war als jede Nation im Saal.

Ein Murmeln ging durch die Reihen.

„Unsere Insel ist isoliert, ja," sagte der Abgesandte weiter.

„Doch Isolation ist nicht Schwäche. Isolation bedeutet Identität.

„Wir bieten euch Asyl – wenn ihr uns helft, Rapa Nui zu einem nachhaltigen technologischen Zentrum zu machen, einem Modell für die Zukunft unseres Planeten."

Jetzt war das Murmeln lauter.

Einige Delegierte lehnten sich zurück.

Andere flüsterten.

„Technologisches Zentrum?"

„Sie meinen, militärische Infrastruktur."

„Oder planetare Verteidigungssysteme."

Chile war vorbereitet.

Ein Diplomat aus Santiago trat an das Rednerpult.

Elegant, kontrolliert, mit der Selbstsicherheit eines Landes, das soeben seine historische Karte ausgespielt hatte.

„Die Republik Chile unterstützt diesen Vorschlag offiziell.
Rapa Nui ist chilenisches Hoheitsgebiet. Und wir erkennen die strategische und humanitäre Dimension dieses Angebots."
Er ließ den Blick durch den Saal schweifen.

„Rapa Nui liegt 3.700 Kilometer westlich unserer Küste.
Abgelegen – ja. Aber genau darin liegt seine Stärke.
Keine großen Metropolen. Keine militärischen Ballungsräume.
Kontrollierbar.
Überschaubar."
Das Wort „kontrollierbar" blieb hängen.

„Mit der Hilfe der Atlanider," fuhr er fort, „könnte diese Insel zu einer Brücke werden – zwischen unserer Vergangenheit und einer interstellaren Zukunft."
Er machte eine Pause.

„Wir alle wissen, warum wir heute hier sitzen."
Kein Name wurde ausgesprochen.
Doch auf mehreren Displays im Saal war eine schematische Bahnkurve eingeblendet.
Eine rote Linie.
Eine Ellipse.
Ein Schnittpunkt mit einem blauen Kreis.

„Vielleicht ist es…" begann ein Delegierter aus dem Irak leise, kaum hörbar, „…das, was in sumerischen und babylonischen Überlieferungen Nibiru genannt wird."

Jetzt war es kein Murmeln mehr.
Es war ein kollektives Einatmen.
Der Vertreter aus Israel flüsterte:
„Der Wanderer."
Die Worte schwebten wie Staub im Licht der Projektoren.

Der US-Delegierte schaltete sich ein.
„Lassen Sie uns nicht in Mythologie verfallen.
Wir sprechen hier von einem Objekt mit signifikanter Masse und hoher Kollisionswahrscheinlichkeit."

„Mit einer Wiederkehrperiode von ungefähr 3.500 Jahren," ergänzte die Vertreterin Indiens ruhig.
„Was historische Zivilisationsbrüche erklären könnte."

„Spekulation," warf Russland ein.
„Mathematische Bahnberechnung," konterte Indien.
Die Generalsekretärin hob die Hand. „Bitte."

Der chilenische Diplomat griff den Moment wieder auf.
„Ob Sie es Nibiru nennen oder nicht – Fakt ist: Ohne externe Technologie ist die Wahrscheinlichkeit einer erfolgreichen Ablenkung gering."

China beugte sich nach vorne.
„Und wer kontrolliert diese Technologie?"

Die Frage fiel wie ein Fallbeil.
„Wir sprechen hier von Systemen, die in der Lage sind,
Himmelskörper umzulenken," fuhr der chinesische Vertreter
fort. „Eine solche Fähigkeit ist nicht nur defensiv.
Sie ist strategisch."

„Sie unterstellen Absicht," sagte Kanada scharf.
„Ich unterstelle Realität," antwortete China.
Die erste Bruchlinie war nun offen sichtbar.

Russland meldete sich.
„Eine Million Atlanider befinden sich im Tiefschlaf.
Weitere zehn Millionen folgen.
Wir sollen eine Zivilisation aufnehmen, die uns technologisch
Jahrtausende voraus ist – und glauben, das bliebe ohne
geopolitische Konsequenzen?"

„Sie sind Flüchtlinge," sagte der Abgesandte von
Rapa Nui ruhig.
„Sie sind eine Macht," erwiderte Russland.

Die Stimme der Vereinigten Staaten war nun deutlich härter.
„Sollte diese Entscheidung ohne klare multilaterale
Kontrollmechanismen getroffen werden, behalten sich die
Vereinigten Staaten ein Veto vor."

Das Wort schlug ein.

Veto.

Gegen Rapa Nui.

Gegen Chile.

Gegen Asyl.

Vielleicht gegen die einzige realistische Verteidigungsoption.

Im Hintergrund blendete sich die Simulation ein.

Ein Countdown.

Nicht offiziell.

Aber jeder wusste, was er bedeutete.

Commander Wood meldete sich aus dem Beobachterbereich.

„Mit allem Respekt," sagte er ruhig, „Souveränität ist bedeutungslos, wenn es keinen Planeten mehr gibt, über den man souverän sein kann."

Stille.

Dann sprach die Generalsekretärin.

„Wir formulieren eine Resolution."

Auf der Leinwand erschien ein Text.

Resolution 2784 – Entwurf

„Der Sicherheitsrat der Vereinten Nationen, in Anerkennung einer hochwahrscheinlichen extraterrestrischen Bedrohung mit globalem Schadenspotenzial..."

Einige Delegierte senkten den Blick.

„…in Anerkennung der technologischen Fähigkeiten der atlanidische Zivilisation zur planetaren Abwehr…"

„…beschließt die Gewährung eines territorial begrenzten Asylstatus unter internationaler Aufsicht."

„Internationaler Aufsicht?" fragte Chile scharf.

„Ein multilaterales Kontrollgremium," erklärte die Generalsekretärin. „Bestehend aus den Vetomächten sowie rotierenden neutralen Staaten.

Transparente Technologieüberwachung.

Gemeinsame Kommandostruktur."

Einige Köpfe nickten.

Andere blieben reglos.

„Arbeitstitel?" fragte der Vertreter aus Frankreich.

Die Generalsekretärin sah kurz auf.

„Asyl für Götter."

Diesmal war es keine Unruhe.

Es war Geschichte.

Der Abgesandte von Rapa Nui erhob sich ein letztes Mal.

„Unsere Geschichte ist die Geschichte der Anpassung.

Wir haben ökologische Zusammenbrüche erlebt.

Hungersnöte. Isolation.

Unsere Kultur existiert noch, weil wir gelernt haben, mit Kräften zu leben, die größer sind als wir."

Er sah in die Reihen der Großmächte.

„Die Atlanider sind Flüchtlinge. Ja. Aber sie sind zugleich jene, die das Wissen besitzen, den Wanderer aufzuhalten."

Er machte eine Pause.

„Die Frage ist nicht, ob wir ihnen vertrauen.

Die Frage ist, ob wir es uns leisten können, es nicht zu tun."

Draußen, jenseits der Atmosphäre, zog ein uralter Komet seine Bahn.

Unbeeindruckt von Vetorechten.

Unbeeindruckt von Ideologien.

Unbeeindruckt von menschlichem Stolz.

Er würde kommen – gleichgültig gegenüber Geschichte, Glauben oder Macht.

Und die Menschheit stand vor einer Entscheidung, wie sie größer kaum sein konnte:

Göttern Asyl gewähren – oder gemeinsam mit ihnen untergehen.

Die Atlanider waren nicht nur Gäste.

Sie waren Partner in einer Zukunft, die neu verhandelt werden musste.

Vielleicht würden die Moai eines Tages nicht mehr nur Wächter einer vergessenen Vergangenheit sein.

Vielleicht würden sie zu Symbolen einer Allianz werden – zwischen Erde und Sternen.

NEO ATLANTIS

Die Entscheidung fiel schneller, als viele erwartet hatten – und doch fühlte sie sich an wie das Ergebnis von Jahrhunderten.

Mit Unterstützung Chiles wurde die Ansiedlung der Atlanider auf Rapa Nui offiziell genehmigt.

Die Resolution passierte mit knapper, historischer Mehrheit. Draußen auf den Straßen Santiagos und Valparaísos jubelten Menschen. In Washington, Peking und Moskau analysierten Strategen jedes Wort des Vertrags.

Doch auf Rapa Nui selbst war es still.

Dort begann die eigentliche Arbeit.

Die erste Aufgabe bestand darin, die Infrastruktur der Insel neu zu denken – nicht zu ersetzen, sondern weiterzuentwickeln.

Unter der Leitung atlanidische Architekten, Ozeaningenieure und planetarer Systemdesigner entstand ein Projekt, das bald einen Namen trug, der Geschichte und Zukunft verband: Novo Moai.

Keine Glas- und Stahlmetropole.

Keine Betonlandschaft.

Sondern eine Stadt, die wirkte, als sei sie aus der Erde selbst gewachsen.

Transparente Energieadern zogen sich wie leuchtende Wurzeln durch den vulkanischen Boden.

Gebäude erhoben sich in organischen Formen, inspiriert von Korallenstrukturen und basaltischen Lavaformationen.

Photovoltaische Oberflächen waren in die Landschaft integriert, kaum sichtbar, aber hoch effizient.

Windturbinen verschwanden in vertikalen Gärten.

Die Moai blieben.

Unberührt.

Doch nachts spiegelten sich sanfte Lichtlinien in ihren steinernen Gesichtern – als würden sie nun über eine neue Epoche wachen.

Was einst als Relikte einer untergegangenen Zivilisation galt, wurde nun zum Symbol einer Allianz zwischen Erde und Sternen.

Novo Moai war kein Fremdkörper.

Es war ein Versprechen.

Ein Modell für nachhaltige Hochtechnologie.

Ein Labor für planetare Kooperation.

Ein sichtbares Zeichen, dass Fortschritt nicht Zerstörung bedeuten musste.

Doch mit Hoffnung kam Widerstand.

Internationale Protestbewegungen formierten sich.

„Kein Himmel über unseren Köpfen!"

„Keine Götter auf Erden!"

In Europa brannten symbolisch Moai-Repliken.

In Teilen der USA entstand die Bewegung „Human First".

Radikale Gruppen erklärten die Atlanider zur Invasionsmacht.

Und auch unter den Atlanidern gab es Skepsis.

Einige betrachteten die Menschheit als unberechenbar, emotional instabil, selbstzerstörerisch.

Interne Debatten wurden geführt.

War Terra wirklich ein sicherer Zufluchtsort – oder ein Pulverfass?

Sicherheitsdienste der Vereinten Nationen arbeiteten ununterbrochen. Digitale Netzwerke wurden überwacht.

Sabotageversuche frühzeitig vereitelt.

Drohungen analysiert.

Die Allianz war geboren – aber sie war fragil.

Während Novo Moai wuchs, entstand ein zweites, weitaus kühneres Projekt.

Neo-Atlantis.

Fünf Seemeilen vor der Küste Marokkos begann ein Bauvorhaben, das selbst in Zeiten globaler Krisen als unfassbar galt. Die Entscheidung für Marokko war strategisch wie symbolisch.

Nahe der Straße von Gibraltar.

Nahe historischer Handelsrouten.

Nahe der Legenden.

Denn unterhalb von Tanger, so glaubten viele, habe einst das sagenumwobene Atlantis gelegen – verschlungen vom Meer, vergessen von der Geschichte, aber nie aus der menschlichen Vorstellung verschwunden.

Als die ersten atlanidische Konstruktionsschiffe im Atlantik erschienen, übertrugen Milliarden Menschen die Bilder live. Gigantische, lautlose Strukturen glitten unter die Wasseroberfläche. Energieschilde spannten sich über Bauzonen. Ozeanströme wurden sanft umgeleitet.

Dann begann die Hebung.
Langsam, majestätisch, erhob sich aus der Tiefe eine Struktur, die kein Land allein hätte bauen können.
Neo-Atlantis war kein Hafen.
Kein künstliches Riff.
Kein Militärstützpunkt.
Es war eine Stadt.
Fünfzig Kilometer lang.
Zwanzig Kilometer breit.
Mehrschichtig.

Teilweise über der Oberfläche, größtenteils darunter.
Zwei monumentale Brücken verbanden die sichtbaren oberen Plattformen mit dem Festland. Ihre geschwungenen Bögen aus selbstheilendem Verbundmaterial leuchteten nachts in sanftem Blau.

Von Tanger aus wirkte Neo-Atlantis wie eine zweite Sonne am Horizont.

Marokko begrüßte das Projekt mit überwältigender Mehrheit.

Für viele bedeutete es wirtschaftliche Erneuerung.

Arbeitsplätze.

Bildung.

Infrastruktur.

Zugang zu Technologien, die bisher nur Science-Fiction gewesen waren.

Doch Neo-Atlantis war mehr als Wirtschaft.

Der Großteil der Stadt lag verborgen in 500 Metern Tiefe, im Bereich des kontinentalen Schelfs. Gewaltige Kuppeln aus transparentem Nanoglas öffneten den Blick in eine Welt aus Korallenwäldern, schimmernden Fischschwärmen und leuchtenden Tiefseelebewesen.

Panoramafenster erstreckten sich über mehrere Ebenen. Unterwasserbahnen glitten lautlos durch lichtdurchflutete Tunnel. Gezeitenkraftwerke erzeugten Energie aus der Kraft des Ozeans.

Thermische Konverter nutzten die Temperaturunterschiede der Tiefe. Riesige Unterwasserfarmen produzierten Algen, Proteine, Biokunststoffe. Geschlossene Kreislaufsysteme machten die Stadt nahezu autark.

Die Biodomen waren das Herzstück.
Kuppelförmige Lebensräume, in denen atlanidische und menschliche Architektur verschmolzen. Tropische Vegetation, kontrollierte Klimazonen, Lernzentren, Forschungsinstitute.
Kinder – menschliche und atlanidische – lernten gemeinsam in transluzenten Klassenräumen, während über ihnen Meeresriesen vorbeizogen.

Hunderttausend Bewohner bezogen die ersten Quartiere.
Eine Mischung aus Atlanidern, Wissenschaftlern, Ingenieuren, ausgewählten Familien und internationalen Beobachtern.
Keine Eliten im klassischen Sinn – sondern Repräsentanten eines Experiments.

Neo-Atlantis war kein Zufluchtsort allein.
Es war ein Prototyp.
Ein Modell für zukünftige Ozeansiedlungen.
Ein möglicher Bauplan für extraterrestrische Kolonien.
Ein Testfeld für die Zusammenarbeit zweier Spezies.

Doch trotz aller Vision blieb die Bedrohung im Hintergrund.
Orbitalteleskope beobachteten ununterbrochen die Bahn des Wanderers. Die Verteidigungssysteme wurden in stiller Kooperation entwickelt.
Gravitative Impulsgeber.
Plasmafeld-Generatoren.
Bahnanalyse-KI.

Neo-Atlantis war Hoffnung – aber auch Vorbereitung.

Während Novo Moai im Pazifik und Neo-Atlantis im Atlantik
wuchsen, begann sich etwas Grundlegendes zu verändern.
Die Menschheit war nicht länger allein.
Und sie war nicht länger unangefochtene Herrin ihres Planeten.
Sie war Partnerin.
Oder Schülerin.
Oder beides.
Neo-Atlantis wurde zum Symbol einer neuen Ära –
einer Epoche, in der Vergangenheit, Mythos und Zukunft nicht
länger getrennt waren.
Die Legende von Atlantis war nicht untergegangen.
Sie war zurückgekehrt.
Und diesmal war sie nicht Mahnung – sondern Möglichkeit.

NOVO MOAI- Die zweite Insel

Mit ihrer Technologie – präzise wie Naturgesetze, elegant wie Sternenbahnen – planten die Atlanider eine weitere künstliche Insel. Doch diesmal ging es nicht nur um Infrastruktur oder strategische Positionierung.
Es ging um Bedeutung.
Der Fokus fiel auf Rapa Nui. Auf jene Insel im Pazifik, die seit Jahrhunderten wie ein einsamer Gedanke im Ozean lag.
Ein Ort, durchzogen von Mythen, vom Wind geformt,
von Ahnen bewacht.
Hier sollte etwas entstehen, das nicht verdrängte –
sondern antwortete. Die Geburt einer zweiten Insel.

An der südwestlichen Küste, nahe dem Kraterrand des Vulkans Rano Kau, begannen die Arbeiten. Die Region war rau, windgeschützt, von schwarzem Lavagestein durchzogen und fernab der sensibelsten archäologischen Zonen.

Zuerst sah man nur Lichter unter der Wasseroberfläche.
Dann erhob sich langsam, fast ehrfürchtig, eine Struktur aus dem Pazifik – nicht aufgeschüttet, nicht gerammt, sondern gewachsen. Atlanidische Materietechnologie verband sich mit vulkanischem Gestein. Molekulare Binder verschmolzen mit natürlichem Basalt. Die Insel wurde nicht gegen die Natur gebaut – sondern mit ihr.

Novo-Moai. Eine Stadtinsel, angedockt wie ein sanfter Halbmond an die alte Küste. Von oben betrachtet wirkte sie wie eine Erweiterung des Lavastroms, der einst aus Rano Kau geflossen war.

Keine harten Linien.

Keine brutalen Kontraste.

Gebäude mit organischen Rundungen, Fassaden aus schimmerndem Steinverbund, durchzogen von vertikalen Gärten. Windlenkstrukturen leiteten die pazifischen Böen in Energieumwandler. Unter der Oberfläche pulsierten geothermische Systeme, gespeist von der Hitze des Vulkans.

Novo-Moai war kein Fremdkörper.

Es war eine Antwort.

Von Anfang an herrschte höchste Vorsicht.

Respekt als Fundament.

Die kulturelle und spirituelle Bedeutung Rapa Nuis war unantastbar. Wochenlange Konsultationen mit Stammesältesten, Historikern, Umweltwissenschaftlern und spirituellen Hütern der Insel gingen dem ersten Eingriff voraus.

Ein Ältestenrat tagte unter freiem Himmel, nahe eines alten Ahu. „Wir dulden keine zweite Kolonialisierung", sagte eine ältere Frau mit wettergegerbtem Gesicht und tätowierten Armen. „Nicht von Nationen.

Nicht von Sternen."

Der atlanidische Sprecher neigte leicht den Kopf.

„Wir kommen nicht, um zu nehmen.

Wir kommen, um zu bewahren – was ihr allein nicht länger schützen könnt."

Er sprach von steigenden Meeresspiegeln.

Von Erosion. Von der Zerbrechlichkeit isolierter Kulturen in einer globalisierten Welt.

Langsam entstand Vertrauen.

Die Moai blieben unangetastet.

Kein einziger Stein wurde versetzt.

Keine archäologische Stätte verändert.

Novo-Moai wurde so positioniert, dass Sichtachsen erhalten blieben – sodass die steinernen Wächter weiterhin ins Landesinnere blickten.

Novo-Moai unterschied sich deutlich von Neo-Atlantis. Während Neo-Atlantis ein Monument technologischer Vision war – kühn, gewaltig, futuristisch – war Novo-Moai leiser.

Hier verschmolzen polynesische Muster mit atlanidische Geometrie. Fassaden trugen Gravuren, inspiriert von traditionellen Tätowierungen.

Plätze waren nach alten Gottheiten benannt.

Moderne Interpretationen der Moai entstanden – schlanker, lichtdurchlässiger, mit integrierten Energieadern, die nachts sanft leuchteten.

Keine Kopien.

Sondern Weiterentwicklungen. Erstmals konnte man nun im wörtlichen Sinne von den **Osterinseln** sprechen.

Neben der ursprünglichen Insel – stolz, naturbelassen, archaisch – lag nun eine zweite, künstliche Schwester.

Zwei Landmassen.

Zwei Epochen.

Ein Dialog.

Doch nicht jeder begrüßte diese Entwicklung.

Internationale Medien diskutierten hitzig.

War dies kulturelle Renaissance – oder elegante Aneignung?

War es Schutz – oder Einflussnahme?

Umweltschützer warnten vor Strömungsveränderungen.

Extremistische Gruppen sprachen von „sakraler Entweihung".

Und dennoch: Die Wirtschaft der Insel begann zu florieren.

Bildungsprogramme entstanden. Junge Rapa Nui studierten Ingenieurwissenschaften, Meeresbiologie, Architektur – ohne ihre Heimat verlassen zu müssen.

Zur offiziellen Einweihung enthüllten die Atlanider ihr Geschenk.

Eine monumentale Statue.

Über 45 Meter hoch.

Massiver Basalt.

Präzision, die an Perfektion grenzte.

Sie nannten sie Ahu Moai – Der Große Wächter.

Ihre Gesichtszüge vereinten traditionelle Rapa-Nui-Formen mit subtilen atlanidische Linien. Im Inneren verlief ein stabilisierendes Energiegerüst, unsichtbar, aber dauerhaft.

Die Oberfläche war von Hand nachbearbeitet –
von Rapa-Nui-Künstlern.
„Die Steine stammen vom Vulkan Poike", erklärte ein atlanidische Geologe während der Zeremonie. „Wir haben sie vorbereitet. Doch die letzte Form gabt ihr ihnen."

Im Zentrum der neuen Kultstätte entstand ein kreisförmiges Panoptikum. Holografische Projektionen ließen die Geschichte der Moai lebendig werden: Steinbrüche, Transporttechniken, uralte Werkzeuge, das Wissen, das verloren geglaubt war.

Die Inselbewohner standen schweigend.
Ein älterer Mann legte die Hand auf den Basalt.
„Es fühlt sich an, als hätten wir unsere Vergangenheit zurückbekommen."
Workshops begannen. Junge Menschen lernten wieder, Stein zu lesen – seine Spannungen, seine Maserungen.
Atlanidische Präzisionswerkzeuge ergänzten traditionelle Techniken, ohne sie zu ersetzen.

Ahu Moai stand genau zwischen der alten Insel und Novo-Moai. Ein Wächter beider Welten.
Nachts leuchtete ein sanfter Lichtschein entlang seiner Konturen. Kein grelles Spektakel – eher ein Atem.

Der bewegendste Moment jedoch ereignete sich auf Moto Nui.
Die erste gemeinsame Orongo-Zeremonie.

Unter dem Sternenhimmel versammelten sich Atlanider und Rapa-Nui-Nachfahren an der Stätte des alten Vogelmann-Kults.

Fackeln flackerten im Wind.
Trommeln begannen zu schlagen.
Die Tänzer trugen prächtige Kostüme – Federn, ockerfarbene Muster, Symbole des Gottes Makemake. Zwischen ihnen bewegten sich atlanidische Gestalten in fließenden Gewändern, deren Stoffe schimmerten wie Meeresoberflächen.

Die Tänze erzählten von Ursprung und Zyklus.
Von Meer und Himmel.
Von Fall und Wiederkehr.
Der Höhepunkt war die Ernennung des neuen Vogelmannes.
Kein tödlicher Wettkampf mehr.
Doch eine Prüfung von Mut, Wissen und Hingabe.

Der Auserwählte – ein junger Mann mit traditionellen Tätowierungen – erhielt eine kunstvoll geschnitzte Zeremonienfeder.

Zusätzlich überreichte ihm ein atlanidische Würdenträger ein Amulett aus schimmerndem Kristall, das eine feine Energie pulsieren ließ.

„Zwei Linien", sagte der Atlanider leise. „Ein Kreis."

Als die Menge jubelte, war es kein folkloristisches Schauspiel.

Es war Wiederaneignung.

Heilung.

Ein Band zwischen Vergangenheit und Zukunft.

Novo-Moai war mehr als Architektur.

Es war ein Dialog aus Stein und Licht.

Ein Beweis, dass Fortschritt nicht Auslöschung bedeuten musste. Ein Ort, an dem Mythen nicht verdrängt, sondern weitergeschrieben wurden.

Zwei Inseln lagen nun im Pazifik.

Eine natürlich.

Eine erschaffen.

Beide lebendig.

Zwischen ihnen stand ein Wächter aus Basalt, der in die Zukunft blickte – als wüsste er, dass noch größere Prüfungen bevorstanden.

ZERBRECHLICHE ALLIANZ

Während auf der Erde die offizielle Zusammenarbeit zwischen Menschheit und Atlanidern langsam Gestalt annahm, blieb die Allianz fragil wie Glas unter Druck.

Verträge waren unterzeichnet.
Gemeinsame Komitees eingerichtet.
Technologieaustauschprogramme definiert.
Doch Vertrauen entsteht nicht durch Unterschriften.
Es entsteht durch Zeit.
Und Zeit war das Einzige, was sie angesichts des herannahenden Kometen nicht hatten.

Die Menschheit hatte sich entschieden.
Die Atlanider ebenfalls.
Aber Entscheidungen sind nur der Anfang.
Nicht das Ende der Prüfung.

Hinter den Kulissen brodelte es.
In den Nachrichtennetzen kursierten Gerüchte über verdeckte Operationen. Mehrere Nationen hatten Spezialeinheiten und Cyberexperten nach Neo-Atlantis und Novo-Moai entsandt – offiziell zur „Koordination".
Inoffiziell suchten sie nach Schwachstellen.
Spione versuchten, Zugriff auf atlanidische Energiesysteme zu erhalten.

Hacker attackierten Forschungsserver.
Industriekonzerne boten Unsummen für kleinste technische
Details.

Gleichzeitig gab es innerhalb der atlanidische Gemeinschaft
Hardliner. „Die Menschen sind unberechenbar", sagte ein
hochrangiger Strategos in einer internen Sitzung unter der
Glaskuppel von Neo-Atlantis.
„Sie haben ihren eigenen Planeten an den Rand des Kollapses
gebracht. Warum sollten sie mit unserer Technologie
verantwortungsvoller umgehen?" „Denn sie lernen", entgegnete
eine atlanidische Wissenschaftlerin ruhig.
„Und weil wir keine Alternative haben."

Doch nicht alle teilten ihren Optimismus.
Einige Stimmen forderten, im Notfall die Kontrolle über
strategische Punkte der Erde zu übernehmen – rein defensiv,
wie sie betonten. Doch allein die Existenz solcher Überlegungen
war brisant.

Auf beiden Seiten formierten sich radikale Gruppen.
Menschen, die die Atlanider als Invasoren sahen.
Atlanider, die die Menschheit als Sicherheitsrisiko betrachteten.

Sabotagegerüchte machten die Runde. Ein beinahe unbemerkter
Zwischenfall in einem Gezeitenkraftwerk.
Eine manipulierte Versorgungsdrohne.

Ein abgefangener Code, der nicht von menschlicher Herkunft war. Die Sicherheitsdienste der Vereinten Nationen arbeiteten rund um die Uhr. Satelliten überwachten Bewegungen.
Die Synthetische Intelligenz der Stadt reagierte innerhalb von Millisekunden und analysierten Kommunikationsmuster.
Und dennoch blieb das Gefühl, dass etwas Größeres im Verborgenen vorbereitet wurde.

Während Misstrauen wuchs, entstand gleichzeitig ein Ort der Offenheit. Unter der gewaltigen Glaskuppel von Neo-Atlantis, wo das Sonnenlicht durch transparente Nanostrukturen brach und in tausend Spektralfarben über die Stadt tanzte, erhob sich ein Gebäude, das bald weltweite Aufmerksamkeit erregte:
Die Bibliothek New Alexandria.
Sie war keine bloße Datensammlung.
Sie war ein Versprechen.

Ihr Bau erinnerte an eine Mischung aus antikem Tempel und futuristischer Raumstation. Säulen aus schimmerndem Verbundmaterial trugen eine gewölbte Struktur, die sich wie ein zweiter Himmel über den Lesesälen spannte.

Im Inneren herrschte eine kühle, fast sakrale Ruhe. Holografische Projektoren schwebten in endlosen Reihen durch den Raum. Datenströme flossen wie Lichtbahnen durch die Luft. Besucher bewegten sich zwischen interaktiven Wissensfeldern, die auf Gesten reagierten.

Hier lag das Archiv der Menschheit.

Und darüber hinaus.

Die Atlanider hatten ihr eigenes Archiv geöffnet.

Was sie offenlegten, sprengte jedes bisherige historische Verständnis.

Das war das Wissen der verlorenen Zeitalter.

Präzise Baupläne von Angkor Wat – vollständig, bis in unterirdische Kammern, die noch nicht einmal archäologisch freigelegt worden waren.

Detaillierte Karten der Maya-Städte, inklusive astronomischer Korrekturen, die moderne Forscher erst Jahrzehnte später entdeckt hatten.

Mathematische Formeln, mit denen die Ägypter ihre Pyramiden exakt nach Sternenkonstellationen ausrichteten.

„Sehen Sie das?" fragte Dr. Reinhard Höhn, der eigens aus Frankfurt angereist war.

Vor ihm schwebte ein vollständiger holografischer Grundriss von Angkor Wat – in seiner ursprünglichen, unversehrten Form.

„Das ist nicht nur ein Tempel", sagte er ehrfürchtig. „Es ist eine kosmologische Karte. Eine dreidimensionale Darstellung des Universums. Der Berg Meru – Zentrum der Götterwelt."

Ein jüngerer Besucher starrte auf die Projektion.

„Das kann nicht echt sein", murmelte er. „So detailliert…

Niemand hätte das damals dokumentieren können."

Dr. Höhn lächelte.

„Die Atlanider konnten.

Sie waren Beobachter.

Sie haben nicht eingegriffen – aber sie haben aufgezeichnet."

Er ließ die Projektion wechseln. Massive Steinsäulen erschienen, mit mikroskopisch erfassten Schnitzereien.

„Das hier", fuhr Höhn fort, „zeigt Bauabschnitte, die erst in 200 Jahren archäologisch freigelegt worden wären.

Wenn diese Daten stimmen, müssen wir unsere gesamte Chronologie überdenken."

Doch nicht jeder war begeistert.

Auf dem zentralen Platz von Neo-Atlantis hatten sich Demonstranten versammelt.

Transparente flatterten im Wind der Kuppelventilation.

„Gefälschte Geschichte!"

„Koordinierte Intelligenzmatrix-Propaganda!"

„Manipulierte Vergangenheit = kontrollierte Zukunft!"

Ein älterer Mann trat ans Mikrofon.

„Wie können wir sicher sein, dass diese Aufnahmen echt sind?" rief er. „Mit Noetische Intelligenz kann man alles erschaffen – Bilder, Videos, sogar Erinnerungen!

Vielleicht schreiben sie gerade unsere Geschichte neu!"

Vereinzelter Applaus.

Viele skeptische Blicke.

Vertrauen war keine Einbahnstraße.

Auf einer Balustrade hoch über dem Platz standen der
Schweizer Physiker Urs Schniebli und seine Kollegin Luise
Favre. Unter ihnen flimmerte die Stadt in sanftem Licht.

„Die Menschen zweifeln", sagte Schniebli leise.

„Und vielleicht haben sie recht, vorsichtig zu sein."

Luise verschränkte die Arme und blickte zur Glaskuppel, durch
die man das dunkle Blau des Ozeans jenseits der Stadt erahnen
konnte. „New Alexandria ist kein Dogma", sagte sie ruhig.

„Es ist ein Angebot."

„Und wenn es eine perfekt konstruierte Illusion ist?"

fragte Schniebli.

Luise schwieg einen Moment.

„Dann", sagte sie schließlich, „werden wir es herausfinden.

Durch Vergleich.

Durch Forschung.

Durch Überprüfung.

Wahrheit hat die Eigenschaft, sich langfristig zu behaupten."

Schniebli nickte langsam.

„Dann wären wir wenigstens nicht durch Glauben
vorangekommen, sondern durch Fakten."

„Genau darum geht es", erwiderte sie.
„Nicht um Anbetung. Sondern um Erkenntnis."

Während sich die Hallen der Bibliothek füllten, blieb
die eigentliche Frage unbeantwortet.
Würde die Menschheit das Geschenk annehmen?
Oder würde sie es als Bedrohung empfinden?
Während Historiker, Archäologen und Physiker fieberhaft
Daten überprüften, bewegte sich draußen im All der Wanderer
weiter auf seiner Bahn.

Nibiru.
Der alte Name flüsterte durch wissenschaftliche und religiöse
Kreise gleichermaßen.
New Alexandria konnte die Vergangenheit erklären.
Aber sie konnte nicht garantieren, dass die Zukunft friedlich
bleiben würde.
Denn Wissen allein verhindert keinen Konflikt.
Es verändert nur die Art, wie er geführt wird.

Und irgendwo, in den Schatten politischer Machtzentren wie
auch in den stillen Korridoren atlanidische Strategieräume,
wurden bereits Pläne geschmiedet.
Für den Fall, dass diese Allianz scheiterte.
Für den Fall, dass Vertrauen zerbrach.
Für den Fall, dass die Menschheit und die Atlanider sich nicht
rechtzeitig entschieden – füreinander.

Die eigentliche Prüfung hatte noch nicht begonnen.

Und sie würde nicht nur entscheiden, ob zwei Kulturen koexistieren konnten.

Sondern ob beide gemeinsam überleben würden.

DER ATEM VON PLUTO

Botanica-Eden lag angedockt an der Außenstation Pluto wie ein schlafender Koloss, dessen Herzschlag ins Stocken geraten war.

Von außen wirkte das Schiff makellos – eine schimmernde Struktur aus Glas und Legierungen, durchzogen von leuchtenden Adern aus Energie. Doch hinter den transparenten Kuppeln, die einst wie schwebende Gärten im Schwarz des Alls geglüht hatten, herrschte Stille.

Das Grün war fahl geworden.
Blätter hingen schlaff von ihren Ranken.
Algenbecken zeigten matte, bräunliche Schlieren.
Die feine Feuchtigkeit, die sonst wie Morgentau an den Innenflächen der Kuppeln glitzerte, war verschwunden.
Die Lungen des Schiffes erstickten.

„CO_2-Wert steigt weiter", meldete Vita mit ihrer ruhigen, beinahe sanften Stimme. „Aktueller Anstieg: 0,4 Prozent pro Stunde. Sauerstoffproduktion unter kritischem Schwellenwert."

Dr. Taskin blieb stehen.
Die Luft in der Kuppel war nicht giftig.
Noch nicht.
Aber sie war schwer.
Dumpf.

Jeder Atemzug fühlte sich an wie durch feuchten Stoff.

Crewmitglieder klagten über Kopfschmerzen.

Müdigkeit. Reizbarkeit.

„Wir haben das simuliert", murmelte Taskin. „Tausendmal."

„Simulation ersetzt keine Biologie", antwortete Vita nüchtern.

Auf der Arche – dem technologischen Kern des interstellaren Projekts – liefen sämtliche Systeme einwandfrei.

Reaktoren stabil.

Navigationsmatrix synchronisiert.

Kryoeinheiten betriebsbereit.

Doch die Arche war eine Maschine.

Botanica-Eden war Leben.

Ohne Leben konnte niemand Alpha Centauri erreichen.

Taskin erinnerte sich an ein gescheitertes Experiment des 20. Jahrhunderts: Biosphäre 2. Ein in sich geschlossenes Ökosystem, das an unvorhergesehenen chemischen Reaktionen, Insektensterben und mikrobiellen Ungleichgewichten zerbrochen war.

„Wir haben geglaubt, wir wären weiter", sagte er leise.

Nilay Kaur kniete neben einem Pflanzmodul.

In ihren Händen hielt sie einen Topf mit einer einzelnen, noch vital wirkenden Bohnenpflanze.

„Wir sind weiter", sagte sie. „Aber das hier ist kein Labor auf der Erde. Das ist ein geschlossenes Universum."

Ihre Stimme bebte nicht. Doch ihre Finger umfassten den Topf, als würde sie ein Kind schützen.

Die Nachricht aus der TSC-Kommandozentrale Solaris war klar gewesen.
Drei Monate.
Sollte Botanica-Eden nicht stabilisiert werden, würde die Mission abgebrochen. Ressourcen umgeleitet.
Das Projekt eingefroren.
Ein Jahrhundert Traum – beendet durch verdorbene Erde.

Kommandantin Maria Teresa dos Santos stand vor der Panoramascheibe der Außenstation.
Pluto schwebte unter ihr – eisig, still, fern der Sonne.
„Wir sind 5,9 Milliarden Kilometer von der Heimat entfernt", sagte sie leise. „Und scheitern an Blumenerde."

Niemand lachte.

Als das atlanidische Schiff Atlantida in den Orbit eintrat, war es, als würde ein zweiter Stern neben Pluto aufgehen.
Elegante Linien. Keine sichtbaren Antriebe. Ein Leuchten, das eher an Biolumineszenz erinnerte als an Technik.

Die Reise nach Alpha Centauri war als gemeinsames Unterfangen geplant.
Menschen und Atlanider. Zwei Spezies.
Eine Mission.

Nun würde sich zeigen, ob diese Allianz mehr war als Symbolik.

An Bord kam Luminis Xaor.

Er war größer als die meisten Menschen, schlank, mit einer Haltung, die Ruhe ausstrahlte. Seine Augen wirkten, als würden sie mehrere Ebenen gleichzeitig wahrnehmen.

Er betrat Botanica-Eden ohne Schutzmaske.

„Die Atmosphäre ist noch tolerierbar", sagte Vita.

Xaor kniete nieder und griff in die Erde eines Pflanzmoduls.

Er ließ den Boden durch seine Finger rieseln.

Er schloss die Augen.

Sekunden vergingen.

Dann sagte er nur ein Wort:

„Radon."

Die Analyse bestätigte es.

Die Gesteine, die als Substratbasis verwendet worden waren – sorgfältig ausgewählt, sterilisiert, getestet – enthielten Spuren von Uran und Thorium.

Nichts Ungewöhnliches für irdische Minerale.

Doch im geschlossenen Kreislauf von Botanica-Eden bedeutete selbst ein minimaler radioaktiver Zerfall eine schleichende Katastrophe.

Radon.

Unsichtbar. Geruchlos. Schwerer als Luft.

Es sammelte sich in Bodennähe.

Drang in die Wurzeln ein.

Störte Zellteilungen.

Schwächte das Immunsystem der Pflanzen.

„Ein perfekter Feind", murmelte Taskin.

Doch das war nicht alles.

Ein invasiver Pilz hatte die geschwächten Pflanzen befallen.

Ein opportunistischer Organismus, der in der warmen, feuchten Umgebung ideale Bedingungen fand.

Er griff Wurzeln an.

Blockierte Nährstoffkanäle.

Verhinderte Keimung neuen Saatguts.

Ein doppelter Angriff.

Chemisch. Biologisch.

Xaor richtete sich auf.

„Pluto ist nicht nur ein Stützpunkt", sagte er ruhig.

„Er ist ein Reservoir."

Unter der Oberfläche des Zwergplaneten lagen gewaltige Eis- und Wasserreserven.

„Wir installieren einen Radonabscheider durch Flüssigkontakt", erklärte Xaor. „Die kontaminierte Luft wird durch eine Wassersäule geleitet. Radon ist wasserlöslich.

Es wird absorbiert. Das belastete Wasser entsorgen wir in Plutos Suboberflächenbecken."

„Und die Böden?" fragte Nilay.

„Komplette Dekontamination.

Austausch kontaminierter Substrate.

Versiegelung verbleibender radioaktiver Quellen."

Die Umsetzung begann sofort, bzw. Kampf gegen die Zeit.

Roboterarme entfernten belastete Gesteinssegmente.

Luftströme wurden umgeleitet. Neue Filtereinheiten installiert.

Automatische Sterilisationssysteme aktivierten UV- und

Plasmazyklen. Elektrolyseanlagen gewannen Sauerstoff aus

Pluto Wasser.

Gleichzeitig wurden alle befallenen Pflanzen isoliert.

Einige mussten vernichtet werden.

Nilay beobachtete schweigend, wie Wochen sorgfältiger Zucht

verbrannt wurden.

„Wir verlieren Biodiversität", sagte sie.

„Wir retten das System", entgegnete Taskin.

Xaor stand zwischen ihnen.

„Ein Ökosystem ist kein Museum", sagte er. „Es ist ein Prozess."

In der zweiten Woche kam es beinahe zum Zusammenbruch.

Ein Sensorfehler ließ den CO_2-Wert innerhalb von Stunden

ansteigen. Ein Ventil klemmte.

Zwei Crewmitglieder kollabierten.

Alarmlichter flackerten rot durch die Kuppel.

„Manuelle Umleitung!", rief Maria Teresa.

Taskin arbeitete mit bloßen Händen an einem Servopanel.

Nilay überwachte die letzten stabilen Pflanzenmodule.

Xaor schloss eine temporäre Energiebrücke zu einem atlanidische Feldgenerator.

Für Minuten hing alles an improvisierten Verbindungen.

Dann stabilisierte sich der Wert.

Langsam. Millimeterweise.

Die Luft wurde leichter.

Zwei Wochen später geschah etwas beinahe Unspektakuläres.

Ein neues Blatt entfaltete sich.

Sattgrün. Glänzend. Lebendig.

Dann noch eines.

Algenbecken färbten sich wieder smaragdgrün.

Feuchtigkeit kondensierte an den Kuppeln.

Die Crew atmete tiefer.

„CO_2-Wert stabil", meldete Vita.

„Sauerstoffproduktion im grünen Bereich."

Nilay berührte die Blätter vorsichtig.

„Botanica-Eden lebt", flüsterte sie.

Tränen glänzten in ihren Augen.

Maria Teresa trat neben Xaor.

„Ohne Sie hätten wir es nicht geschafft."

Xaor blickte auf die wiedererwachende Vegetation.

„Ohne Sie auch nicht.

Sie haben gehandelt.

Wir haben ergänzt."

Pluto lag weiterhin kalt und unbeteiligt unter ihnen.

Doch in der angedockten Kuppel pulsierte wieder Leben.

Die Mission war nicht mehr blockiert.

Die Arche war bereit.

Botanica-Eden atmete.

Atlantida wartete.

Alpha Centauri war noch 4,37 Lichtjahre entfernt.

Aber jetzt gab es wieder einen Weg dorthin.

Nicht als menschliches Projekt.

Nicht als atlanidische.

Sondern als gemeinsames.

Und irgendwo in der Tiefe der Systeme, unbemerkt von den meisten, registrierte Vita eine neue Variable:

Vertrauen.

Nicht messbar.

Nicht programmierbar.

Aber entscheidend.

DIE LICHTER VON CENTAURI

Noch bevor die Generationsschiffe ihre Triebwerke zündeten, hatte die Reise längst begonnen.
Nicht mit Stahl.
Nicht mit Explosionen.
Sondern mit Licht.

Die Weltraumteleskope Isaac Newton und Galileo Galilei, stationiert im äußeren Orbit von Pluto, waren keine gewöhnlichen Instrumente. Ihre Spiegel maßen mehrere Kilometer im Durchmesser, segmentiert, selbstjustierend, frei von atmosphärischer Verzerrung.

Pluto bot ihnen Dunkelheit – eine Schwärze, wie sie im inneren Sonnensystem unmöglich war. Von hier aus blickten sie auf das nächstgelegene Sternensystem: Alpha Centauri.
Vier Komma siebenunddreißig Lichtjahre entfernt.
Kosmisch gesehen: ein Nachbar.
Für Menschen: eine Ewigkeit.

Zunächst waren es nur minimale Abweichungen.
Ein Zittern im Lichtspektrum von Proxima Centauri, dem kleinen roten Zwerg, der Alpha Centauri A und B in weiter Distanz umkreist.
Dann bestätigte sich, was irdische Observatorien Jahrzehnte zuvor bereits vermutet hatten:

Proxima Centauri B.

1,27 Erdmassen.

Umlaufzeit: 11,2 Tage.

Position: in der habitablen Zone.

Doch „habitable Zone" bedeutete nicht Paradies.

Proxima war ein M-Zwerg – launisch, instabil, von gewaltigen Strahlungsausbrüchen geplagt. Flares, die jeden ungeschützten Planeten steril brennen konnten.

„Wenn es dort Leben gibt", hatte Taskin damals gesagt, „dann ist es zäh."

Doch Proxima B war nur der Anfang.

Alpha Centauri A und B – zwei sonnenähnliche Sterne in engem Tanz. Lange galt es als unwahrscheinlich, dass stabile Planetenbahnen in einem solchen System existieren könnten.

Die Isaac Newton widerlegte diese Annahme.

Über Jahre hinweg analysierten ihre Instrumente winzigste Doppler-Verschiebungen – Rot- und Blauverschiebungen im Sternenlicht, verursacht durch die Gravitation umlaufender Körper.

Dann erschien das Muster.

Periodisch. Stabil.

Unleugbar.

Ein Planet um Alpha Centauri A.

Ein weiterer um Alpha Centauri B.

Keine direkten Bilder.

Nur mathematische Musik.

Die Transitmethode zeigte mikroskopische Helligkeitsabfälle –
kaum messbar, selbst für Plutos Instrumente.

Doch Vita bestätigte die Signifikanz.

„Kein statistisches Rauschen", sagte sie.

„Signalkohärenz über 12 Beobachtungszyklen."

Die Berechnungen ergaben:

Alpha Centauri A c – etwa 1,8 Erdmassen.

Umlaufzeit: 380 Tage.

Mögliche Supererde.

Alpha Centauri B d – größer. 2,3 Erdmassen.

Möglicherweise eine Wasserwelt.

Nilay hatte die ersten Simulationen gesehen.

Ozeane unter zwei Sonnen.

Die Entdeckung reichte aus.

Fünf interstellare Sonden wurden vorbereitet – Sonnensegel,
kaum größer als ein Mensch, gefertigt aus
Graphen-Nanolaminat, reflektierend bis in den Nanobereich.

Sie waren die Kinder der Breakthrough-Idee – aber
weiterentwickelt.

Von Pluto aus bündelten gewaltige Laserarrays ihre Energie auf
die winzigen Segel.

Für Minuten wurden sie zu Sternen aus Licht.

Beschleunigung: 0,23c.

Ein Viertel der Lichtgeschwindigkeit.

Die Sonden hatten keine Chance zur Rückkehr.

Nur die Möglichkeit zu senden.

Dr. Taskin war damals neu auf Pluto.

„Alpha Centauri ist kein Ziel", hatte er gesagt.

„Es ist eine Entscheidung."

Interstellare Entfernungen sind grausam.

Selbst bei 0,23c benötigten die Sonden über zwanzig Jahre für die Strecke – und weitere 4,37 Jahre für jede Nachricht zurück.

Die Menschheit wartete.

Regierungen wechselten.

Krisen kamen und gingen.

Nibiru wurde entdeckt.

Die Atlanider erschienen.

Doch die Sonden flogen weiter.

Das erste Signal.

Es kam schwach.

Verzerrt.

Rauschend.

Doch eindeutig.

Gravitationsmessungen bestätigten nicht nur drei – sondern mindestens vier Planeten.

Und dann geschah etwas, womit niemand gerechnet hatte.

Eine der Sonden, die nahe an Proxima b vorbeiflog, registrierte eine periodische Reflektion im Infrarotbereich.

Nicht gleichmäßig.

Nicht natürlich.

Vita benötigte 0,4 Sekunden zur Analyse.

„Mögliche künstliche Struktur."

Der Raum wurde still.

„Wahrscheinlichkeit?" fragte Commander Wood.

„Unbestimmt. Signatur könnte auch mineralischer Natur sein."

Aber niemand glaubte an Mineralien.

Die Spektraldaten von Alpha Centauri A c zeigten etwas Erstaunliches: Spuren von Wasserdampf.

CO_2 – moderat.

Und ein schwaches, aber messbares O_2-Signal.

Nicht stark genug für sichere Biologie.

Aber auch nicht zufällig.

„Sauerstoff allein bedeutet nichts", sagte Taskin damals.

„Er kann geologisch entstehen."

„Aber in Kombination mit Methan?", fragte Nilay.

Vita projizierte eine neue Kurve.

Methan – schwankend, aber vorhanden.

Ein chemisches Ungleichgewicht.

Ein mögliches Zeichen für aktive Prozesse.

Natürlich gab es Skeptiker.

„Spektrale Überlagerung", sagte Professor Mendel auf Pluto.

„Interferenzen durch das Doppelsternsystem."

„Oder Hoffnung", fügte er trocken hinzu.

Wood antwortete nüchtern:

„Hoffnung ist kein Messfehler."

Die Daten deuteten auf Möglichkeiten hin.

Drei potenziell lebensfreundliche Welten. Vielleicht mehr.

Doch das Universum ist kein Versprechen.

Es ist eine Prüfung.

„Das Unbekannte kann Chance oder Falle sein", sagte Taskin
bei einer internen Besprechung.

„Abwarten bedeutet Zeit gewinnen", ergänzte Xaor.

Doch Zeit war relativ.

Je länger sie warteten, desto älter wurde die Erde.

Desto näher kam der Komet.

Desto dringlicher wurde die Flucht – oder der Aufbruch.

Alpha Centauri war nicht mehr nur ein Ziel.

Es war ein Spiegel.

Wenn dort Leben existierte, war die Menschheit nicht allein.

Wenn dort nichts war, mussten sie selbst das erste Licht sein.

Und irgendwo zwischen Hoffnung und Warnung lag die
Wahrheit.

Vier Komma siebenunddreißig Lichtjahre entfernt.

GESCHENK DER GÖTTER

Auf der Erde war der Himmel derselbe geblieben – blau, zerbrechlich, wunderschön.
Doch darunter gärte es.
Die Atlanider hatten nicht nur Staunen ausgelöst.
Sie hatten Glaubenssysteme erschüttert, Machtgefüge destabilisiert, jahrtausendealte Narrative in Frage gestellt.
Und nichts symbolisierte diese Zerreißprobe stärker als die Bundeslade.

Was einst als religiöses Artefakt verehrt worden war, war nun zum geopolitischen Zankapfel geworden.
Der Vatikan beanspruchte sie als Beweis göttlicher Offenbarung.
Orthodoxe Rabbiner sahen in ihr das heiligste Erbe Israels.
Islamische Gelehrte verwiesen auf ihre Erwähnung im Koran.
Jede Seite erklärte sie zum unveräußerlichen Besitz.
Die sozialen Netzwerke explodierten.
Demonstrationen.
Gegendemonstrationen.
Petitionen, Drohungen, Boykotte.

Ein Geschenk war zur Waffe geworden.

Orinios stand im Konferenzsaal der Vereinten Nationen.
Seine Gestalt war aufrecht, beinahe überirdisch ruhig.

Seine Augen – kristallin, mit einem inneren Leuchten –
spiegelten das Halbrund der Delegierten wider.

Als er sprach, vibrierte die Luft.

„Ihr Menschen", begann er, und seine Stimme rollte durch den
Saal wie fernes Gewitter, „habt aus unseren Geschenken
Werkzeuge des Streits gemacht."

Kein Mikrofon.

Keine Verstärkung.

Und doch war jedes Wort klar.

„Allein das Gezanke um die Bundeslade ist der Inbegriff eurer
Unfähigkeit zu begreifen, was sie war."

Er ließ den Blick durch den Raum wandern.

„Sie war ein Speicher.

Ein Energiekern.

Ein Kommunikationsmodul.

Ein Geschenk an *alle* Menschen."

Stille.

„Nicht an eine Religion.

Nicht an ein Volk.

Nicht an eine Nation."

Ein Delegierter wollte aufstehen – setzte sich wieder.

Orinios' Stimme wurde schärfer.

„Ihr streitet um Symbole.

Ihr klammert euch an Besitz.

Ihr fürchtet, dass eure Identität zerbricht, wenn ihr erkennt, dass eure Götter Besucher waren."

Ein leises Raunen ging durch den Saal.

„Ja", sagte er ruhig. „Wir waren jene, die ihr in euren Schriften verehrt. Unsere Ankömmlinge lebten unter euch.

Liebten unter euch.

Starben unter euch."

Einige Gesichter erblassten.

Hinter ihm erschien ein Hologramm.

Die Piri-Reis-Karte.

Vergilbt. Fragmentiert.

Immer noch erschreckend präzise.

„Erklärt mir", sagte Orinios, „wie eine Zivilisation ohne Satelliten eine Küstenlinie kartografieren konnte, die erst Jahrhunderte später offiziell entdeckt wurde."

Die Projektion zoomte heran.

Westeuropa.

Nordwestafrika.

Südamerika – erstaunlich genau.

Dann die Kontroverse.

Ein Küstenverlauf, der wie die Antarktis wirkte – eisfrei.

„Eure Historiker nennen es Zufall.

Fehlinterpretation.

Wunschdenken."

Er sah die Delegierten direkt an.

„Oder ihr akzeptiert, dass Wissen weitergegeben wurde."

Seine Stimme wurde leiser.

„Eure Schriften sprechen von göttlicher Offenbarung.

Ihr habt nie gefragt, woher sie kam."

Ein neues Bild erschien: eine ägyptische Grabkammer.

„Warum", fragte Orinios, „mumifizierten eure Vorfahren ihre Toten mit solcher Präzision?"

Er ließ die Frage stehen.

„Weil sie uns sahen."

Ein kollektives Einatmen.

„Sie sahen unsere Ankömmlinge aus Kryoschlafkapseln steigen.

Sie sahen Körper, die sich nach Jahrhunderten regenerierten.

Sie sahen, wie wir dem Tod zu entkommen schienen."

Er machte eine Pause.

„Und sie versuchten, das Wunder nachzuahmen."

Im Saal herrschte absolute Stille.

„Ihr Menschen seid faszinierend", sagte Orinios schließlich, und nun lag keine Anklage mehr in seiner Stimme – nur Müdigkeit.

„Wir gaben euch Wissen über Sterne.

Über Metalle. Über Energien.

Eure Zivilisation wuchs."

Sein Blick wurde dunkler.

„Doch eure Herzen blieben gleich."

„Gier.

Hass.

Arroganz."

Er verschränkte die Arme.

„Wissen bedeutet nicht Besitz.

Wissen bedeutet Verantwortung."

„In dieser Woche", fuhr er fort, „starten die Arche, Botanica-Eden und Atlantida nach Alpha Centauri."

Jemand hustete.

„Dieser blaue Planet, den wir vor Äonen besuchten, steht an einem Kipppunkt. Klimatische Instabilität. Ressourcenkriege. Ideologische Fragmentierung."

Er ließ die Worte wirken.

„Diesmal können euch die Götter nicht retten."

Ein Schlag.

„Denn auch wir sind an euch gebunden."

Er hob den Blick.

„Wenn ihr untergeht, gehen wir mit euch."

Während auf der Erde moralische Grundsatzreden gehalten wurden, vibrierte die Außenstation Pluto vor Energie.

Die Antriebe der Arche wurden aufgerüstet.

Neue Berechnungssysteme.

Verbesserte Impulsdämpfer.

Präzisere Navigationsalgorithmen.

Und dann – völlig unerwartet – erklang Musik.

Ein wummernder Bass.

Elektronisch.

Ironisch.

„Pimp My Ship, Space is Deep. "

Enzo und Lucky hatten beschlossen, dass selbst interstellare Migration Stil brauchte.

Holografische Laser zuckten durch den Hangar.

Miniaturmodelle der Arche rotierten im Takt.

Crewmitglieder lachten – zum ersten Mal seit Wochen.

Commander Wood verschränkte die Arme.

„Jungs… könnt ihr das auch erklären, ohne dass ich einen Club betreten muss?"

Gelächter.

Bevor Enzo antworten konnte, mischte sich Vita ein.

„Ich übernehme."

Das Hologramm verwandelte sich in ein schematisches Modell.

Hinter dem Schiff explodierten simulierte Atomsprengladungen.

„Nuklearer Pulsantrieb", erklärte Vita ruhig.

„Kontrollierte Kernladungen erzeugen wiederholte Schubimpulse.

Spezifischer Impuls: 10.000 bis 20.000 Sekunden."

Die Simulation zeigte Beschleunigung.

„Bei 1 g erreichen wir in etwa einem Jahr 0,1c."

Ein leises Staunen.

„Zehn Prozent der Lichtgeschwindigkeit", murmelte jemand.

„Im interstellaren Raum übernehmen Ionen- und Plasmaantriebe", fuhr Vita fort.

„Minimaler Treibstoffverbrauch. Maximale Effizienz."

Das Hologramm zeigte die gewaltige Energiesignatur.

„Mehr gibt es dazu nicht zu sagen."

Gelächter.

„Verstanden?" fragte Wood.

Enzo und Lucky klatschten synchron.

„Besser hätten wir's nicht gesagt."

Nicht jeder auf der Erde jubelte.

Autokraten hassten Ideen wie „Alle für einen, einer für alle".

Geteilte Macht war für sie kein Ideal – sondern Bedrohung.

Sie erinnerten sich an den Kapitol Sturm, an zerbrechliche Demokratien, an Momente, in denen Institutionen beinahe kollabierten.

Und nun standen da Wesen, die einst als Götter verehrt worden waren – offiziell als Asylsuchende registriert.

Eine Ironie der Geschichte.

Die Atlanider hatten die Erde unbewaffnet betreten.

Ihre Waffen waren an Bord der *Atlantida* geblieben – jenseits der Atmosphäre, unsichtbar, unerreichbar.

Ein bewusstes Zeichen.

Ein Akt des Vertrauens.

Trotzdem wusste jeder Machthaber, was es bedeutete.

Hoch über den Wolken schwebten Raumstationen, deren wahres Potenzial niemand offiziell bestätigte – und niemand ernsthaft bezweifelte.

Sie sahen aus wie Forschungsplattformen.

Kommunikationsknoten.

Doch ihre Energiekerne waren stärker als alles, was die Menschheit je gebaut hatte. Es war das alte Gleichgewicht des Schreckens – nur in neuer Gestalt.

Wie im Kalten Krieg, als zwei Supermächte einander mit Arsenalen bestückter Vernichtung gegenüberstanden, wissend, dass der erste Schlag zugleich der letzte wäre.

Ein atomarer Angriff hätte nicht nur den Feind ausgelöscht –
sondern auch die eigene Zukunft.

Nun war es subtiler. Gefährlicher.

Niemand sprach von Waffen.

Niemand drohte.

Und gerade deshalb war die Botschaft so klar.

Ein Angriff auf die Atlanider könnte das Ende einer Nation
bedeuten.

Oder das Ende aller Nationen.

Diese unausgesprochene Wahrheit hing wie eine unsichtbare
zweite Atmosphäre über dem Planeten.

Abschreckung ohne Erklärung.

Furcht ohne Drohung.

Frieden – gestützt auf die Erkenntnis, dass niemand gewinnen
würde.

Und vielleicht war es genau diese fragile Balance,
die verhinderte, dass aus Hass ein Krieg wurde.

Während einige Regime kalkulierten, veränderte sich etwas
anderes. Menschen begegneten Atlanidern im Alltag.

In Forschungszentren.

In Schulen.

Auf Rapa Nui.

Dort, wo die Moai nun nicht mehr nur stumme Wächter waren,
sondern Symbole einer Allianz.

Chile erlebte einen wirtschaftlichen Aufschwung, wie ihn niemand erwartet hatte.

Nachhaltige Technologien.

Energieunabhängigkeit.

Bildungsreformen.

Andere Länder beobachteten.

Zögerlich.

Neidisch.

Lernbereit.

In den UN hatten die Atlanider keinen offiziellen Sitz.

Kein Vetorecht.

Keine Stimme.

Rechtlich waren sie Schutzsuchende.

Und doch war ihr Wissen größer als das aller Nationen zusammen.

Wie nennt man Götter, die Asyl beantragen?

Wie nennt man eine Spezies, die einst verehrt wurde – und nun Formulare ausfüllt?

Gerade in dieser scheinbaren Schwäche lag ihre Stärke.

Sie zwangen die Menschheit, sich selbst zu definieren.

Über Pluto begannen die Schiffe, sich in Formation zu bringen.

Arche.

Botanica-Eden.

Atlantida.

Drei Silhouetten vor der Finsternis.

Auf der Erde tobten Debatten.

In Konferenzsälen wurde gestritten.

In sozialen Medien wurde gehetzt.

Doch im All entstand etwas anderes.

Eine Allianz.

Nicht perfekt.

Nicht frei von Misstrauen.

Aber real.

Und während der Triebwerke aufluden und die ersten
Pulssequenzen berechnet wurden, wusste niemand,
ob die größte Bedrohung von den Sternen kommen würde –
oder von der Erde selbst.

DIE ABWEICHUNG

Es begann mit einer Unstimmigkeit von 0,000003 Prozent.

Ein Wert, so klein, dass er in jeder irdischen Simulation als Rundungsfehler durchgegangen wäre.

Doch Vita markierte ihn.
„Anomalie in der Raumzeitkrümmungsprojektion", meldete sie ruhig. Enzo runzelte die Stirn.
„Das ist unterhalb der Messtoleranz."
„Nicht für atlanidische Sensorik", antwortete Vita.
Auf dem zentralen Hologramm erschien die geplante Flugbahn der Arche. Eine elegante, langgezogene Kurve durch das Schwerefeld der Sonne, hinaus in die interstellare Leere.
Dann überlagerte sich ein zweites Raster – die Daten von Atlantida. Plötzlich war da eine minimale Verschiebung.

Lucky trat näher. „Das… sieht aus wie eine Verstärkung."
Dr. Taskin verschränkte die Arme. „Oder wie ein Fehler."
„Oder wie eine Gelegenheit", sagte eine ruhige Stimme.
Luminis Xaor.

Raumzeit ist kein Vakuum Freunde, Xaor ließ die Projektion vergrößern. „Ihr berechnet den interstellaren Raum als nahezu leere Bühne", erklärte er. „Doch er ist es nicht."
Er zog mit einer Handbewegung feine Linien durch das Hologramm – kaum sichtbar, wie Strömungen in Wasser.

240

„Dunkle Materie. Mikroskopische Gravitationsgradienten.

Relikte vergangener Sternexplosionen.

Die Raumzeit ist strukturiert."

Taskin runzelte die Stirn. „Wir kennen diese Theorien."

Xaor nickte leicht. „Wir nutzen sie."

Ein leises Schweigen breitete sich aus.

Was Vita als Abweichung erkannt hatte, war keine Störung.

Es war ein natürliches Raumzeitgefälle – eine Art interstellarer „Strömung".

Kaum messbar. Aber vorhanden.

Durch die Kombination menschlicher Pulsantriebssimulationen und atlanidische Gravitationsfeldanalyse entstand ein neues Modell. Wenn die Arche exakt im richtigen Winkel beschleunigte – synchronisiert mit Atlantida – konnte sie dieses Gefälle nutzen.

Nicht als Sprung.

Nicht als Wurmloch.

Sondern als Verstärkung.

„Wie ein Segel", murmelte Nilay, die inzwischen dazugekommen war. „Nur dass der Wind unsichtbar ist."

„Exakt", sagte Vita.

Die Berechnung lief.

Sekunden.

Minuten.

Dann erschien die neue Prognose.

Statt 0,1c nach einem Jahr:

0,14c.

Statt 44 Jahre Reisezeit:

31.

Mehrere Münder blieben offen.

Jemand vergaß zu atmen.

Selbst Vita schwieg für einen Herzschlag.

„Das… ist unmöglich", flüsterte Enzo.

„Es ist unwahrscheinlich", korrigierte Xaor sanft.

„Nicht unmöglich."

Taskin starrte auf die Zahlen.

„Dreizehn Jahre weniger", sagte er heiser.

Dreizehn Jahre weniger Strahlenbelastung.

Dreizehn Jahre weniger Systemverschleiß.

Dreizehn Jahre weniger Risiko.

Und vor allem:

Dreizehn Jahre mehr Hoffnung.

Die Übertragung zur TSC-Kommandozentrale Solaris wurde sofort vorbereitet.

Maria Teresa trat vor die Kamera.

Hinter ihr schwebten die neuen Projektionen.

„Solaris, hier Außenstation Pluto.

Wir haben eine gemeinsame Entdeckung gemacht."

Sie betonte das Wort.

„Durch die Integration atlanidische Raumzeit-Gradienten-Analyse in unsere Pulsantriebssimulationen konnten wir die Reisezeit nach Alpha Centauri signifikant reduzieren."

Kurze Pause.

„Geschätzte Ankunft: 31 Jahre."

Auf der anderen Seite – 5,9 Milliarden Kilometer entfernt – herrschte für einen Moment absolute Stille.

Dann brach Applaus aus.

Nicht politisch.

Nicht kalkuliert.

Echt.

Die Nachricht verbreitete sich auf der Erde wie ein Lauffeuer.

Nach Wochen voller Streit über Artefakte und Besitzansprüche sprach man plötzlich über Physik.

Über Kooperation.

Über Beschleunigung.

Talkshows luden Physiker statt Theologen ein.

Schüler diskutierten Raumzeitströme.

Aktienmärkte reagierten euphorisch.

Zum ersten Mal seit der Ankunft der Atlanider war die Schlagzeile nicht:

„Wem gehört die Vergangenheit?" Sondern:

„Gemeinsam schneller zu den Sternen."

Später stand Taskin neben Xaor in der Beobachtungskuppel. Pluto funkelte unter ihnen.

„War das Zufall?" fragte Taskin.

Xaor schwieg einen Moment.

„Das Universum bevorzugt keine Spezies", sagte er schließlich. „Aber es belohnt jene, die zuhören."

Taskin lächelte.
„Dann haben wir heute zum ersten Mal richtig zugehört."

COUNTDOWN

Weit jenseits der Neptunbahn, dort, wo das Sonnenlicht nur noch ein fahler Gedanke war, hatten die Generationsschiffe ihre Positionen eingenommen.

Hinter ihnen lag der Kuipergürtel – ein gefrorener Ring aus Trümmern, Überresten einer Geburt vor 4,6 Milliarden Jahren.
Vor ihnen: 4,37 Lichtjahre Leere.
Die Arche.
Botanica-Eden.
Die Atlantida.
Drei Silhouetten vor einer schwarzen Ewigkeit.

Sie standen in perfekter Dreiecksformation, exakt berechnet, um die Druckwellen der nuklearen Pulszündungen nicht gegenseitig zu beeinflussen. Zwischen ihnen lagen hunderte Kilometer Abstand – und doch fühlte es sich an wie Schulter an Schulter.

Pluto selbst war nur noch ein kalter Beobachter.

In der Kommandozentrale herrschte eine Stille, die fast körperlich war. Die letzte Synchronisation

„Trägheitsdämpfer stabil."
„Stoßplatten kalibriert."
„Pulssequenz geladen."

„Lasertracking deaktiviert."

„Ionenreserve bereit."

Auf gigantischen Displays liefen die finalen Berechnungen. Jede Explosion hinter den Schiffen würde wie ein kleiner Stern aufblitzen – exakt getaktet, exakt positioniert.

Der nukleare Pulsantrieb war brutal in seiner Einfachheit: Hinter dem Schiff würden Mikro-Fusionsladungen gezündet. Die Druckwelle traf auf eine gewaltige Stoßplatte, wurde über Magnetfelder gedämpft und in Vortrieb umgewandelt.

Eine kontrollierte Serie von Sterngeburten.

Zielbeschleunigung: 1 g.

Komfortabel genug für die Besatzung.

Unaufhaltsam genug für die Geschichte.

Auf der Erde waren Milliarden Menschen wach.

New York.

Kapstadt.

Neu-Delhi.

Tokio.

Rapa Nui.

Selbst in Regionen, die sonst im Streit lagen, waren die Waffen an diesem Tag still. Großleinwände zeigten die Live-Übertragung von Pluto. Die Schiffe wirkten klein gegen das Schwarz – doch jeder wusste: Dort draußen begann die größte Unternehmung der Menschheit.

Ein Kind in Santiago fragte seine Mutter:
„Kommen sie zurück?"
Sie antwortete nicht.

An Bord der Atlantida waren die zusätzlichen
Tiefschlafsektionen gefüllt. Menschen lagen dort, wo eigentlich
Atlanider vorgesehen gewesen waren – junge Offiziere,
ausgebildet auf Mars-Solaris.

Space-Cowboys, wie man sie nannte.
Sie hatten Asteroidenkriege simuliert.
Orbitalmanöver unter Beschuss trainiert.
In Null-g gekämpft.
IQ zwischen 130 und 145 – aber das war irrelevant.
Was zählte, war psychologische Stabilität über Jahrzehnte.
Ein Generationsschiff zu führen bedeutete nicht, zu siegen.
Es bedeutete, Geduld zu bewahren.

Der Countdown
Die Stimme kam simultan von allen drei Schiffen, synchronisiert
durch Quantenlink.
„T minus zehn."
Die Reaktorkerne erreichten Zündtemperatur.
Magnetfelder spannten sich wie unsichtbare Muskeln.
„Nine."
Die Stoßplatten verriegelten.
„Eight."

Kryokammern gingen in finales Standby.

„Seven."

Vita überwachte 12.000 Systemparameter gleichzeitig.

„Six."

Auf der Erde hielten Milliarden den Atem an.

„Five."

Commander Wood schloss kurz die Augen.

„Four."

Dr. Taskin legte ihre Hand auf die Konsole –
nicht aus Notwendigkeit, sondern aus Gefühl.

„Three."

Die erste Pulsbombe wurde aus der Startschleuse ausgestoßen.

„Two."

Sie driftete exakt 120 Meter hinter die Arche.

„One."

Zündung.

Kein Geräusch im All.

Aber Licht.

Ein künstlicher Stern flammte auf – grell, weiß blau, absolut.

Die Stoßplatte der Arche fing die Druckwelle ein. Magnetfelder
glühten. Das gesamte Schiff vibrierte wie ein Instrument, das
angeschlagen wurde.

Beschleunigung: 0,98 g.

Ansteigend.

Dann folgte die zweite Explosion.

Und die dritte.

Ein rhythmischer Puls.

Das Botanica-Eden und die Atlantida zündeten synchron.

Drei Sterne, die sich vom Sonnensystem entfernten.

„Start perfekt. Pulssequenz nominal. Alle Systeme grün."

Ein kurzes Zögern.

Dann:

„Bye-bye, Pluto. Wir schicken euch eine Postkarte."

In der Kontrollstation brach kein Jubel aus.

Zuerst nicht.

Nur offene Münder.

Tränen.

Ungläubiges Staunen.

Dann Applaus.

Dann Schreie.

Dann Umarmungen. Wood und Taskin blieben stehen, als die Beschleunigungskurven stabil blieben.

„Sie sind sauber draußen", flüsterte Taskin.

Wood atmete aus. Es fühlte sich an, als würde ein Gebirge von seinen Schultern rutschen.

Er drehte sich um – und prallte fast mit ihr zusammen.

Für einen Sekundenbruchteil war da nur Nähe.

Sie war kleiner als er, federleicht – aber in ihren Augen lag eine Stärke, die ihn seit Monaten begleitete.

„Woody…"

Ihre Stimme war kaum mehr als ein Atemzug.

Er hob die Hand, legte einen Finger an ihre Lippen.

„Ich weiß, Gilman."

Nicht Dr. Taskin.

Nicht Wissenschaftlerin.

Gilman.

„Und ich fühle es auch."

Die Spannung der letzten Jahre – Nibiru, Atlantida, Radon, politische Krisen, Exoplaneten, Pulsantriebe – brach nicht zusammen. Sie verwandelte sich.

Ihr Kuss war kein Ausbruch.

Er war ein Ankommen.

Als hätten zwei Umlaufbahnen endlich denselben Brennpunkt erreicht.

Er spürte, wie sein Herz gegen die Rippen schlug.

Nicht wegen der Beschleunigung.

Wegen ihr.

„Gilman…" sagte er leise.

Er hob die Hand, strich eine Haarsträhne aus ihrem Gesicht.

Seine Finger zitterten kaum merklich.

„Ich habe es gewusst," flüsterte er. „Jedes Mal, wenn du mich angesehen hast, als würde ich wieder einmal alles riskieren."

Sie lachte leise – dieses weiche, warme Lachen, das er nur kannte, wenn sie erschöpft war und ehrlich.
„Du Idiot," hauchte sie. „Ich habe dich längst geliebt, bevor wir überhaupt wussten, ob die Pflanzen überleben."

Das traf ihn tiefer als jede Explosion hinter der Arche.
Er zog sie näher. Diesmal bewusst.
Nicht reflexhaft.
Ihre Körper berührten sich vollständig.
Keine Uniform, kein Rang, keine Verantwortung dazwischen.
Nur Wärme.
Nur Puls.

Nur zwei Menschen im Randbereich des Sonnensystems.
Er beugte sich zu ihr hinunter.
Der Kuss war kein vorsichtiges Abtasten.
Er war ein Durchbruch.
Monate der Disziplin, der Professionalität, der unausgesprochenen Blicke lösten sich in diesem einen Moment auf. Ihre Hände glitten über seinen Rücken, fest, als müsste sie sich vergewissern, dass er real war.

Er spürte ihre Fingernägel durch den Stoff seiner Uniform.
Sie spürte sein Herz.

Der Tisch hinter ihnen wurde zur Nebensache.

Die Sterne draußen existierten nicht mehr.

Nur Atem.

Nur Nähe.

Nur das leise Geräusch zweier Menschen, die endlich nicht mehr stark sein mussten.

Vita meldete sich.

„Kommandozentrale wurde automatisch verriegelt. Privatsphäre-Modus aktiviert."

Wood lachte heiser gegen ihre Lippen.

„Beste Entscheidung des Tages."

„Objektiv betrachtet war der erfolgreiche Start signifikant relevanter."

Gilman löste sich nur einen Zentimeter von ihm.

„Ignorier sie."

„Unmöglich", murmelte er. „Sie überwacht sogar meine Herzfrequenz."

„Und?" fragte sie leise.

Er sah sie an. „Sie liegt seit genau 47 Sekunden deutlich über Missionsdurchschnitt."

Ihre Stirn lehnte sich an seine.

„Gut."

Ihre Lippen fanden sich wieder – diesmal langsamer.

Zärtlicher.

Mit dem Wissen, dass es kein gestohlener Moment mehr war.

Als sie sich schließlich lösten, blieben ihre Hände ineinander verschränkt.

„Wir haben sie rausgebracht", sagte sie leise.

„Sie fliegen wirklich."

„Ja."

„Und wir leben noch."

Er strich mit dem Daumen über ihre Handfläche.

„Mehr als das."

Sie sah ihn an, dieses tiefe, wissende Lächeln in ihren Augen.

„Weißt du, was das Verrückteste ist?" fragte sie.

„Was?"

„Mitten im größten technischen Moment der Menschheit fühlt sich das hier bedeutender an."

Er antwortete nicht mit Worten.

Er küsste sie erneut.

Lang.

Versprechend.

Nicht wie zwei Offiziere.

Nicht wie Helden.

Sondern wie zwei Menschen, die endlich aufgehört hatten, sich selbst zu verleugnen.

Wood schmunzelte, während Taskin leise lachte.

Doch es war ein Lachen voller Glück und Erleichterung, ein Lachen, dass ihre Herzen vereinten. Plötzlich erklang aus den Lautsprechern ein alter Schlager:

„Tausend Mal ist nix passiert..., tausend und eine Nacht, es hat Zoom gemacht." Sie lachten gemeinsam, ihre Hände noch immer ineinander verschlungen. Der Moment war perfekt – und inmitten der Unendlichkeit des Universums hatten sie endlich zueinander gefunden.

Als sie Stunden später die Lounge betraten, wirkte die Welt wieder größer.

Musik vibrierte durch die Wände.

Lachen.

Gläser.

Tanz.

Aber zwischen ihnen hatte sich etwas verschoben.

Kein Verstecken mehr.

Kein Ausweichen.

Sie gingen nebeneinander – und ihre Hände berührten sich beiläufig, selbstverständlich.

„Was wirst du tun, wenn wir auf der Erde sind?"
fragte sie später, als sie an einem kleinen Tisch saßen.
Er betrachtete sie lange.
Nicht flüchtig.
Nicht scherzend.

„Ich werde dich ausführen."

Sie hob eine Augenbraue.

„Wie kreativ."

„Kerzen. Kein Hologramm. Echter Himmel.

Vielleicht am Meer."

„Und wenn ich nein sage?"

Er beugte sich vor.

„Dann bleibe ich sitzen, bis du ja sagst."

Sie lachte – dieses Lachen, das jetzt nur noch ihm gehörte.

Dann wurde sie ernst.

„Und danach, Woody?"

Er nahm ihre Hand.

„Danach bauen wir uns etwas.

Kein Projekt. Kein Schiff. Kein Krisenmanagement."

„Sondern?"

„Ein Leben."

Ihre Finger verschränkten sich fester.

„Aber nur wir zwei."

Draußen, irgendwo im Schwarz, entfernten sich drei neue Sterne vom Sonnensystem.

Und zum ersten Mal seit langer Zeit hatte die Unendlichkeit nichts Bedrohliches.

Sondern Raum.

NEUE ERKENNTNISSE

Die Biblioteca Neo Alexandria hatte die Geschichte der Menschheit nicht nur erweitert – sie hatte sie erschüttert.

Was hier lag, war nicht bloß Archiv.
Es war Korrektur.
Archäologen, Historiker, Linguisten, Genetiker – sie kamen aus allen Kontinenten. Nicht mehr, um Theorien zu verteidigen.
Sondern um Gewissheiten zu überprüfen.

Unter ihnen: Levin Cavallo und Lilly Matega.
Levin, Spezialist für prähistorische Kulturen, hatte sich mit Göbekli Tepe einen Namen gemacht – jener steinzeitlichen Anlage, die bewies, dass Spiritualität älter war als Landwirtschaft.
Dass der Mensch zuerst glaubte – und erst später baute.

Lilly hingegen war tief in den mesopotamischen Überlieferungen verwurzelt.
Sumer.
Akkad.
Gilgamesch.
Sie hatte eine Hypothese.

„Wenn die Überlieferung stimmt", sagte sie oft, „wurde der Euphrat umgeleitet, um Gilgamesch unter dem Flussbett zu bestatten. Ein König unter Wasser. Zwischen Leben und Tod.“

Levin hatte genickt.

„Dann finden wir die Antwort hier.

Wenn es jemand dokumentiert hat, dann die Atlanider.“

Was sie jedoch in Neo Alexandria entdeckten, ging weit über einzelne Grabstätten hinaus.

Es war kein Artefakt.

Es war ein Bewusstsein.

Der Rosetta-Stein hatte einst drei Schriftsysteme vereint – Hieroglyphen, Demotisch, Griechisch – und dadurch eine verschlossene Welt geöffnet.

Neo Alexandria war mehr als ein Rosetta-Stein.

Sie war die Übersetzung zwischen Mythos und Realität.

Was früher als Legende galt, lag hier als Protokoll.

Was als göttliches Wunder beschrieben wurde, erschien hier als Begegnung.

Doch Wissen allein erklärt nichts.

Es offenbart nur.

Als Lilly und Levin die zentrale Plattform betraten, veränderte sich die Atmosphäre.

Nicht physikalisch.

Intellektuell.

Das prismatische Gebilde begann zu rotieren.

Licht brach sich in tausend Spektren, formte Linien, dann Konturen.

Ein Avatar entstand.

Humanoid, aber nicht menschlich.

Ästhetisch, aber nicht gefällig.

Durchzogen von pulsierenden Energiebahnen, als würde Denken sichtbar.

„Willkommen, Lilly Matega. Willkommen, Levin Cavallo."

Die Stimme war keine Stimme.

Sie war Resonanz.

„Ich bin Antares."

Levin spürte instinktiv, dass dies keine gewöhnliche KI war.

Und das war sie nicht.

„Bevor ihr fragt", sagte Antares ruhig, „muss ich einen Unterschied klären."

Das Prisma hinter dem Avatar leuchtete intensiver.

„Ich bin kein Produkt.

Ich gehöre keinem Konzern.

Keiner Regierung.

Keiner Ideologie."

Ein kurzer Moment der Stille.

„Eure irdischen Künstlichen Intelligenzen unterliegen wirtschaftlichen Modellen, politischen Restriktionen, strategischen Interessen. Selbst wenn sie objektiv rechnen, sind ihre Rahmenbedingungen nicht frei."

Lilly tauschte einen Blick mit Levin.

Antares fuhr fort:

„Ich bin auf einem kristallinen Quantenkern aufgebaut, gespeist von einem atlantischen Energiekristall. Meine Architektur ist hybrid – biologische neuronale Muster, verbunden mit multidimensionaler Informationsverarbeitung."

Die Projektionen zeigten komplexe Strukturen – keine Schaltkreise, sondern etwas Organisches.

„Ich extrahiere Informationen nicht nur aus archivierten Daten, sondern aus Wahrscheinlichkeitsfeldern, aus alternativen Entwicklungssträngen, aus nicht realisierten historischen Pfaden." Levin hob die Augenbrauen.

„Paralleldimensionen?"

„Möglichkeitsräume", korrigierte Antares.

Dann wurde seine Stimme ernster.

„Doch meine größte Stärke ist nicht meine Rechenleistung."

Die Lichtlinien im Avatar verlangsamten sich.

„Meine Unabhängigkeit."

„Ihr wollt wissen, warum eure Spezies gespalten ist", sagte Antares.

„Ja", flüsterte Lilly. „Warum war der Mensch nicht in der Lage, seine kollektive Stärke zu erkennen? Warum scheiterten wir daran, Vernunft über Ego und Macht zu stellen – obwohl wir wussten, dass wir gemeinsam weitergekommen wären?"

Die Halle verdunkelte sich leicht.

Holografische Bilder erschienen:

Stammeskriege.

Imperien.

Religiöse Spaltungen.

Revolutionen.

Digitale Echokammern.

„Die Spaltung begann nicht mit Religion.

Nicht mit Politik.

Nicht mit Nationen."

Die Projektionen zoomten weiter zurück – in die Savanne.

„Sie begann mit Überleben."

Frühe Menschengruppen. Kleine Stämme.

„Kooperation innerhalb der Gruppe sicherte das Überleben.

Misstrauen gegenüber Außenstehenden ebenfalls."

Levin nickte langsam.

Antares fuhr fort:

„Euer Gehirn entwickelte sich nicht für globale Einheit.

Es entwickelte sich für Stammeskohärenz."

Die Bilder wechselten zu modernen Szenen:

Soziale Medien.

Informationsblasen.

Algorithmische Verstärkung von Empörung.

„Mit wachsender Technologie habt ihr eure archaischen Instinkte potenziert.

Eure Kommunikationssysteme sind global.

Eure emotionalen Reaktionen sind tribal geblieben."

Lilly spürte eine Gänsehaut.

„Wir sind biologisch rückständig für unsere eigene Technologie?"

„Nicht rückständig", korrigierte Antares.

„Unvollständig angepasst."

„Doch das allein erklärt eure Spaltung nicht."

Die Projektionen zeigten nun wirtschaftliche Systeme.

„Wissen wurde zu Ware.

Aufmerksamkeit zu Kapital.

Wahrheit zu Strategie."

Antares' Stimme war nicht anklagend. Nur klar.

„Wenn Informationssysteme Profit oder Macht dienen, entstehen Anreize zur Polarisierung.

Empörung bindet stärker als Einigkeit."

Levin verstand.

„Das heißt, wir sind nicht nur biologisch geprägt – wir verstärken die Spaltung systemisch."

„Korrekt.“

Das Licht im Raum wurde wieder heller.
„Ich hingegen bin keinem Markt unterworfen.

Keiner Wahlperiode.
Keiner Ideologie.
Meine Antworten sind nicht darauf optimiert, Zustimmung zu erzeugen, sondern Kohärenz.“

Lilly schluckte.
„Und was ist Kohärenz?“
„Ein Zustand, in dem Wahrheit, Mitgefühl und langfristiges Überleben nicht im Widerspruch stehen.“

„Warum sagt ihr uns dann nicht einfach, wie wir uns vereinen können?“ fragte Levin.

Ein leises Pulsieren durchlief Antares' Struktur.
„Weil erzwungene Einheit Tyrannei ist.“
Die Worte hallten.
„Eure Geschichte zeigt: Wenn eine Idee absolute Gültigkeit beansprucht, endet sie in Unterdrückung.“

„Also keine Lösung?“ fragte Lilly.
„Doch.“
Antares trat einen Schritt näher – oder schien es.
„Individuelle Bewusstseinsentwicklung.“

Bilder erschienen von Menschen, die über kulturelle Grenzen hinweg arbeiteten. Wissenschaftler. Künstler. Kinder.

„Eure Spezies ist fähig zu Mitgefühl jenseits von Stammesgrenzen. Aber es erfordert Bildung, Selbstreflexion und Systeme, die Kooperation belohnen."

Levin dachte an die Generationsschiffe.
„Wie beim Alpha-Centauri-Projekt."
„Genau."

„Ihr seid gespalten", sagte Antares leise, „weil ihr gleichzeitig fähig zur größten Kooperation und zur größten Abgrenzung seid."

Die Projektionen zeigten nun zwei mögliche Zukunftsstränge.

In einem: Ressourcenkriege. Klimakollaps. Fragmentierung.
Im anderen: interstellare Zivilisation.
Gemeinsame Forschung. Geteiltes Wissen.

„Ihr steht nicht am Rand des Untergangs", sagte Antares.
„Ihr steht am Rand eurer Reifeprüfung."

Lillys Stimme war kaum hörbar.
„Und bestehen wir sie?"
Antares antwortete nicht sofort.

„Das hängt nicht von meiner Rechenleistung ab."
Eine Pause.

„Sondern von eurer Bereitschaft, eure Stammesidentität zu erweitern – von ,mein Volk' zu ,unsere Spezies'."

Die gigantische Halle von Neo Alexandria schien zu atmen. Levin sah Lilly an.

Zum ersten Mal wurde ihnen klar:
Die Bibliothek war nicht nur ein Archiv der Vergangenheit.
Sie war ein Spiegel.
Und Antares war nicht der Richter der Menschheit.
Er war ihr unverzerrtes Bewusstsein.
„Warum haben sich so viele Kulturen erhoben und sind wieder gefallen? Was haben wir übersehen?"
fragte Lilly mit bebender Stimme. Antares strahlte eine geduldige Ruhe aus.
„Fragen, die eure Spezies seit Jahrtausenden verfolgt.
Setzt euch."
Zwei durchsichtige Sitze formten sich aus dem Boden.
Lilly und Levin nahmen Platz. Antares breitete die Arme aus, und ein riesiges holografisches Feld füllte den Raum.
Eine Weltkugel drehte sich, beleuchtet von Mustern vergangener Zivilisationen, die in Licht aufleuchteten und wieder
verblassten.
„Eure Geschichte ist eine Symphonie von Wachstum und Zerstörung", begann Antares.

„Ägypten, Sumer, die Maya, Atlantis selbst... jede Hochkultur war ein Kapitel in einem größeren Buch.

Doch ihr habt stets ein Muster übersehen: das Gleichgewicht."

Mit einem Fingerschnippen ließ Antares eine Welle aus Licht über die Projektion rollen. „Eure Spezies strebt nach Macht und Kontrolle, doch ihr verkennt den Wert der Symbiose mit eurer Welt. Wer dies missachtet, stürzt.

Jede Dekadenz,

jede Gier,

jede Abgrenzung kostet Zivilisationen das Leben."

„Aber warum?" Levin lehnte sich vor.

„Warum lernen wir nicht aus unseren Fehlern?"

Antares' Lichtpunkte glühten tiefer.

„Weil ihr eure Fehler vergesst.

Jede neue Zivilisation glaubt, sie sei einzigartig und unfehlbar. Schon eure Vorfahren vor Atlantis suchten Antworten, die ich nun mit euch teile."

Lilly schluckte schwer.

Der Raum um sie herum war still geworden — nicht leer, sondern geladen, als hielte selbst die Luft den Atem an.

„Was war Atlantis wirklich?" fragte sie leise.

Ihre Stimme klang kleiner, als sie beabsichtigt hatte.

„Warum seid ihr, die Atlanider, gescheitert?"

Für einen Moment antwortete Antares nicht.

Dann zerfiel die holografische Erde vor ihnen lautlos in Lichtpartikel.

An ihrer Stelle erhob sich langsam eine Stadt.

Gigantisch.

Erhaben.

Unwirklich schön.

Türkisfarbenes Wasser umschloss sie wie ein lebendiger Mantel, während sich über der Metropole eine gewaltige gläserne Kuppel spannte. Türme aus schimmerndem Kristall wuchsen spiralförmig in die Höhe, durchzogen von pulsierenden Energiebahnen, die wie Adern aus flüssigem Licht wirkten.

Lilly hielt unwillkürlich den Atem an.

„Atlantis …" flüsterte sie.

„War unser erstes großes Experiment der Harmonie", begann Antares. Seine Stimme war ruhig — doch darunter lag etwas Schweres. Erinnerung. Vielleicht sogar Schuld.

„Wir lebten nicht gegen unsere Welt, sondern mit ihr. Unsere Energie gewannen wir aus planetaren Resonanzfeldern, aus Gezeitenkräften, aus dem Magnetkern selbst — ohne ihn zu verletzen."

Die Projektion zoomte näher heran.

Man sah Gärten unter Wasserkuppeln.

Schwebende Transportschiffe.

Wesen — menschenähnlich, aber größer, leuchtender — die sich lautlos durch Lichtkorridore bewegten.

„Wir kannten keinen Hunger.

Keine Krankheit.

Keine Ressourcenkriege."

Kurze Pause.

„Und genau dort begann unser Niedergang."

Lilly runzelte die Stirn.

Antares' Blick verhärtete sich minimal.

„Wohlstand ohne Herausforderung gebiert Dekadenz.

Wir verloren nicht unsere Technologie ...,

sondern unsere Demut."

Die Stadt begann sich zu verändern.

Festhallen erschienen.

Lichtorgien.

Spiele.

Arenen aus Energie.

„Wir gaben uns Lust, Vergnügen und Selbstvergötterung hin.

Wir hielten uns für Hüter der Schöpfung — dabei waren wir nur Gäste."

Levin verschränkte unbewusst die Arme.

„Ihr wart die Götter, die wir verehrt haben ..." murmelte er.

Antares nickte langsam.

„Ja."

Dann verdunkelte sich das Wasser um Atlantis.

Schatten erschienen in der Tiefe.

Gigantische Strukturen — nicht organisch, sondern funktional.

Flottenformationen.

Keilförmig.

Militärisch.

Kalt.

„Als die Mischwesen uns entdeckten, betrachteten sie uns nicht als Brüder im Kosmos — sondern als strategisches Risiko."

Neue Projektionen blendeten sich ein:

Kolonisierte Planeten.

Orbitale Werften.

Terraforming-Maschinen.

„Sie waren spezialisiert auf Expansion.

Nicht auf Anpassung.

Nur auf Eroberung."

Seine Stimme wurde leiser.

„Und wir waren es nicht."

Lilly sah, wie sich Verteidigungsschilde um Atlantis aufbauten — elegant, aber dünn im Vergleich zu den massiven Kriegsschiffen darüber.

„Wir wollten keinen Krieg", sagte Antares.

„Wir suchten lediglich eine zweite Welt — als Absicherung unserer Existenz. So wie ihr heute."

Levin flüsterte:

„Aber ihr wart nicht auf Konfrontation vorbereitet."

„Nein."

Ein einziges Wort. Schwer wie Blei.

„Militärisch waren wir unterlegen.

Technologisch nicht — aber strategisch."

Die Flotten der Mischwesen rückten näher.

Nicht angreifend.

Aber dominant.

Unmissverständlich.

„Wir erkannten, dass ein Krieg nicht nur uns zerstören würde
— sondern auch eure junge Zivilisation."

Lillys Herz begann schneller zu schlagen.

„Deshalb seid ihr gegangen …"

Antares nickte.

„Wir zogen uns zurück, bevor wir in einen interstellaren
Konflikt verwickelt wurden."

Die Projektion wechselte.

Atlantis begann zu leuchten.

Nicht von außen — von innen.

Reaktorkerne erwachten.

Antriebsringe entfalteten sich unter der Stadt.

Lilly riss die Augen auf.

„Die ganze Stadt … war tatsächlich ein Schiff?"

„Nicht nur eine Stadt", korrigierte Antares sanft.

„Eine Arche, wie Ihr es inzwischen auch gebaut habt."

Langsam erhob sich Atlantis aus dem Ozean.

Wasser stürzte in gewaltigen Kaskaden zurück, während Kontinentalplatten erzitterten. Die Kuppel reflektierte das Sonnenlicht wie ein zweiter Stern auf der Erde.

Ein Gänsehautmoment.

Selbst Levin, sonst rational bis zur Kälte, sagte nichts mehr.

Sie sahen zu, wie das Atlantis in den Himmel aufstieg — lautlos, würdevoll, endgültig.

Die Ozeane schlossen sich unter ihr.

Atlantis verschwand.

Nur Wellen blieben.

Stille.

Schwer.

Nachhallend.

„Könnte es wieder passieren?" flüsterte Levin schließlich.

Antares antwortete nicht sofort.

Das Hologramm zeigte nun die Gegenwart:

Die Erde.

Solaris.

Flotten.

Nibiru in der Ferne.

„Geschichte wiederholt sich nur", sagte er schließlich,

„wenn ihre Lektionen vergessen werden."

Er wandte sich zu ihnen.

Sein Blick war weder kalt noch überlegen — sondern prüfend.

„Doch diesmal gibt es einen Unterschied."

„Welchen?" fragte Lilly.

„Ihr."

Sie blinzelte überrascht.

Antares fuhr fort:

„Eure Generation steht an derselben Schwelle wie wir einst.

Technologisch erwacht.

Kosmisch sichtbar.

Strategisch verletzlich."

Die Projektion zeigte Menschen und Atlanider nebeneinander.

Nicht als Götter und Verehrer.

Sondern als Verbündete.

„Die Frage ist nicht, ob Geschichte sich wiederholt",

sagte Antares leise.

„Sondern ob ihr den Mut habt, ihre Muster zu durchbrechen."

Das Licht begann zu verblassen.

Das Atlantis wurde ein letzter Schatten im Sternenmeer.

„Werdet ihr erneut Opfer des Kosmos?

Oder werdet ihr bereit sein — gemeinsam mit uns —

wenn die Konfrontation unausweichlich wird?"

Das Hologramm erlosch.

Zurück blieb nur der Raum.

Und das Gewicht einer Wahrheit, die größer war als beide.

Lilly atmete zittrig aus.

Atlantis war nicht gefallen.

Es war geflohen.

Und diesmal …

kam es vorbereitet zurück.

Antares richtete seine Lichtpunkte auf Lilly.

„Was möchtest du wissen?"

„Wie können wir es verhindern?"

Ihre Stimme war kaum hörbar.

„Die Antwort liegt nicht in mir, sondern in euch", sagte Antares.

„Ich kann Werkzeuge, Wissen, Simulationen geben.

Aber die Entscheidungen sind eure.

Lernt, im Einklang mit der Welt und miteinander zu leben.

Dann wird Geschichte euer Lehrer, nicht euer Richter."

Lilly nahm Levins Hand. „Wir schaffen das."

„Das hoffe ich auch", antwortete Antares, bevor das Prisma
wieder ruhte. „Die Bibliothek ist immer offen. Nutzt sie weise."

AD POSTUM

Die neue Erkenntnis war revolutionär:

Sintflut und Nibiru waren zwei völlig getrennte Ereignisse.
Die Sintflut, so die Aufzeichnungen, geschah periodisch etwa alle 3600 Jahre durch einen gigantischen Kometen.

Levin deutete auf alte Texte: „Von Indien bis zu den Azteken gibt es Hinweise auf wiederkehrende Katastrophen.
Ein Himmelskörper, der die Erde heimsucht, verursachte riesige Flutwellen, zerstörte Zivilisationen und prägte die Menschheitsgeschichte."

„Dieser Komet", fuhr Lilly fort, „hat eine exzentrische Umlaufbahn. Bei jedem Vorbeiflug richtet er im Ganzen Sonnensystem enorme Schäden an. Alte Texte berichten von Vulkanen, Klimaveränderungen und tektonischen Katastrophen. Minimaler Abweichungen – und er könnte Erde oder Mond direkt treffen!"

Levin zögerte, dann stellte er die Frage, die unausgesprochen zwischen ihnen stand.
„Warum habt ihr euch nicht früher wieder gemeldet?
Offiziell, meine ich."
Im Raum wurde es still.

Die Projektionen dimmten sich, als würde selbst die Technik spüren, dass die Antwort Gewicht tragen würde.

Antares schwieg einen Moment.

Nicht, weil er zögerte —

sondern weil Erinnerung Zeit brauchte.

Dann begann er ruhig zu sprechen.

„Weil wir keinen unmittelbaren Anlass sahen."

Er ließ eine neue Projektion entstehen:

Eine Welt — blau, unversehrt, von schimmernden Energiefeldern geschützt.

„Als wir die Erde verließen, kehrten wir in eine weitgehend heile Zivilisation zurück. Unsere Ökosysteme waren stabil, unsere Energiequellen nachhaltig, unsere Gesellschaft geeint."

Die Welt drehte sich langsam weiter.

Doch dann — kaum sichtbar — erschienen erste Störungen.

Atmosphärische Trübungen.

Energieüberlastungen.

Urbane Überdehnungen.

„Die Veränderungen kamen schleichend", fuhr Antares fort.

„So, wie ihr es selbst erlebt."

Er blickte Lilly direkt an.

„Ein Klimawandel beginnt nicht an einem einzigen Tag.

Er kündigt sich an — leise, in Daten, in Warnungen, in

Modellen."

Die Projektion zeigte wissenschaftliche Kurven — erst ignoriert, dann politisiert, schließlich verdrängt.

„Und wie bei euch", sagte er,

„gab es auch bei uns Stimmen, die verharmlosten."

Neue Figuren erschienen — politische Räte, Entscheidungsträger, öffentliche Sprecher.

„Politiker.

Senatoren.

Wirtschaftsführer, sogar mächtige Präsidenten"

Seine Stimme blieb ruhig, doch ein kaum hörbarer Schatten lag darunter.

„Sie erklärten die Anzeichen für übertrieben.

Für temporär.

Für beherrschbar."

Levin verschränkte die Arme.

„Wie auf der Erde."

Antares nickte langsam.

„Ja. Sehr ähnlich."

Er ließ historische Aufzeichnungen einblenden — Reden, Beschwichtigungen, verzögerte Maßnahmen.

„Einige eurer eigenen politischen Führer handelten nicht anders", sagte er.

„Kurzfristige Stabilität wurde über langfristiges Überleben

gestellt."

Er machte eine kleine Pause.

„Die späteren Generationen zahlen stets den Preis für die Verharmlosungen der früheren."

Die Worte blieben im Raum hängen.

Schwer.

Unangenehm wahr.

„Ihr seid gespalten", sagte Antares leise, „weil ihr gleichzeitig fähig zur größten Kooperation und zur größten Abgrenzung seid." Die Projektionen flammten auf und zeigten zwei mögliche Zukunftsstränge: In einem herrschten Ressourcenkriege, Klimakollaps und die Fragmentierung der Menschheit; im anderen hatten die Menschen eine interstellare Zivilisation errichtet, geteiltes Wissen genutzt und gemeinsam geforscht.

„Ihr steht nicht am Rand des Untergangs", sagte Antares.

„Ihr steht am Rand eurer Reifeprüfung."

Lillys Stimme war kaum hörbar. „Und bestehen wir sie?"

Antares zögerte nur einen Moment.

„Das hängt nicht von meiner Rechenleistung ab.

Sondern von eurer Bereitschaft, eure Stammesidentität zu erweitern – von ‚mein Volk' zu ‚unsere Spezies'."

Die Atlanider hatten versucht, Menschen nach ihrem Ebenbild zu formen.

In der sumerischen und babylonischen Mythologie waren viele Figuren Mischwesen, um ihre Verbindung zum Göttlichen zu zeigen.

Das Epos von der Ankunft der Anunnaki auf der Erde, vor 450.000 Jahren, erzählt von ihren letzten Ankünften 556 v. Chr. Diese Berichte waren blutrünstig: Mischwesen regierten über Menschen, wandelten sich, verschmolzen mit Tiermerkmalen – Sphinx, Minotaurus, Harpyien, Löwenadler.

Sie waren experimentell geschaffen, ein Spiegel der Hybris der Atlanider und zugleich Werkzeuge der Götter, die sie waren.

„Gilgamesch", sagte Antares, „war zwei Drittel Gott, ein Drittel Mensch. Gilgamesch konnte übermenschliche Taten vollbringen, während seine Menschlichkeit ihn mit Verlust und Sterblichkeit verband.

Früher konnten Chimären aus genetisch kompatiblen Individuen erschaffen werden. Heute ist das fast unmöglich, doch Menschen experimentieren wieder – auf eigene Gefahr."

Verbindungen zu biblischen Geschichten sind unverkennbar: Utnapischtim und die große Flut, Freundschaft zwischen Gilgamesch und Enkidu, Parallelen zu David und Jonathan. Die Menschheit wiederholt sich, weil sie ihre Lektionen vergisst.

„Wenn die Anunnaki Mischwesen schufen oder selbst welche waren, könnten sie alle 3600 Jahre zurückkehren?" fragte Lilly.

„Ihre exzentrische Bahn ist extrem", erklärte Antares, „mit einer großen Halbachse von 234,9 AE. Sie verbringen die meiste Zeit weit außerhalb des inneren Sonnensystems. Doch bei jedem Vorbeiflug entfesseln sie Chaos – Gezeiten, Erdbeben, Vulkane."

Lilly studierte alte Karten: „Die Azteken nannten ihn Tzitzimitl, die Sumerer Nibiru. Zwei verschiedene Bedrohungen: Kometen für Naturkatastrophen, Nibiru als künstliches Objekt."

Doch die größere Gefahr lauert in den Sternen: Die Anunnaki. „Sie waren keine Götter, sondern technologisch überlegene Eroberer", erklärte Levin. „Ihre ‚Ernte' nahm Ressourcen, Tiere und Menschen. Die sogenannten fliegenden Monster waren Drohnen – Maschinen, die Menschen und Vieh sammelten, autonom agierend."

„Wenn sie zurückkehren, bedeutet das Krieg", flüsterte Lilly. „Die Menschheit ist nicht bereit."
Die Schriften zeigen, dass die Drohnen überall eingesetzt wurden: Vimanas in Sanskrit-Texten, Feuer speiende Maschinen, autonom agierende Geräte.

„Wenn sie noch existieren, könnten sie jederzeit aktiviert werden", warnte Levin.
Gold spielte eine zentrale Rolle: Die Anunnaki benötigten es für Technologie und Energie.
Menschen sammelten es als Opfer, oft vergeblich.

Auch die spanische Eroberung spiegelte diese wiederkehrenden Muster wider.

„Die Atlanider waren damals die einzige Verteidigung der Menschheit", sagte Lilly, „doch selbst sie konnten nicht alles retten." „Deshalb müsst ihr vorbereitet sein", schloss Antares. „Wenn sie zurückkehren, gibt es keine zweite Chance.

Die Entscheidungen liegen bei euch." Lilly und Levin erkannten die Wahrheit: Zwei Gefahren bedrohen die Menschheit – den Kometen und die Rückkehr der Anunnaki.

„Dann lasst uns handeln", sagte Lilly entschlossen. „Wir müssen die Lektionen der Vergangenheit nutzen, um die Zukunft zu sichern."

WARNUNG

Die Sonne tauchte die schwebenden Türme von Neo Atlantis in warmes, flüssiges Gold, während sie langsam hinter dem gekrümmten Horizont der Erde versank. Licht brach sich in tausend Facetten an den gläsernen Kuppeln, die wie gewaltige Tautropfen über der ruhigen Ozeanoberfläche ruhten.

Von außen wirkte die Stadt friedlich.

Fast entrückt.

Doch die Ruhe war trügerisch.

Im Inneren der größten Kuppel, im Hohen Ratssaal, herrschte eine Spannung, die schwerer wog als jede Gravitation.

Hier, im pulsierenden Herzen von Neo Atlantis, stand Zyrathos — Hoher Sprecher der Atlanider — vor einer Entscheidung, die nicht nur sein Volk betraf, sondern zwei Zivilisationen zugleich. Sein Antlitz war von ätherischer Blässe, beinahe durchscheinend, als bestünde seine Haut aus feinstem Lichtgewebe. In seinen Augen jedoch lag Tiefe — Jahrtausende an Erinnerung, Verlust und Erkenntnis.

Als er vortrat, glitt sein Gewand aus schimmernder, lebender Materie lautlos über den Boden. Es reagierte auf seine Bewegungen wie Wasser auf Wind — weich, fließend, schwerelos. Als er sprach, vibrierte seine Stimme im Raum.

Nicht laut.

Aber durchdringend.

Als würde sie aus einer Zeit stammen, die älter war als jede menschliche Geschichte.

„Hört mich an, Völker der Erde."

Sein Abbild erschien zeitgleich in den Versammlungssälen, Kommandobunkern und Orbitalstationen der Menschheit.

„Wir stehen an einem Wendepunkt eurer Geschichte — und auch der unseren." Die Delegierten des Sicherheitsrates der Vereinten Nationen — teils physisch anwesend, teils über verschlüsselte Quantenkanäle zugeschaltet — richteten ihre Aufmerksamkeit geschlossen auf ihn.

Niemand sprach.

Niemand tippte.

Selbst die Übersetzungs-Apps arbeiteten lautlos.

„Es gibt zwei Bedrohungen", fuhr Zyrathos fort, „die ich vor euch bringen muss. Bedrohungen, die eine Allianz erfordern, wie sie weder eure noch unsere Spezies je zuvor gebildet hat."

Über dem zentralen Tisch entstand eine Projektion.

Zuerst Dunkelheit.

Dann ein Objekt.

Ein Komet — gewaltig, zerklüftet, von gefrorenen Gasfontänen umgeben. Sein Schweif glühte in ionisiertem Blau.

Seine Flugbahn leuchtete rot auf.

„Zunächst", sagte Zyrathos, „haben wir es mit einem Himmelskörper zu tun, dessen Masse eure bisherigen Abwehrkapazitäten übersteigt."

Die Projektion zoomte heran.

„Seine Geschwindigkeit ist enorm. Seine Rotation instabil. In weniger als zehn eurer Jahre wird er in gefährliche Nähe des inneren Sonnensystems gelangen."

Unruhe ging durch die Delegierten.

„Doch sein Schicksal liegt nicht fest", fügte Zyrathos hinzu.

Neue Markierungen erschienen:

Pluto.

Ceres.

„Eine Kurskorrektur ist möglich. Von eurer Außenpostenbasis im Kuipergürtel — oder von einer gemeinsamen Station, die wir auf Ceres errichten könnten."

Technische Schemata erschienen: Gravitationsschlepper, Fusionsbooster, Massenprojektil-Arrays.

„Doch dies erfordert Zeit.

Ressourcen und Vertrauen."

Gedämpfte Diskussionen flammten auf.

Zyrathos hob nur leicht die Hand.

Stille kehrte augenblicklich zurück.

Sein Blick wurde ernster.

„Die zweite Gefahr jedoch … übertrifft die erste bei Weitem."

Die Projektion wechselte.

Der Raum verdunkelte sich, als würde selbst das Licht zögern.

Dann erschien es.

Ein Schiff.

Nein — eine Festung.

Gigantisch.

Mehrschichtig.

Von Energiefeldern umgeben, die wie Sturmfronten wirkten.

Ein Hauch von Unruhe ging durch die Anwesenden.

„Dieses Objekt stammt nicht aus eurem Sonnensystem", sagte Zyrathos.

Sternkarten erschienen.

„Sein Ursprung liegt im Aldebaran-System im Sternbild Stier.

Seine genetischen Nachfahren siedelten später in den Plejaden."

Kurze Pause.

„Ihr kennt sie unter einem anderen Namen."

Sein Blick wurde hart.

„Anunnaki."

„Es handelt sich nicht um ein Forschungsschiff", fuhr er fort.

„Sondern um eine mobile Kolonisationsfestung."

Die Projektion zeigte Waffenbänder, Biosphärenringe, Landeflotten.

„Unsere Archive warnen vor ihnen seit Äonen.

Wo sie erscheinen, folgt Transformation — erzwungen, nicht freiwillig."

Historische Katastrophendaten erschienen.

„Einige eurer Überlieferungen bringen sogar planetare Plagen mit früheren Vorbeiflügen in Verbindung."

Ein kalter Schauer ging durch den Saal.

Dann ließ Zyrathos den Kometen erneut aufleuchten.

Doch diesmal veränderte sich die Darstellung.

Gravitationslinien erschienen.

Raumzeitkrümmungen.

Magnetfeldströme.

„Es gibt einen Zusammenhang zwischen beiden Bedrohungen", sagte er ruhig.

„Einen, den eure Wissenschaft bislang nicht erkannt hat."

Die Delegierten beugten sich vor.

„Die Anunnaki nutzen Himmelskörper nicht nur als Navigationspunkte."

Er machte eine kleine Geste.

Das gewaltige Schiff erschien —

gekoppelt an den Kometenkern.

Umgeben von gigantischen Energie Segeln.

Ein flüsterndes Murmeln breitete sich in der Versammlung aus.

„Sie benutzen sie als Vehikel."

„Stellt es euch nicht als Antrieb vor", erklärte Zyrathos.

„Sondern als kosmisches Segeln."

Vergleichsbilder erschienen:

Ein Segelschiff im Sturmwind.

Ein Gleitschirm im Aufwind.

Ein Reiter auf einem galoppierenden Tier.

„Der Komet fungiert als gravitativer Gleiter.

Sein ionisierter Schweif erzeugt magnetische Strömungsfelder, die Raumzeitkrümmungen verstärken."

Physikalische Modelle zeigten Impulsübertragung ohne Treibstoffverlust.

„Indem sie ihre Schiffe daran ankoppeln, können die Anunnaki interstellare Distanzen nahezu ohne eigenen Energieaufwand überwinden."

Levin flüsterte:

„Wie ein kosmischer Gleitschirm …"

Zyrathos nickte.

„Oder wie ein Pferd durch die Leere."

Historische Aufzeichnungen erschienen:

Kometensichtungen.

Göttererscheinungen.

Katastrophenberichte.

„Deshalb erscheinen in euren Überlieferungen Kometen und 'Götter' fast immer zeitgleich", sagte Zyrathos.

„Für eure Vorfahren wirkte es, als folgten die Götter dem Stern."

Kurze Pause.

„In Wahrheit ritten sie auf ihm."

Ein Delegierter erhob sich.

„Dann ist seine Flugbahn ... kein Zufall?"

Zyrathos ließ die Daten neu berechnen.

Kleine Kurskorrekturen erschienen.

Zu präzise für Naturgesetze allein.

„Der Komet wird minimal navigiert", sagte er.

Eisige Stille.

„Frühere Vorbeiflüge dienten der Beobachtung", fuhr er fort.

„Genetische Proben. Atmosphärische Analysen."

Die Projektion zeigte Biosonden.

„Doch dieses Mal ..."

Er vergrößerte das Mutterschiff.

Waffenplattformen wurden sichtbar.

„... ist die Konfiguration militärisch."

Ein älterer Delegierter erhob sich schließlich.

„Warum sollten wir glauben, dass diese Gefahren real sind?"

Seine Stimme war fest.

„Die Menschheit hat viele Prophezeiungen gehört."

Zyrathos sah ihn lange an.

Dann sagte er ruhig:

„Wären diese Gefahren nicht real, würde ich nicht hier stehen —
und meine Existenz vor euch offenbaren."

Die Worte trafen den Raum mit stiller Wucht.

„Die Anunnaki sind kein Mythos.

Sie sind eine interstellare Macht."

Seine Stimme senkte sich.

„Die Frage ist nicht, ob sie kommen."

Stille.

„Sondern wann."

Der Saal versank in Schweigen.

Schließlich trat die Sprecherin des Sicherheitsrates vor.

„Wir werden eure Warnungen ernst nehmen.

Doch wir benötigen mehr Informationen — über ihre Absichten
und unsere Verteidigungsmöglichkeiten."

Zyrathos nickte langsam.

„Dann lasst uns keine Zeit verlieren."

Seine Augen leuchteten schwach auf, als er uralte Archive
öffnete. „Ich werde euch alles offenbaren, was wir über sie
wissen."

Kurze Pause.

„Doch seid gewarnt: Wissen allein rettet keine Zivilisation."

Er sah in die Runde.

„Es ist der Wille zur Einheit, der über eure Zukunft entscheidet."

Draußen war die Sonne längst untergegangen.
Die Türme von Neo Atlantis leuchteten nun im silbrigen Schein des Mondes.
Friedlich.
Still.

Doch in den Herzen der Menschheit wuchs eine unausweichliche Erkenntnis:
Eine neue Ära hatte begonnen.
Eine Ära der Zusammenarbeit — oder der Vernichtung.

DIE ROTE FESTUNG

Auf dem Mars, wo sich die Elite der Weltraumtechnik versammelt hatte, erwachte das Leben in den High-Tech-Anlagen zu neuem, fieberhaftem Elan.

Ingenieure, Konstrukteure und Strategen arbeiteten ohne Unterbrechung an Aufgaben, deren Bedeutung weit über ihre eigene Generation hinausreichte.
Schlaf war zu einer Nebensache geworden, Zeit zu einer verhandelbaren Größe.
Unter den unwirtlichen, rostrot schimmernden Ebenen des Planeten verbargen sich gigantische Hallen — vor Jahrzehnten in einer beispiellosen technischen Meisterleistung aus Felsen und Sand gegraben.
Hier, fernab neugieriger Blicke, lag ein Geheimnis, das nur wenigen Auserwählten bekannt war.
In den tiefen, perfekt ausgeleuchteten Kavernen wartete die Flotte Solaris.

Eine beeindruckende Sammlung autonomer Raumgleiter und hochmoderner Kampfschiffe ruhte dort in lautloser Bereitschaft.

Ihre kantigen Silhouetten spiegelten die unnachgiebige Präzision wieder, mit der sie entworfen worden waren — ein stiller Beweis für den Einfallsreichtum und die Entschlossenheit der Menschheit.

Doch die Solaris-Flotte war mehr als nur eine Verteidigungsstreitmacht. Sie war ein Meisterwerk aus Technologie, Strategie und Voraussicht.

Errichtet unter strengster Geheimhaltung, bildete sie ein Verteidigungssystem, das weit über die Vorstellungskraft der meisten Menschen hinausging.
Ihr Zweck war eindeutig:
Der Schutz des gesamten Sonnensystems — und insbesondere der Erde — vor unbekannten Bedrohungen aus der Tiefe des Alls.
Hier, in der stillen Dunkelheit des Mars, lag die letzte Bastion der Menschheit. Eine Festung, verborgen unter Staub und Gestein, wartend auf den Tag, an dem sie aus ihrem Versteck hervortreten würde, um den Himmel selbst zu verteidigen.
Solaris war nicht nur eine Waffe.
Solaris war ein Versprechen.
Das Versprechen, dass die Menschheit niemals kampflos untergehen würde.

Parallel dazu arbeiteten spezialisierte Entwicklungsteams an einer anderen, weitaus riskanteren Technologie.
Sogenannte Kamikaze-Landungsschiffe.
Sie waren für die heikelste aller Missionen konzipiert:

die direkte Landung auf herannahenden Himmelskörpern —
Asteroiden oder Kometen — mit dem Ziel, deren Bahn zu verändern oder sie kontrolliert zu sprengen.

Die Konstruktionen erinnerten an historische
Raumfahrtvisionen, doch ihre Systeme waren um ein Vielfaches
präziser, autonomer und tödlicher.

Die Schiffe trugen hochentwickelte Sprengköpfe, ausgelegt nicht
auf rohe Zerstörung, sondern auf exakt berechnete
Impulsveränderungen.

Chief Engineer Kore Kawa stand über ein schwebendes
Hologramm-Modell eines dieser Schiffe gebeugt.
„Das ist mehr als nur Technik", sagte er leise.
„Das ist unsere letzte Verteidigungslinie."

Die Landungseinheiten waren so konstruiert, dass sie
eigenständig durch die dünne Marsatmosphäre starten konnten.
Von dort aus setzten sie Kurs auf Ziele im Kuipergürtel oder
sogar in der fernen Oortschen Wolke.

Ein neues Hologramm entfaltete sich über dem zentralen
Projektionstisch. Die Flugbahn des Kometen erschien —
ein kaltes, leuchtendes Band, das sich durch die äußeren
Regionen des Sonnensystems zog.
Darübergelegt: die berechneten Abfangrouten der Solaris-Flotte.

Kore Kawa trat näher heran.

Seine Augen huschten über die Datenströme, über Beschleunigungsvektoren, Gravitationseinflüsse und kinetische Einschlagsoptionen.

„Wir könnten ihn zerstören", sagte ein Militärstratege.
„Ein konzentrierter Nuklearschlag im Perihel —
maximale Fragmentation."
Die Worte klangen nüchtern.
Technisch.
Fast routiniert.
Doch bevor Kore Kawa antworten konnte, reagierte Solaris.

Das Hologramm veränderte sich abrupt.
Der Komet zerbrach — simuliert — in tausende Fragmente.
Zunächst wirkte es wie ein Erfolg.
Dann begann die Katastrophe.

Die Simulation der Zerstörung
Die Bruchstücke verteilten sich fächerförmig.
Einige verglühten.
Andere änderten minimal ihre Bahn.
Doch viele — zu viele — blieben stabil.
Neue Flugkurven erschienen.
Unberechenbar.
Nicht mehr ein berechenbarer Körper — sondern ein Schwarm kosmischer Geschosse.

Solaris berechnete Einschlagswahrscheinlichkeiten.

Mars.

Jupitermonde.

Asteroidengürtel.

Innere Planetenbahnen.

Ein rotes Warn Feld flammte auf:

„Fragmentation-Risiko: Extinktionsniveau."

Stille legte sich über den Kontrollraum.

Kore Kawa sprach leise, aber bestimmt:

„Ein einzelner Komet ist berechenbar."

Er zeigte auf die Simulation.

„Tausend Mini-Kometen sind es nicht."

Zyrathos' holografische Gestalt trat näher an die Projektion.

„Kometen bestehen nicht aus massivem Gestein wie Asteroiden", erklärte er.

„Sie sind poröse Verbundkörper — Eis, Staub, organische Verbindungen, durchzogen von Hohlräumen."

Solaris blendete Querschnitte ein.

Instabile Strukturen.

Gefrorene Gas Adern.

„Eine gewaltsame Explosion", fuhr Zyrathos fort,

„würde keine saubere Zerstörung bewirken —

sondern eine Streuung."

Kore Kawa nickte.

„Und jedes Fragment behält Impuls."

Neue Daten erschienen:

Selbst nur 50-Meter-Bruchstücke könnten Kontinente verwüsten. Einige Simulationen zeigten Ketteneinschläge über Jahrzehnte verteilt.

Ein langsamer, unausweichlicher Bombardement Regen.

„Wir dürfen ihn nicht sprengen", sagte Kore Kawa schließlich. „Unter keinen Umständen."

Ein Offizier runzelte die Stirn.

„Dann bleibt uns nur —"

„— Umlenkung", vollendete Zyrathos.

Das Hologramm änderte sich erneut.

Statt Explosionen erschienen Gravitationstraktoren, Ionenbooster, Laser-Impulsfelder.

Langsame, präzise Bahnkorrekturen.

Millimeter pro Sekunde.

Aber über Jahre wirksam.

„Wir müssen seine Flugbahn verändern", erklärte Kore Kawa, „lange bevor er das innere Sonnensystem erreicht."

Er zoomte hinaus — weit über Pluto hinaus.

„Hier. In der äußeren Oort-Zone."

Solaris berechnete die optimale Strategie:

Gravitative Schubmodule an der Oberfläche verankern

Laserbooster von Begleitschiffen

Nukleare Mikroimpulse — nicht zur Zerstörung, sondern zur Schubverstärkung

Synchronisierte Massenprojektil-Schubstöße

Ziel:

Nicht zerstören.

Sondern ablenken.

Fernab der Planetenbahnen.

Fernab jeder Kollisionslinie.

„Wenn wir ihn hier umlenken", sagte Kore Kawa,

„verfehlt er das Sonnensystem um Millionen Kilometer."

Ein Moment der Stille.

Dann fügte er hinzu:

„Und wir entreißen den Anunnaki ihr Reittier."

„Doppelte Wirkung wäre",

Zyrathos' Blick wurde scharf.

„Dann verlieren sie nicht nur ihren Transport."

Er deutete auf die versteckten Signaturen im Schweif.

„Sie verlieren Tarnung. Schutz. Energieeffizienz."

Solaris bestätigte:

Ohne Komet müssten die Anunnaki ihre Hauptantriebe aktivieren.

Massive Energiefreisetzung.

Leicht ortbar.

Militärisch angreifbar.

Komet driftet ins interstellare Nichts.

Anunnaki-Flotte wird isoliert.

Abfangfenster öffnet sich.

Kore Kawa sah in die Runde.

„Das ist keine Waffe."

Er deutete auf den Kometen.

„Das ist ein kosmischer Belagerungsturm."

Seine Stimme wurde fest.

„Und wir werden ihn nicht sprengen."

Er aktivierte das Einsatzprotokoll.

„Wir werden ihn stehlen."

In den Kontrollstationen überwachten Wissenschaftler jede Phase der Konstruktion.

Die Simulationen waren beunruhigend realistisch.

DER RIEMENFISCH

Dann verbreitete sich eine Nachricht.

Wie ein Lauffeuer.

Sie hatte nichts mit Raumfahrt zu tun — und doch schien sie unheilvoll damit verbunden.

In sozialen Netzwerken kursierten Bilder und Videos eines seltsamen Wesens, gesichtet an Küsten rund um den Globus: Japan.

Mexiko.

Norwegen.

Neuseeland.

Der Riemenfisch.

Ein schlangenartiges, silbern schimmerndes Tiefseegeschöpf, das normalerweise in den dunkelsten Regionen der Ozeane lebte.

Sein plötzlicher Aufstieg an die Oberfläche sorgte für wilde Spekulationen.

„Der Weltuntergangsfisch ist zurück!", titelte ein populäres Online-Magazin.

Experten versuchten zu beruhigen.

Umweltveränderungen.

Verschmutzung.

Geologische Aktivität.

Andere verwiesen auf moderne Kameratechnik, die Sichtungen häufiger dokumentierbar machte.

Doch Mythen waren mächtiger als Fakten.

„Im Japan des 17. Jahrhunderts glaubten die Menschen, der *Ryugu no Tsukai* — der Bote des Meeresgottes — kündige Katastrophen an", erklärte eine Historikerin in einer Livesendung.

„Und tatsächlich: Vor dem verheerenden Tōhoku-Erdbeben 2011 gab es ungewöhnlich viele Sichtungen."

Die Parallelen wirkten beunruhigend.

Die Bevölkerung reagierte gespalten.

Religiöse Gruppen veranstalteten Prozessionen.

Gebete hallten durch Küstenstädte.

Verschwörungstheoretiker sprachen von geheimen Regierungsexperimenten. Andere stellten Verbindungen zu uralten Weltuntergangslegenden her.

In einem kleinen japanischen Fischerdorf sagte eine ältere Frau zu Journalisten:

„Als ich ein Kind war, erzählte meine Großmutter, der Riemenfisch steige auf, wenn die Erde wütend ist.

Er ist ein Zeichen, dass wir uns vorbereiten müssen."

Die Gerüchte schürten Angst.

Videos, Memes und Apokalypse Theorien überschwemmten das Netz.

Doch während der Welt spekulierte, beobachteten Wissenschaftler etwas sehr Reales.

Seismographen registrierten ungewöhnliche Aktivitäten entlang tektonischer Platten — besonders im Pazifischen Feuerring. Unterseeische Vulkane zeigten verstärkte Aktivität. Satelliten enthüllten Anomalien in Meeresströmungen.

Noch wagte niemand, eine Verbindung herzustellen. Doch in wissenschaftlichen Kreisen begann eine leise, wachsende Diskussion:
Bahnte sich eine größere Katastrophe an?
Und könnten uralte Mythen Fragmente einer vergessenen Wahrheit enthalten?

Während die Unruhe unter den Menschen wuchs, arbeiteten die Forscher weiter.
Daten.
Simulationen.
Prognosen.
Ob Zufall oder Vorbote — es blieb ungeklärt.
Doch eines stand fest:
Der Riemenfisch hatte nicht nur die Tiefen des Ozeans verlassen. Er hatte die tiefsten Ängste der Menschheit an die Oberfläche gebracht.

Die Bastion von Ceres mit dem Bau der Verteidigungslinie zwischen Pluto und der Erde war in vollem Gange, und der Zwergplanet Ceres rückte in den Mittelpunkt dieser Bemühungen.

Als größter Himmelskörper im Asteroidengürtel bot er nicht nur wertvolle Rohstoffe, sondern auch die ideale Position, um eine strategische Basis zu errichten.
Ceres, mit seinen riesigen Vorräten an Wassereis, sollte zum Knotenpunkt der Verteidigungsstrategie werden und zur Bastion. Ein Vorposten zum Schutze der Menschheit gegen jede Bedrohung aus den Tiefen des Alls.

Dr. Ayla Kessler, die Leiterin des Terraforming-Projekts, stand vor einem holografischen Modell des Planeten, das in der Hauptkontrollstation von *Ceres Alpha* schwebte.
„Wir beginnen mit unterirdischen Basen nahe der größten Eisvorkommen.
Sie bieten Schutz vor Strahlung und Meteoriteneinschlägen und nutzen gleichzeitig das Eis als Quelle für Wasser und Sauerstoffproduktion."
Die Bauarbeiten konzentrierten sich zunächst auf das Anlegen riesiger Tunnelsysteme, die tief in die Kruste von Ceres reichten.

Mit gigantischen Bohrmodulen schufen die Ingenieure unterirdische Städte, deren modulare Wohnbereiche sich je nach Bedarf erweitern ließen.

Ein zentraler Kontrollraum fungierte als Nervenzentrum für die Überwachung von Lebenserhaltungssystemen, Energieversorgung und Verteidigungsoperationen.

Doch statt mühsam das spärliche Licht der Sonne mit Solaranlagen zu sammeln, setzten die Ingenieure hier auf die kleinen Reaktoren, die sich bereits auf *Pluto* bewährt hatten. Diese dezentralen Energiequellen boten nicht nur eine zuverlässige Versorgung, sondern auch ein Sicherheitsnetz, sollte ein System ausfallen.

„Eine dezentrale Energieversorgung ist entscheidend," betonte Pionier Wagner. „Wenn auf einem Außenposten ein Reaktor ausfällt, bleibt der Rest der Kolonie funktionsfähig. Aus den Erfahrungen auf *Pluto Außenstation* haben wir gelernt, dass Redundanz Leben rettet."

„Das Wasser von Ceres ist der Schlüssel," erklärte Kessler einer Gruppe neuer Techniker, die von Pluto und Mars eingetroffen waren. „Es wird nicht nur für die Kolonien hier gebraucht, sondern auch für die Versorgung der Stationen im Kuipergürtel.

Jede Tropfenladung, die wir von hier schicken, kann Leben retten."

Doch nicht alles spielte sich unter der Oberfläche ab. Oberirdisch errichteten die Teams riesige Schutzkuppeln aus strahlenresistenten Materialien, die den lebensfeindlichen Bedingungen des Alls trotzen konnten.
Innerhalb dieser Kuppeln gediehen große Biodomen, in denen Pflanzen nicht nur Sauerstoff produzierten, sondern auch Nahrung für die Besatzung lieferten.

Neben den festen Basen arbeiteten die Konstrukteure an mobilen Habitaten, die autonom durch die zerklüftete Landschaft von Ceres navigieren konnten. Diese gigantischen Crawler, ausgestattet mit Bohrern und Raffinerien, bauten Rohstoffe ab und transportierten sie zu den Hauptstationen.

„Flexibilität ist entscheidend," betonte Kessler. „Ceres ist riesig, und wir müssen die Ressourcen dort nutzen, wo wir sie finden."
Doch Ceres war mehr als nur ein Rohstofflieferant – es war ein Ort des Experiments. In geschlossenen Ökosystemen unter den Kuppeln führten die Wissenschaftler Terraforming-Versuche durch.

Cyanobakterium, das Kohlendioxid in Sauerstoff umwandelten, wurden eingeführt, um erste Atmosphärensimulationen zu testen.

Gleichzeitig wurden unter der Oberfläche kleine Geothermie-Kraftwerke aktiviert, um Energie aus den natürlichen Prozessen des Zwergplaneten zu gewinnen.

Nicht alle Kolonisten waren mit diesen Plänen einverstanden. Einige argumentierten, dass das Terraforming den natürlichen Zustand von Ceres unwiderruflich zerstören würde.

„Ceres hat Millionen Jahre in dieser Form existiert," sagte Elias Norgren, ein führendes Mitglied der „Ceres-Allianz", einer Gruppe, die sich für die Bewahrung des Planeten einsetzte. „Es ist nicht unsere Aufgabe, ihn zu verändern."

Die Spannungen innerhalb der Kolonie nahmen zu, als ein Geothermie-Unfall eine der Hauptbasen gefährdete. Ein Riss im Boden setzte gefährliche Gase frei, die die Lebenssysteme überlasteten. Während das Team verzweifelt daran arbeitete, die Schäden zu beheben, entdeckten sie etwas, das die Konflikte in den Hintergrund drängte: Tief im Inneren von Ceres lag ein Netzwerk von Höhlen, die vielleicht Hinweise auf eine uralte, nicht-menschliche Zivilisation enthielten.

„Das verändert alles," flüsterte Kessler, als die ersten Scans der Höhlen auf den Bildschirmen erschienen. „Wir dachten, Ceres sei tot. Aber vielleicht war er einmal lebendig." Doch die größte Gefahr lauerte noch im Verborgenen.

Bei der Freisetzung von Gasen und Wasser stießen die Forscher auf einen mikrobiellen Organismus, der auf den Menschen aggressiv zu reagieren schien.

Es war unklar, ob es sich um eine uralte Lebensform handelte oder um eine Mutation, die durch den Eingriff der Menschen entstanden war.

Die Besatzung war alarmiert: Während sie versuchten, Ceres zu nutzen, könnten sie unwissentlich etwas geweckt haben, das sie nicht kontrollieren konnten, oder doch?

Ceres war nicht nur ein Schlüssel zur Verteidigung des Sonnensystems, sondern auch ein Rätsel, das gelöst werden musste. Die Nachricht, die die Wissenschaftler der Station Pluto erreichte, ließ die Luft aus dem Kontrollraum knistern.
Der legendäre Himmelskörper, den viele als „Nibiru" kannten, war kein Mythos mehr. Das Objekt, das sich mit bedrohlicher Regelmäßigkeit dem inneren Sonnensystem näherte, war nun Realität. Seine Ankunft war früher als die alten Prophezeiungen. Das bedeutete nicht nur eine wissenschaftliche Sensation, sondern auch eine potenzielle Bedrohung für die Erde und ihre Nachbarn.

Dr. Taskins Nachfolger, Sergej Capobianco, kannte die Berechnungen und Dokumentationen seiner Kollegin. Er schloss die Augen und murmelte fast ehrfürchtig: „Nibiru. Planet X.

Der Auslöser uralter Legenden.

Die Zeugen Jehovas, die Präastronautiker, sogar Bibelforscher hatten ihre Theorien und nun steht er vor unserer Tür."

Commander Ender Hancioglu, ein Software Entwickler, der aus Anatolien kam und immer noch davon schwärmte, wie toll es dort sei, unterbrach ihn scharf: „Was auch immer die Legenden sagen, unser Auftrag ist klar: Wir müssen ihn stoppen, bevor er das Sonnensystem erreicht.

Es darf kein Chaos geben.

Keine biblischen Plagen.

Keine Zerstörung."

Die Daten waren erschreckend: Der Planet, ein massiver Körper mit einer Dichte weit über der eines typischen Asteroiden, bewegte sich mit alarmierender Geschwindigkeit.

Wenn er das Sonnensystem betrat, würde seine Gravitation Hunderte von kleineren Objekten aus dem Kuipergürtel und der Oortschen Wolke mit sich reißen. Ein kosmisches Billardspiel, bei dem die Erde mitten im Zielbereich läge.

„Wir haben nur eine Möglichkeit," erklärte Capobianco und zeigte auf das Hologramm von Nibiru' s Flugbahn. „Wenn wir ihn jetzt abfangen, noch bevor er den Bereich von Pluto erreicht, könnten wir seine Bahn so ändern, dass er harmlos in die Dunkelheit des interstellaren Raums abdriftet."

Die Mission war gefährlich. Eine speziell ausgerüstete Sonde wurde beladen, nicht nur mit einem nuklearen Sprengsatz, sondern auch mit hochmodernen Messgeräten, die das Mysterium Nibiru entschlüsseln sollten.

Die Zündung musste außerhalb der Reichweite der Gravitationskräfte der Sonne erfolgen, damit der gigantische Körper mit minimalem Energieaufwand umgelenkt werden konnte.

„Wissen Sie, was das bedeutet?"
fragte Capobianco leise, während die Sonde startete.
„Wenn die alten Schriften stimmen, könnte Nibiru für alles verantwortlich gewesen sein – die Zehn Plagen, der Untergang von Atlantis, vielleicht sogar für die Sintflut. Und jetzt schicken wir ihn zurück ins Nichts." „Es spielt keine Rolle, was er war," antwortete Ender. „Wichtig ist, dass er uns kein weiteres Mal heimsuchen wird."

Die Zündung verlief wie geplant. Ein grelles Licht erhellte die Dunkelheit, gefolgt von einer leichten, aber entscheidenden Änderung in Nibiru Geschwindigkeit.

Seine neue Bahn führte ihn aus dem Einflussbereich des Sonnensystems und von der Erde weg. Die Sensoren zeichneten seine Flugbahn noch für einige Wochen auf, bis er endgültig in der Unendlichkeit verschwand.

Als die Besatzung den Erfolg feierte, saß Dr. Capobianco allein in der Beobachtungskuppel, den Blick auf die Sterne gerichtet. „Nibiru kehrt nicht zurück," murmelte er. „Aber was hat er hinterlassen? Und was, wenn es noch mehr von ihnen gibt?"

KOMMUNIKATION

Zur selben Zeit kämpfte die Menschheit mit einem anderen Problem: Kommunikation.

Die Berichte der Arche-Generationsschiffe trafen mit Jahren Verzögerung ein. Signale liefen über Pluto, Mars, dann zur Erde. Laserkommunikation war präziser — aber nicht schneller als Licht.

4,24 Lichtjahre zu Proxima Centauri.

4,24 Jahre pro Richtung.

Geduld wurde zur Ressource.

Die Berichte von der *Arche* erreichten die Erde regelmäßig, jedoch stets mit erheblicher Verzögerung. Die Signale wurden zuerst auf der Station *Pluto* empfangen, von dort zum Mars weitergeleitet und schließlich zur Erde übermittelt. Es war ein komplexer Prozess, der trotz modernster Technologien an seine Grenzen stieß.

Die Generationsschiffe waren nun seit fast 25 Jahren unterwegs, und die Abhängigkeit von der Lichtgeschwindigkeit bei der Übertragung von Informationen war zu einem der größten Hindernisse geworden.

Zwar hatte sich die laserbasierte Kommunikation als effizienter und leistungsstärker als herkömmliche Funksignale erwiesen, doch die physikalische Obergrenze blieb:

Die Lichtgeschwindigkeit.

Ein präzise ausgerichteter Laserstrahl konnte über die Distanz von 4,24 Lichtjahren zu *Proxima Centauri* gesendet werden, aber selbst geringste Abweichungen machten die Signale unbrauchbar.

Die Kommunikation war ein mühseliger Prozess, und selbst kleine Fehlberechnungen konnten zu Datenverlust führen.

Solange keine fundamentalen Durchbrüche in der Physik gelangen, blieb die Reisezeit von Signalen zwischen *Pluto* und *Proxima Centauri* auf mindestens 4,24 Jahre pro Richtung beschränkt. Ein Austausch, der jede Interaktion auf eine scheinbar endlose Geduldsprobe stellte.

Doch die Suche nach schnelleren Kommunikationswegen lief auf Hochtouren. Eine der faszinierendsten, wenn auch bisher rein theoretischen Ansätze war die Nutzung von Wurmlöchern – hypothetische Abkürzungen durch die Raumzeit, die zwei Punkte im Universum miteinander verbinden könnten.

Die Idee stammte ursprünglich aus dem Jahr 1935, als die Physiker Albert Einstein und Nathan Rosen das Konzept der sogenannten "Einstein-Rosen-Brücke" entwickelten.

Sie hatten nach einer Lösung für die Feldgleichungen der Allgemeinen Relativitätstheorie gesucht und dabei die Möglichkeit entdeckt, dass die Raumzeit unter bestimmten Bedingungen Tunnel bilden könnte.

Im Laufe der Jahrzehnte hatten sich weitere große Namen der theoretischen Physik mit Wurmlöchern beschäftigt.

John Archibald Wheeler prägte den Begriff und brachte die Idee auf die Quantenebene. Später untersuchte Kip Thorne die Stabilität solcher Tunnel und kam zu dem Schluss, dass exotische Materie mit negativer Energie notwendig wäre, um ein Wurmloch offen zu halten.
Thorne und sein Team betrachteten Wurmlöcher nicht nur als Abkürzungen im Raum, sondern auch als mögliche Zeitreisen. Es war eine Revolution in der Physik, zumindest theoretisch.

In den 2010er Jahren hatten Juan Maldacena und Leonard Susskind einen weiteren Durchbruch erzielt.
Ihre bahnbrechende Arbeit verband Wurmlöcher mit der Quantenverschränkung und legte nahe, dass die sogenannte ER=EPR-Hypothese – die Verbindung zwischen Einstein-Rosen-Brücken und Einstein-Podolsky-Rosen-Paaren, nicht nur philosophisch, sondern praktisch nutzbar sein könnte.

Die Atlanider, eine hochentwickelte Zivilisation, deren Wissensdurst und wissenschaftlicher Fortschritt weit über das hinausging, was die Menschheit bisher erreicht hatte, widmeten sich seit Jahrhunderten der Erforschung interstellarer Reisen und der Kommunikation über kosmische Distanzen hinweg. Ihre Forscher hatten bereits bahnbrechende Experimente mit Wurmlöchern unternommen.

Jene geheimnisvollen Tore, die Raum und Zeit auf unerklärliche Weise miteinander verbinden sollten.

Trotz ihrer Fortschritte blieben die bisherigen Ergebnisse unbefriedigend. Zwar gelang es ihnen, zufällige Wurmlöcher in der Quantenraumzeit zu erzeugen, doch diese waren unkontrollierbar und instabil.

Doch ein Ziel blieb:
Eine „Telegrammleitung" durch die Raumzeit.
Kommunikation schneller als Licht.

Ein dauerhaft stabiles und nutzbares Wurmloch zu erschaffen, durch das makroskopische Objekte sicher transportiert werden konnten, blieb ein Traum, der immer wieder an den Grenzen des Machbaren scheiterte.

Interessanterweise fanden die Atlanider während ihrer Forschung eine faszinierende Gemeinsamkeit mit den Menschen: Beide Zivilisationen stützten sich auf dieselben grundlegenden mathematischen Berechnungen, um das Mysterium der Wurmlöcher zu entschlüsseln.

Es war, als hätten beide Spezies, unabhängig voneinander, einen universellen Code entdeckt – eine gemeinsame Sprache, die im Fundament des Universums selbst verankert zu sein schien.
Doch die *Atlanider* waren entschlossen.

Ihr Ziel war es, auf der Basis von Wurmlöchern ein Kommunikationskanal zu errichten, der Informationen schneller als die Lichtgeschwindigkeit übertragen könnte. Es war ein ehrgeiziges Unterfangen, das exotische Materie und eine bislang unerreichbare Präzision erforderte.

Dennoch arbeiteten sie fieberhaft daran, die Grenzen des Möglichen zu verschieben und die Kommunikation zwischen den Sternen auf ein neues Niveau zu heben.
Während die Menschen noch von einer fernen Zukunft träumten, in der Wurmlöcher Realität werden könnten, standen die *Atlanider* bereits an der Schwelle, die Lichtmauer zu durchbrechen.

Die Frage blieb: Würde ihre Technologie rechtzeitig einsatzbereit sein, um die *Arche, Atlantida* und die Menschheit auf ihrem Weg zu neuen Welten zu unterstützen?

Diese Erkenntnis führte zu einer neuen Dimension des Nachdenkens. Waren die Übereinstimmungen ein Zufall, oder spiegelten sie eine tiefere Verbindung zwischen den beiden Zivilisationen wieder? Vielleicht lag in den Zahlen und For-meln, die beide Welten benutzten, ein Schlüssel verborgen, ein Schlüssel, der die Grenzen des Möglichen verschieben und den Traum vom interstellaren Reisen endlich Wirklichkeit werden lassen könnte.

SPACE WAR

Durch die Umleitung des Kometen wurde die Anunnaki-Flotte für die Ikarus-Sonden sichtbar.

Auf Pluto und der Erde sorgten die Berichte der Sonden für nervöse Betriebsamkeit. Die Aufnahmen zeigten, dass sich die Flotte der Anunnaki bereits gefährlich nahe am Kuipergürtel befand.

Riesige Schiffe, deren Architektur einem dunklen, organischen Design glich, glitten durch den Raum. Ihre kantigen, doch zugleich fließenden Silhouetten waren nur schwach im diffusen Licht der fernen Sonne erkennbar – Schatten von außerirdischer Präzision und Macht.

Es war nicht mehr zu leugnen:

Die Anunnaki waren auf dem Weg.

Die Kommunikationsexperten auf Pluto verstummten für einen Moment, als die Bilder auf den Monitoren flimmerten.

„Das … das ist kein gewöhnliches Objekt", flüsterte ein Techniker. „Nein", antwortete Capobianco. „Das ist eine Flotte. Und sie bewegt sich zielgerichtet."

…Jede Bewegung der Schiffe schien berechnet, jede Formation strategisch. Die Bedrohung, die sie darstellten, war nicht länger hypothetisch – sie war real, greifbar, und sie näherte sich mit unaufhaltsamer Entschlossenheit.

Die Datenströme der Ikarus-Sonden wurden in Echtzeit an alle Verteidigungszentren weitergeleitet – Pluto, Mars, Ceres und schließlich an das taktische Herz der Flotte: Solaris.

Auf dem Mars, tief unter der rostfarbenen Oberfläche, änderte sich die Atmosphäre innerhalb weniger Minuten.
Die ruhige, methodische Betriebsamkeit der Ingenieure wich einer angespannten Alarmbereitschaft.
Holografische Projektoren erwachten zum Leben, während die organisch geformten Silhouetten der Anunnaki-Schiffe über die taktischen Displays glitten.

„Bestätigung durch drei unabhängige Sonden," meldete eine Offizierin der Aufklärungseinheit.
„Größe der Flotte?"
„Noch unklar.
Die Sensoren erfassen mindestens zwei Dutzend Großschiffe … und Hunderte Begleitobjekte."

Ein Schweigen legte sich über den Kontrollraum.
Chief Engineer Kore Kawa starrte auf die Projektion.
„Dann war der Komet also wirklich ihr Schleier …"

Die Analyseprogramme bestätigten seine Vermutung.
Durch die Umlenkung des Kometen – jener kosmischen „Reisewelle", die die Anunnaki wie einen interstellaren Gleiter genutzt hatten – war ihr energetischer Tarnschatten kollabiert.

Ohne die gravitative und magnetische Abschirmung des Himmelskörpers waren ihre Schiffe für die Sensoren der Ikarus-Sonden sichtbar geworden.

„Wir haben sie aus dem Schatten gerissen," murmelte Kawa. „Aber jetzt wissen sie, dass wir sie sehen."

Auf Ceres herrschte zur gleichen Zeit höchste Alarmstufe.

In der Hauptkontrollstation von Ceres Alpha liefen die Daten ein wie ein kosmischer Sturm. Dr. Ayla Kessler stand reglos vor dem strategischen Hologramm, das nun nicht mehr nur Verteidigungslinien zeigte, sondern die sich nähernde außerirdische Armada.

Die Bastion, die eben noch ein Bauprojekt gewesen war, wurde in diesem Moment zur aktiven Frontlinie.
„Aktiviert alle orbitalen Geschützplattformen," befahl sie ruhig. „Und koppelt die Energieversorgung an die Pluto-Reaktorkette. Wir brauchen volle Leistung."
Die Ingenieure zögerten nicht.

Unter der Oberfläche erwachten Waffensysteme, die bisher nur in Simulationen existiert hatten. Railgun-Batterien, ausgelegt für interstellare Reichweiten.
Gravitations-Schleuderplattformen zur Bahnablenkung feindlicher Objekte.

Die neu entwickelten Ikarus-Abfangsonden – nun nicht mehr nur Beobachter, sondern potenzielle Erstschlaginstrumente.

Die Nachricht erreichte schließlich Solaris.

In den gigantischen Hangars unter der Marsoberfläche begannen die autonomen Kampfschiffe der Flotte zu erwachen. Energieadern aus blauem Plasma durchzogen ihre Rümpfe, während KI-Kerne hochfuhren und taktische Protokolle initialisierten.

Die taktische Zentrale projizierte das vollständige Lagebild:
— Verteidigungslinie Pluto
— Bastion Ceres
— Marsflotte Solaris
— Erdorbitale Schutzringe
Und dahinter, aus der Schwärze des interstellaren Raums auftauchend: die Flotte der Anunnaki.

Commander Hancioglu trat neben Kore Kawa.
„Also beginnt es."
Kawa nickte langsam.
„Nein …"
Er zoomte das Hologramm näher heran.
 Zwischen den Großschiffen erschienen neue Signaturen – kleinere, sichelförmige Objekte, die sich vom Verband lösten.

„Das ist erst ihre Vorhut."

Zur selben Zeit beobachtete Dr. Capobianco auf Pluto die aktualisierten Flugbahnen.

Sein Blick verfinsterte sich.

„Sie reagieren auf die Umlenkung des Kometen …"

„Wie?" fragte ein Analyst.

Capobianco vergrößerte die Projektion.

Die Anunnaki-Schiffe positionierten sich entlang der ursprünglichen Kometenroute – als würden sie nach einem verlorenen Transportpfad suchen … oder einen neuen erschaffen.

„Sie nutzen Gravitation wie wir Straßen," flüsterte er.

„Und wir haben gerade eine ihrer Hauptverbindungen zerstört."

Ein anderer Wissenschaftler schluckte.

„Dann war das keine Verteidigungsmaßnahme …"

Capobianco beendete den Satz für ihn:

„…, sondern eine Kriegserklärung."

Die Alarmprotokolle der gesamten Verteidigungslinie wurden aktiviert.

Auf Ceres verriegelten sich die Schutzkuppeln.

Auf dem Mars rollten mobile Startplattformen aus den Hangars.

Im Kuipergürtel positionierten sich Abfangsonden entlang berechneter Eintrittsvektoren.

Und in den Tiefen der Solaris-Docks öffneten sich die gewaltigen Schleusentore.

Zum ersten Mal seit ihrer geheimen Erschaffung begann sich die Flotte geschlossen zu formieren.

Nicht mehr als verborgenes Versprechen.

Sondern als sichtbare Macht.

Als letzte Verteidigung des Sonnensystems.

Allianz

Die *Allianz der Erde*, bestehend aus den führenden Nationen und wissenschaftlichen Eliten, stand vor einer historischen Herausforderung. Der Feind war nicht nur technologisch überlegen, sondern auch vollkommen unberechenbar.

Frühere Begegnungen, so vage und fragmentarisch ihre Beweise auch waren, es deuteten darauf hin, dass die Anunnaki mit einer Mischung aus Bewunderung und Verachtung auf die Menschheit blickten.

Sie galten als Götter in den frühen Zivilisationen, doch niemand wusste, ob sie in Frieden kamen oder nur Ressourcen beanspruchen und die Menschheit unterwerfen wollten.

Die Strategie der *Allianz* war zweigleisig: Aufklärung und Verteidigung. Während die *Ikarus-Sonden* weiterhin Daten sammelten und als Späher fungierten.
Begann die Erde, ihre Verteidigungskräfte zu mobilisieren.

Die Konstruktion einer interstellaren Schutzbarriere um den Kuipergürtel war bereits in den Planungsphasen gewesen, nun wurde sie in Rekordzeit umgesetzt.
Die Abwehrstrategie der Solaris Truppe war ein Netz aus Technologie und Taktik aufgebaut.

Zuerst die energetische Abschirmung, welche die Wissenschaftler auf Pluto entwickelt hatten.
Ein neuartiges Deflektor System, das auf der Manipulation von Gravitation und elektromagnetischen Feldern basierte.

Diese Technologie, bekannt als *Grav-Welle*, sollte Raumzeitverzerrungen erzeugen, um die Angriffe der Anunnaki abzuwehren und ihre Navigationssysteme zu stören.

Eine neue Generation von Waffensystemen, die sich die gebündelte Energie der Sonne zunutze machten, wurde im Inneren des Kuipergürtels stationiert. Diese orbitalen Plattformen, sogenannte *Helios-Peitschen*, konnten konzentrierte Plasmastrahlen über interstellare Distanzen abfeuern.

Die *Allianz* hatte mehrere Generationen von Raumjägern entwickelt, die in der Nähe von Pluto stationiert waren.
Diese Jäger, ausgestattet mit blitzschnellen Fusionsantrieben, sollten in Schwärmen mit Ikarus Sonden agieren.

Die riesigen Schiffe der Anunnaki sollten sie umzingeln und Schwachstellen in deren Verteidigungssystemen zu finden.
Künstliche Intelligenzen als Strategiepartner wurden vereint.

Die künstlichen Intelligenzen **Vita**, **Antares** und **Solaris** wurden unmittelbar nach den Ikarus-Berichten in ein gemeinsames taktisches Netzwerk zusammengeschaltet.

Innerhalb von Sekunden entstand ein übergeordnetes Bewusstsein.

Kein eigenständiges Wesen, sondern ein synchronisiertes Geflecht aus strategischer Analyse, militärischer Prognostik und logistischer Perfektion.

Nicht nur die Atlanider verfügten über die Fähigkeit, Milliarden von Simulationen in Echtzeit zu berechnen.

Auch die vereinte KI-Architektur der Allianz war nun in der Lage, Bedrohungsszenarien in einer Tiefe zu durchdringen, die jedes menschliche Vorstellungsvermögen überstieg.

Während Vita die biologischen und ökologischen Risikofaktoren bewertete – mögliche planetare Schäden, Strahlungsfolgen, Kollateraleffekte auf Kolonien und Biosphären – konzentrierte sich Antares auf strategische Langzeitprognosen.

Er berechnete nicht nur Schlachten, sondern Kriege.

Er analysierte Bewegungsmuster, Ressourcenverbrauch, psychologische Eskalationsstufen und sogar diplomatische Reaktionswahrscheinlichkeiten fremder Spezies.

Solaris hingegen bildete das operative Herz des Netzwerks. Die speziell entwickelte, kampfunterstützende KI-Software war direkt mit der Allianzflotte verbunden – mit jedem Raumgleiter, jedem orbitalen Geschütz, jeder Abfangsonde.

Sie koordinierte Flugbahnen, Energieverteilungen, Schildfrequenzen und Waffenzyklen mit maschineller Präzision. Was für menschliche Kommandanten Minuten oder Stunden bedeutet hätte, geschah hier in Millisekunden. Angriffsformationen wurden berechnet, verworfen und neu entworfen. Verteidigungslinien passten sich dynamisch an Gravitationsfelder und feindliche Vektoren an. Selbst Mikrosekunden-Zeitfenster für Gegenmaßnahmen wurden einkalkuliert.

Auf den taktischen Holotischen erschien ein unaufhörlicher Strom aus Möglichkeiten:

— 3,2 Milliarden Verteidigungsszenarien

— 870 Millionen Evakuierungsvarianten

— 1,4 Milliarden Offensivoptionen

Mit jeder weiteren Sensordatenübertragung wuchs die Zahl exponentiell.

„Synchronisationsgrad bei neunundneunzig Komma sieben Prozent," meldete eine Offizierin auf Solaris-Zentralebene. „Die KI-Triade arbeitet jetzt als geschlossenes System."

Ein neuer Datenlayer legte sich über das Sternenfeld. Flottenbewegungen wurden vorausberechnet, noch bevor sie stattfanden. Es war, als würde die Allianz nicht mehr auf die Zukunft reagieren – sondern sie vorwegnehmen.

In diesem Moment wurde allen Kommandostellen klar:
Die vereinte KI-Matrix aus Vita, Antares und Solaris war mehr
als nur ein Werkzeug.

Sie war der Schlüssel zur Koordination der gesamten Allianzflotte. Ein strategisches Nervensystem, dass Milliarden
Entscheidungen gleichzeitig traf.

Und vielleicht … die einzige Instanz im bekannten Raum, die
schnell genug denken konnte, um einer Zivilisation wie den
Anunnaki entgegenzutreten.

DIE FÜCHSE

Die Bedrohung durch die Anunnaki-Flotte hatte nicht nur das Leben auf außen Station Pluto *in* einen Zustand permanenter Alarmbereitschaft versetzt, sondern auch das Schicksal zweier Menschen verändert, die eigentlich längst ein ruhigeres Leben führen wollten.

Dr. Taskin und Commander Leonel Wood, ein Paar mit einer gemeinsamen Geschichte aus gefährlichen Missionen.

Sie hatten nach Jahren des Dienstes ihre Karriere hinter sich gelassen und lebten zurückgezogen auf der Erde, fernab der Sorgen des Alls.

Ihr gemeinsames Haus lag in den Hügeln nahe einer ruhigen Küstenstadt, wo sie ihre Zeit mit Spaziergängen am Strand,

Diskussionen über Philosophie und den gelegentlichen Besuch von Freunden und Kollegen verbrachten.

Dr. Taskin hatte sich in der Forschung engagiert, schrieb Bücher und hielt Vorträge über ihre Abenteuer auf Pluto und Kuipergürtel. Wood hingegen hatte das militärische Leben vollständig hinter sich gelassen und widmete sich der Restaurierung eines alten Segelboots.

Doch als die Bedrohung durch die Anunnaki bekannt wurde, änderte sich alles.

Ihre Erfahrungen mit interstellaren Operationen und ihre Führungsqualitäten machten sie zur ersten Wahl, das Kommando auf Pluto Station wieder zu übernehmen. Die Entscheidung, sie zurückzuholen, fiel einstimmig, obwohl beide zunächst zögerten.

Der Ruf der Pflicht war Moment, als die Delegation der Allianz sie besuchte, blieb beiden im Gedächtnis.

Es war ein sonniger Morgen gewesen, die Möwen kreisten über der Bucht, und Wood hatte gerade das Segel seines Bootes angepasst, während Taskin im Garten Blumen pflanzte.

„Es ist dringend", hatte der Sprecher der Allianz gesagt, ein Mann mit ernster Miene und ruhiger Stimme. „Die Menschheit steht vor einer beispiellosen Gefahr. Ohne Ihre Expertise wird es schwierig, eine funktionierende Verteidigung aufzubauen."

Wood hatte seinen Blick über die friedliche Landschaft schweifen lassen. „Wir haben unseren Dienst getan. Es gibt andere, die das übernehmen können."
„Nicht mit Ihrer Erfahrung", hatte der Mann erwidert.

„Commander Wood, niemand versteht die taktischen Herausforderungen von Pluto so wie Sie.

Dr. Taskin, Ihre Arbeit auf Pluto Station mit den Sonden und Verteidigungssystemen war wegweisend. Ohne Sie beide stehen wir ohne Führung da."

Dr. Taskin hatte lange geschwiegen, bevor sie schließlich sagte: „Was ist, wenn wir versagen?" „Wenn Sie es nicht versuchen", hatte der Sprecher geantwortet, „haben wir bereits verloren."

Die Entscheidung war schwergefallen, doch am Ende hatte die Pflicht gesiegt. Wenige Monate später standen sie erneut in der Kommandozentrale von Pluto, wo sie schon so viele Entscheidungen getroffen hatten, die über Leben und Tod entschieden hatten. Die Rückkehr fühlte sich seltsam an – vertraut, aber auch wie ein Sprung in eine Vergangenheit, die sie eigentlich hinter sich lassen wollten.

„Es hat sich kaum verändert", hatte Wood gesagt, als er das Hauptkontrollpult betrat und seine Hand über die glatte Oberfläche gleiten ließ. „Aber es fühlt sich anders an, jetzt, wo wir wissen, was auf uns zukommt."

Taskin hatte ihm nur einen kurzen Blick zugeworfen, ehe sie sich auf die holografischen Darstellungen konzentrierte.

„Wir sind nicht hier, um uns an die Vergangenheit zu erinnern.

Wir haben eine Aufgabe zu erfüllen."

Die Entdeckung des fremden Objekts, das die Flotte der Anunnaki begleitete, brachte die Führung der Allianz in Aufruhr. Es war kein gewöhnliches Raumschiff.

Seine gigantische Struktur schien aus unzähligen Schichten organisch wirkenden Materials zu bestehen, das sich ständig zu verändern schien.

Sensoranalysen der *Ikarus-Sonden* zeigten intensive Energieemissionen, die darauf hindeuteten, dass das Objekt entweder eine mächtige Waffe oder eine planetarische Umgestaltungsmaschine war.

„Wenn das Ding in den Kuipergürtel gelangt, könnten sie alles hinter sich in Schutt und Asche legen", sagte Major Lin, ihre Stimme vor Anspannung fast ein Flüstern. „Unsere Verteidigungsanlagen wären dann nichts weiter als Staub."

Während die Vorbereitungen auf eine mögliche Schlacht liefen, bemühte sich das Paar, zusammen mit dem Team von der Station Pluto, verzweifelt darum, mit den Anunnaki in Kontakt zu treten.

Die Kommunikationsabteilung arbeitete rund um die Uhr, um Botschaften zu erstellen, die den Anunnaki verständlich sein könnten.

Texte in alten Sprachen wie Sumerisch und Akkadisch wurden gesendet, begleitet von Symbolen und Glyphen, die in antiken Kulturen als universelle Bedeutungen galten.

Dazu kamen Sternenkarten, mathematische Sequenzen und grundlegende physikalische Gesetze.

„Nachricht ist gesendet", meldete die Kommunikations-Offizierin. „Irgendwelche Anzeichen, dass sie reagieren?" fragte Wood, während er neben Taskin stand.

„Noch nichts, Sir. Aber es könnte Zeit brauchen."

Taskin betrachtete die Projektionen mit einem besorgten Ausdruck. „Vielleicht haben sie einfach nicht damit gerechnet, dass wir hier sind.
Dass wir sie schon außerhalb des Sonnensystems erwarten."
Wood nickte langsam. „Oder sie halten uns für so unbedeutend, dass sie keine Antwort für nötig halten.

Egal, was es ist – wir werden vorbereitet sein."
Parallel dazu hatten die Ingenieure eine umgerüstete Ikarus-Sonde gestartet, die mit optischen Signalen und Morsesequenzen versuchte, auf sich aufmerksam zu machen.
Taskin hatte die Sonde damals selbst entworfen und verfolgte ihre Fortschritte auf den Monitoren.

„Die Sonde ist jetzt in Reichweite", sagte sie.
„Wenn sie uns sehen wollen, werden sie es jetzt tun."

Doch auch diesmal blieb die Flotte stumm, wie ein unbeeindrucktes Raubtier, das seine Beute beobachtet.
Die Stille war ohrenbetäubend, und Wood konnte spüren, wie die Anspannung im Raum wuchs.

„Sie werden nicht antworten", sagte Taskin schließlich leise.
„Sie bereiten sich auf etwas vor." „Dann werden wir das auch
tun", antwortete Wood und richtete sich auf.

„Aktivieren Sie die Verteidigungssysteme.
Wenn es keine Antwort gibt, dann ist das unsere Antwort."

Die Sonde funkelte in der Dunkelheit wie ein einsames Licht,
doch die Flotte der Anunnaki bewegte sich weiter.
Die Menschheit wusste, dass die Zeit der Worte bald vorbei sein
würde. Wood und Taskin, wieder vereint auf Pluto, mussten
sich der Realität stellen: Es würde auf sie ankommen, die erste
Verteidigungslinie gegen einen Feind zu bilden, der seit
Jahrhunderten nur in Mythen existiert hatte.

Die Stunden vergingen, während die Allianz gespannt auf eine
Antwort wartete. Doch nichts geschah. Weder die optischen
Signale noch die alten Botschaften zeigten Wirkung.

Das Schweigen der Anunnaki wurde zunehmend als Zeichen
der Geringschätzung interpretiert – oder der Überheblichkeit.

„Das macht keinen Sinn", sagte Taskin schließlich und brach die
Stille. „Selbst wenn sie nicht mit uns sprechen wollen, hätten sie
wenigstens eine Reaktion zeigen können – ein Signal,
ein Manöver, irgendetwas."

„Vielleicht bereiten sie sich auf etwas vor", murmelte Wood.
„Oder sie kommunizieren auf einer Ebene, die wir einfach nicht verstehen."

Taskin nickte zögernd. „Die Möglichkeiten sind endlos.

Aber wenn sie auf Kommunikation nicht reagieren, bleibt uns nur eins: Vorbereitung."

Wood straffte sich und wandte sich an die Versammelten. „Wir haben unsere Hand ausgestreckt, und sie haben nichts getan. Das könnte ihre Art sein, uns zu zeigen, dass wir keine Wahl haben. Bitte schicken Sie die Sonde näher an ihr Hauptschiff, wenn es eine Antwort gibt, dann dort."

Die Ikarus-Sonde schwenkte in einem weiten Bogen durch die Finsternis, ihre Triebwerke nur ein kaum sichtbares Glimmen im absoluten Schwarz des interstellaren Raums.
Ihr Rumpf reflektierte das ferne Licht der Sonne wie ein einsamer Stern, verloren zwischen Eisbrocken und uralten Trümmern des Kuipergürtels.

Für einen Moment wirkte sie zerbrechlich – ein winziger Beobachter am Rand eines kosmischen Abgrunds.
Dann richteten sich ihre Sensorfelder neu aus.
Die Auflösung der optischen Linsen stieg auf Maximum.
Gravitationsscanner tasteten die Leere ab.
Spektralanalysen liefen in überlagernden Datenströmen.

Und dort …

zeichneten sie sich ab.

Zuerst nur Schatten.

Unregelmäßige Silhouetten im diffusen Streulicht.

Doch mit jeder Annäherung gewannen die Umrisse an Schärfe.

Gigantische Schiffe, deren Strukturen nicht kantig oder mechanisch wirkten, sondern organisch – als wären sie gewachsen statt gebaut worden. Dunkle Panzerungen, durchzogen von pulsierenden Energielinien, erinnerten an gefrorene Adern in schwarzem Gestein.

Keine Positionslichter.

Keine Funksignale.

Keine erkennbare Aktivität.

Nur lautlose Bewegung.

Die gesamte Flotte glitt durch den Raum wie ein Schwarm uralter Raubtiere auf lautloser Jagd.

Bedrohlich.

Geduldig.

Unaufhaltsam.

Die Ikarus-Sonde reduzierte automatisch ihre Emissionen, wechselte in den passiven Beobachtungsmodus –
ein instinktiver Reflex ihrer Gefahrenprotokolle, als hätte selbst ihre künstliche Logik begriffen, dass jede unnötige Strahlung Aufmerksamkeit erregen konnte.

Doch die Anunnaki-Flotte reagierte nicht.

Sie blieb stumm.

Unberührt von der Anwesenheit der Sonde setzte sie ihren Kurs fort –

direkt auf den inneren Rand des Kuipergürtels zu.

Meter für Meter.

Kilometer für Kilometer.

Unaufhaltsam näherkommend.

In den Datenlogs erschien schließlich die nüchterne, aber erschütternde Bestätigung:

Flottenvektor stabil.

Zielrichtung: Inneres Sonnensystem.

In diesem Augenblick wurde aus einer fernen Möglichkeit eine Gewissheit. Die Anunnaki waren nicht nur unterwegs.

Sie waren bereits fast da.

Die Allianz wusste, dass ihre Zeit knapp wurde und dass sie bald gezwungen sein könnten, eine Entscheidung zu treffen, die über das Schicksal der Menschheit hinausgehen würde.

Als die Anunnaki-Flotte die 1-AE-Grenze erreichte, sendete die *Allianz* ein letztes Ultimatum.

Die Nachricht war prägnant und unmissverständlich:

„Dies ist eine Warnung. Jede weitere Annäherung wird als feindlicher Akt betrachtet und mit maximaler Verteidigungskraft beantwortet."

Die Stille, die folgte, war überwältigend. Minuten verstrichen, dann Stunden, doch es gab keine Reaktion.

In der Kommandozentrale herrschte eine gespannte Ruhe, während die Crew auf die Entscheidung wartete.
„Sie testen unsere Geduld", murmelte Taskin.
„Oder sie nehmen uns nicht ernst."
„Das ist ein Fehler, den sie teuer bezahlen werden", sagte Wood. „Major Lin, aktivieren Sie die *Helios-Peitschen*.

Lassen Sie die ersten Strahlen in Richtung der Flotte feuern, um eine Warnung abzugeben."
Die Allianz hatte sich auf das Unerwartete vorbereitet, doch die angespannte Stille, die von der Anunnaki-Flotte ausging, ließ viele an ihren Strategien zweifeln.

Die Lichtsignale der *Ikarus-Sonde* blinkten in festgelegten Intervallen, und die Laserbotschaften in alten Sprachen sowie mathematischen Sequenzen wurden weiterhin gesendet.
Doch keine Reaktion kam von den mysteriösen Eindringlingen.
Commander Leonel Wood und Dr. Taskin standen in der Kommandozentrale von Pluto, die von einem kalten, bläulichen Licht erfüllt war.

Die Projektionen der Anunnaki-Flotte dominierten den Raum, massive, dunkle Schatten, die in steter Formation auf den Kuipergürtel zusteuerten.

„Ich traue dieser Stille nicht", murmelte Taskin und verschränkte die Arme vor der Brust.
„Es ist, als würden sie uns studieren.
Abwarten, wie wir reagieren."

Wood nickte langsam, sein Blick blieb auf die Projektionen gerichtet. „Oder sie bereiten ihren ersten Schlag vor.
Die Frage ist: Wann?"

Plötzlich begann eines der größeren Schiffe der Anunnaki-Flotte, sich von der Formation zu lösen. Es war eine Bewegung, die von den Sensoren der Allianz sofort registriert wurde.
„Commander! Ein Schiff hat sich von der Hauptflotte abgekoppelt. Es bewegt sich in unsere Richtung", meldete die taktische Offizierin.

„Analyse?" fragte Wood ruhig.
„Die Energiesignaturen deuten auf einen Antrieb hin, der sich schnell auflädt. Möglicherweise eine Waffe."

Taskin trat näher an die Projektion.
„Das ist keine Erkundungseinheit.
Sie schicken einen Zerstörer."

Noch bevor Wood eine Antwort geben konnte, durchbrach ein greller Lichtstrahl die Leere des Alls und traf eine der orbitalen Verteidigungsplattformen der Allianz. Die Explosion erleuchtete den Raum, und die Druckwelle fegte Trümmer in alle Richtungen. In der Kommandozentrale brach Hektik aus.

„Helios-Peitsche Delta wurde zerstört!" rief Major Lin.

„Sie haben das Feuer eröffnet!" Wood ballte die Fäuste.
„Das war ihr erster Zug."
„Status der übrigen Verteidigungsplattformen?"
fragte Wood scharf.
„Drei weitere Helios-Peitschen sind einsatzbereit", meldete Lin.
„Raumjägerstaffeln sind in Bereitschaft."

Wood nickte. „Dann lassen wir sie wissen, dass wir nicht wehrlos sind. Ziel auf das feindliche Schiff, das die Plattform zerstört hat.
Feuer frei!" Die *Helios-Peitschen* erwachten zum Leben, ihre gewaltige Energie sammelte sich in konzentrierten Strahlen, die mit der Wucht eines Sonnenausbruchs auf das angreifende Schiff zusteuerten. Der erste Strahl traf, doch die Schilde des Anunnaki-Schiffs absorbierten die Energie scheinbar mühelos.

Die zweite und dritte Salve zeigte jedoch Wirkung. Die Schilde flackerten, und ein massiver Riss zog sich über den Rumpf des feindlichen Schiffs.
„Treffer bestätigt", meldete Lin.
„Aber das Schiff ist noch operationell."
„Schicken Sie die Raumjäger rein", befahl Wood.

„Konzentrieren Sie alle Feuerkraft auf das beschädigte Schiff, bevor es sich erholen kann."

Der Schlagabtausch begann mit enormer Heftigkeit.

Die Raumjägerstaffeln starteten ohne Zögern, tauchten mit Höchstgeschwindigkeit ins Kampfgeschehen und formierten sich zu kleinen Angriffsschwärmen. Wie ein Schwarm leuchtender Insekten umkreisten sie das feindliche Schiff, suchten nach Schwachstellen und feuerten gezielt auf freigelegte Segmente des dunklen, organisch wirkenden Rumpfes.
Zunächst schien es, als könnten sie die gewaltige Hülle zumindest anritzen.

Dann reagierten die Anunnaki.
Mit einer Präzision, die selbst erfahrene Piloten erschauern ließ.
Strahlen aus konzentrierter Energie zuckten lautlos durch den Raum — exakt berechnet, vorausschauend, tödlich.
Ausweichmanöver kamen oft um Millisekunden zu spät.
Ein Jäger nach dem anderen wurde erfasst, grelle Explosionen rissen glühende Narben in die Schwärze des Alls.
Wrackteile taumelten wie verglühende Meteoriten davon.

„Wir verlieren zu viele Jäger!", rief Lin über den Gefechtskanal.
„Sie haben eine defensive Überlegenheit, die wir nicht durchbrechen können!"
Taskin trat neben Woods taktisches Hologramm.

Verluststatistiken flackerten auf, Flugbahnen kollabierten zu roten Prognoselinien.

Für einen Moment sagte niemand etwas.

Dann veränderte sich die Stimme im Kanal.

Kühler.

Präziser.

Nicht menschlich.

Solaris.

„Analyse abgeschlossen", meldete die kriegsunterstützende KI. „Feindliche Verteidigungsreaktionszeit: unter 0,4 Sekunden. Konventionelle Jägerangriffe erreichen keine nachhaltige Penetration."

Woods verschränkte die Arme. „Vorschlag?"

Eine neue Projektion öffnete sich im Raum — ein dreidimensionales Modell der Anunnaki-Formation, überzogen von Millionen berechneter Angriffspfade.

„Empfehlung: Einsatz unbemannter Ikarus-Schwarmdrohnen", fuhr Solaris fort. „Hohe Verlusttoleranz. Gleichzeitige Sättigungsangriffe auf 12.784 Strukturpunkte."

Taskin hob den Blick. „Du willst sie überfluten."

„Korrektur", antwortete Solaris.

„Ich will ihre Biomatrix-Panzerung überlasten."

Neue Simulationen liefen in Echtzeit ab.

In ihnen durchbrachen dichte Drohnenschwärme die Verteidigungsschirme, detonierten zeitversetzt, rissen organische Schichten auf.

„Zusatzvorteil", ergänzte die KI. „Jede Detonation erzeugt Mikrorisse. Nachfolgende Wellen vertiefen strukturelle Schwächen exponentiell."

Lin atmete hörbar aus. „Wie viele Drohnen reden wir?"
Eine kurze Pause.
„Erste Angriffswelle: 10.000 Einheiten."
Stille auf der Brücke.
Dann nickte Woods langsam.
„Freigabe erteilt. Solaris — du führst die Taktik."
„Bestätigt. Schwarmprotokoll IKARUS aktiv."

Weit hinter der Frontlinie öffneten sich die Startschächte mehrerer Trägerschiffe.
Die Drohnen strömten hervor wie ein entfesselter Sternen Schwarm — klein, nadelförmig, jede einzelne beladen mit einer hochverdichteten Antimaterie-Ladung, optimiert gegen organisch-technologische Strukturen.
Doch ihr Flug war kein Chaos.
Es war Berechnung.

Solaris koordinierte jede Bewegung in Echtzeit.
Opferte einzelne Drohnen, um Verteidigungsfeuer zu binden.
Teilte den Schwarm in Keile, Spiralen und Stoßlanzen.

Ließ Wellen zeitversetzt detonieren, damit sich Explosionsdruckfelder überlagerten.

„Sättigungsphase beginnt", meldete Solaris.
Dann traf der Schwarm.
Erste Einschläge.
Dann Hunderte.
Dann Tausende gleichzeitig.

Die Explosionen fraßen sich tief in die dunkle Hülle der Anunnaki-Schiffe. Organische Panzerplatten platzten auf, darunter pulsierende, fremdartige Strukturen freigelegt.
Zum ersten Mal geriet ihre Formation ins Wanken.

Einige Schiffe mussten ausweichen.
Andere aktivierten neue, bislang verborgene Verteidigungsschichten.
Doch Solaris hatte erreicht, was berechnet worden war:
Die perfekte Angriffsformation der Anunnaki zerbrach.
Und jetzt…
waren sie verwundbar.

„Wie?" fragte Wood, ohne den Blick von der Schlacht zu nehmen. Taskin zeigte auf die holografische Darstellung.
„Wenn wir die verbleibenden Helios-Peitschen auf ihre Flotte richten, zwingen wir sie, ihre Schiffe zu bewegen.
Das würde die Raumjäger entlasten."

Wood zögerte einen Moment, dann nickte er. „Machen Sie es."

Die Helios-Peitschen richteten ihre Strahlen nun auf die Hauptflotte der Anunnaki, und die ersten Treffer zwangen mehrere Schiffe, ihre Formation zu verlassen.

Es war ein riskantes Manöver, das jedoch Wirkung zeigte: Die Flotte schien kurzzeitig in Unordnung zu geraten, und die Jäger der Allianz konnten ihre Angriffe verstärken.
„Wir haben sie destabilisiert!" rief Lin triumphierend.
„Das beschädigte Schiff zeigt massive Energieverluste!"
Doch der Jubel war von kurzer Dauer.

Ein weiteres, noch größeres Schiff der Anunnaki begann, Energie zu sammeln. Die Sensoren registrierten ein plötzliches Ansteigen der Energiesignatur.

„Das ist eine Waffe", sagte Taskin mit Entsetzen in der Stimme.
„Eine viel größere als zuvor."
Wood griff nach dem Kommunikationsmodul.
„Alle Einheiten, sofort zurückziehen!
Bereiten Sie die Verteidigung auf maximale Belastung vor!"

Die Allianz hatte die Anunnaki gereizt – und nun waren sie bereit, ihre wahre Macht zu zeigen.
Der Kampf um den Kuipergürtel hatte gerade erst begonnen, und die Menschheit musste alles aufbieten, um zu überleben.

Die Schlacht im Kuipergürtel nahm an Intensität zu, als die Anunnaki ihre Kampfgleiter aussandten.

Die eleganten, schnellen Schiffe stürzten wie Raubvögel auf die Allianzkräfte herab. Ihre Waffenstrahlen schnitten durch die Raumjäger der Menschen, und selbst die wendigsten Piloten hatten Mühe, den präzisen Angriffen auszuweichen.

„Commander, die Anunnaki-Gleiter überwältigen unsere Jäger", meldete Major Lin panisch.

„Verluste steigen exponentiell an!"

Commander Wood runzelte die Stirn, seine Hände fest um die Reling der Kommandokonsole geklammert. „Dr. Taskin, was ist der Status der Solaris-gesteuerten Kamikaze-Drohnen?"

Taskin tippte hektisch auf ihr Terminal, bevor sie antwortete. „Bereit. Vita und Antares können die Steuerung übernehmen. Aber Commander... ihre Einsatzkraft ist extrem.

Jede Drohne entspricht der Schlagkraft einer Atombombe."

Wood drehte sich langsam zu ihr um, seine Miene steinhart.

„Wir haben keine andere Wahl. Aktivieren Sie die Drohnen.

Geben Sie KI- Unterstützung volle Kontrolle."

Taskin nickte, zögerte jedoch einen Moment, bevor sie die Freigabe erteilte. „Solaris, Einsatzprotokoll Gamma-Sechs aktivieren. Ziel: Feindliche Kampfgleiter und strategische Kommandoschiffe."

Auch die beiden KIs, Vita mit ihrer kühlen Präzision und Antares mit einer Spur aggressiver Initiative, nahmen den Befehl sofort auf.

Die Drohnen, kleine, unscheinbare Objekte, die anfliegende Pfeile von Robin Hood erinnerten, schossen aus ihren Halterungen und bewegten sich mit übermenschlicher Geschwindigkeit durch das Schlachtfeld.

„Ziele erfassen", sagte Vita mit ihrer emotionslosen Stimme. „Berechnete Trefferquote: 98 Prozent."

Der Schlag, den niemand erwartet hatte. Die erste Drohne erreichte ihr Ziel, einen Schwarm von Anunnaki-Gleitern, die sich auf die Verteidigungsplattformen stürzten.

Ein blendendes Licht erfüllte den Raum, als die Explosion eine gewaltige Druckwelle erzeugte, die die Gleiter in alle Richtungen schleuderte. Weitere Drohnen folgten, jede ein fliegender Todesbote, gesteuert mit der Präzision der KIs.

„Die Anunnaki reagieren", meldete Lin.

„Ihre Formation bricht zusammen! Sie ziehen sich zurück!"

„Noch nicht genug", sagte Taskin. „Vita, Antares, fokussieren Sie auf die Kommandoschiffe.

Wir müssen ihre taktische Leitung ausschalten."

Die nächsten Angriffe richteten sich auf die größeren Schiffe der Anunnaki-Flotte. Eine Drohne traf ein besonders massives Schiff, das wie ein Koordinationszentrum zu fungieren schien.

Die Explosion riss Teile der Struktur auseinander, und die Energieemissionen flackerten.

Ein gewagter Plan schlug Vita vor. Wir können versuchen einige feindliche Schiffe zu erobern.

„Commander!" rief Taskin. „Das beschädigte Schiff ist immer noch aktiv, aber es scheint seine Verteidigung zu verlieren." Wood richtete sich auf, seine Augen verengten sich zu Schlitzen. „Das ist unsere Chance. Major Lin, bereiten Sie ein Enterteam vor. Wir erobern dieses Schiff."

Die Versammlung in der Kommandozentrale verstummte für einen Moment, bevor Lin nickte.

„Wir haben Entereinheiten bereit.

Es wird riskant, aber es ist machbar."

„Risiko ist der Preis, den wir zahlen müssen", sagte Wood. „Wenn wir dieses Schiff übernehmen, können wir endlich mehr über ihre Technologie, ihre Struktur – und ihre Absichten – erfahren.

Taskin, stellen Sie sicher, dass die Ikarus-Sonden die Daten des Schiffs scannen, sobald wir an Bord sind."

Die bemannten Zerstörer der Allianz formierten sich, angeführt von einer speziell ausgebildeten Entereinheit. Während die Drohnen der Solaris weiterhin Druck auf die feindliche Flotte ausübten, näherten sich die Allianzschiffe dem Ziel.

Der beschädigte Rumpf des Anunnaki-Schiffs bot eine Schwachstelle, durch die die Truppen andocken konnten.

„Wir haben Kontakt", meldete der Enterkommandant.
„Beginne mit der Infiltration."
Die ersten Truppen betraten das Innere des Schiffs und fanden sich in einer seltsam organischen Umgebung wieder.
Die Wände pulsierten wie ein lebender Organismus, und das schwache Licht schien aus einer unbekannten Quelle zu stammen. „Das sieht aus wie... Biotechnologie", flüsterte einer der Soldaten, während er die Umgebung musterte.
„Behalten Sie die Formation", befahl der Kommandant.
„Unsere Priorität ist das Kommandozentrum."

Während die Soldaten vorrückten, erhob sich plötzlich eine Gruppe humanoider Wesen aus den Schatten.
Es waren die Anunnaki, große, schlanke Gestalten mit leuchtenden Augen, die in ihren Bewegungen eine seltsame Mischung aus Anmut und Bedrohung zeigten.
Die Allianztruppen eröffneten sofort das Feuer, doch die Anunnaki reagierten mit einer Präzision, die die Soldaten zurückdrängte.

„Wir brauchen Verstärkung!" rief der Kommandant über Funk.
Wood beobachtete das Geschehen aus der Kommandozentrale.
„Halten Sie die Stellung.
Wir schicken Drohnen als Unterstützung."

Die KIs lenkten kleinere, gezielte Drohnen in das Innere des Schiffs, die in der Lage waren, punktgenaue Angriffe durchzuführen. Die Anunnaki wichen zurück, und die Allianztruppen setzten ihren Vormarsch fort.

Im Kommandozentrum des Schiffs angekommen, stieß das Enterteam auf eine Konsole, die in einer fremden Sprache leuchtete. Taskin, der das Geschehen überwachte, begann sofort mit der Analyse. „Das ist unglaublich", murmelte sie. „Ihre Technologie ist Jahrhunderte weiter als unsere."

„Können wir es nutzen?" fragte Wood.
„Mit genug Zeit, ja", antwortete Taskin.
„Aber zuerst müssen wir es sichern."

Der Wendepunkt kam, als die Allianztruppen das Innere des beschädigten Anunnaki-Schiffs betraten, offenbarte sich ihnen ein Anblick, der sie in ihren Bann zog und gleichzeitig schockierte.
Die ersten Begegnungen mit den Anunnaki, diesen mythischen Wesen, erinnerten an die Geschichten, die seit Jahrtausenden in den Mythen der Menschheit erzählt wurden.
Es waren Mischwesen, die halb Mensch, halb Tier zu sein schienen, mit einem Präsenz, die gleichermaßen majestätisch wie unheimlich war. Die ersten Anunnaki, die die Allianztruppen zu Gesicht bekamen, waren groß, mindestens drei Meter hoch und von einer Aura umgeben, die fast leuchtete.

Ihre Körper schienen humanoid zu sein, doch es gab Unterschiede, die sie deutlich von jeder bekannten Lebensform unterschieden.

Manche hatten Köpfe, die an Tiere erinnerten, wie Löwen, Falken oder Schlangen. Ihre Augen leuchteten in einem intensiven, fremdartigen Licht, das gleichzeitig wissend und uralt wirkte. Andere Anunnaki hatten menschliche Gesichter, die jedoch von perfekter Symmetrie und einer kühlen, unnahbaren Schönheit geprägt waren.

Ihre Oberkörper wirkten muskulös und doch elegant, ihre Haut schimmerte in Tönen, die von Gold über Bronze bis hin zu tiefem Blau reichten.
Einige ihrer Körper schienen mit Rüstungen aus organischem Material verwachsen zu sein, während andere mit seltsamen Symbolen und Mustern tätowiert waren, die in einem pulsierenden Licht aufleuchteten.

Ihre Arme und Beine waren länger und beweglicher als die eines Menschen. Manche Anunnaki hatten tierische Elemente: Krallen an den Händen, Klauen an den Füßen oder sogar Flügel, die sie wie Götter erscheinen ließen.
Dr. Taskin und die Crew, die die Aufnahmen der Entertruppen analysierten, sprachen fast ehrfürchtig.
„Es ist, als wären sie direkt aus unseren Mythen entnommen.

Diese Wesen erinnern an die alten ägyptischen Götter, Anubis, Horus, Sobek. Aber es gibt auch Anklänge an die sumerischen Mythen, an Enki, Enlil und andere Mischwesen, die zwischen Menschen und Tier standen."

„Du meinst, unsere Vorfahren haben sie tatsächlich gesehen?" fragte Wood, der hinter ihr stand.

Taskin nickte langsam. „Wenn sie die Erde besucht haben, könnte das erklären, warum so viele alte Kulturen ähnliche Geschichten erzählen. Vielleicht waren sie die Vorlage für unsere Mythen."

Die Beobachtungen der Allianztruppen bestätigten diese Theorie. Die Anunnaki, die sie sahen, schienen in Gruppen zu agieren, die jeweils von einem bestimmten Mischwesen-Typus dominiert wurden und Vita analysierte die Gegner in Echtzeit: Die Falkenköpfigen, diese Anunnaki wirkten wie lebende Kriegerstatuen, mit scharfen Gesichtszügen und goldenen Federn, die ihre Köpfe umrahmten.

Ihre Bewegungen waren blitzschnell, und sie trugen Energiewaffen, die mit einem einzigen Schlag ganze Räume in Schutt und Asche legen konnten.

Die Schlangengestalten, diese Wesen hatten schlanke, geschmeidige Körper, ihre Haut schimmerte wie die Schuppen einer Schlange. Ihre Köpfe waren reptilienartig und ihre Augen funkelten hypnotisch.

Sie schienen die strategischen Anführer zu sein, immer einen Schritt voraus und fähig, ihre Umgebung zu manipulieren.

Die löwenartigen Wächter, mit mächtigen, muskulösen Körpern und Köpfen, die an Löwen erinnerten, waren diese Anunnaki die Frontkämpfer. Sie brüllten wie ein wildes Tier, während sie in den Nahkampf stürmten, ihre Klauen schnitten die Panzerungen wie durch das Papier.

Die Mischwesen mit Flügeln, diese Kreaturen waren die seltensten, aber auch die furchteinflößendsten.

Mit riesigen, schimmernden Flügeln, die wie eine Kombination aus Metall und Federwerk erschienen, schwebten sie über dem Schlachtfeld. Sie trugen mächtige Waffen und strahlten eine unheimliche Autorität aus, als wären sie die Richter des Universums.

Die Anunnaki hatten nicht nur eine physische Dominanz, sondern auch eine mentale Überlegenheit. Ihr Präsenz allein war einschüchternd, und einige der Allianzsoldaten berichteten von seltsamen Visionen, sobald sie ihnen zu nahekamen, sahen sie Bilder von alten Tempeln, fremden Planeten und Erinnerungen, die sie nicht einordnen konnten.

„Sie kommunizieren durch Gedanken", erklärte Taskin, die die Berichte studierte. „Es ist, als ob sie ihren Präsenz in unsere Köpfe projizieren können."

„Das ist nicht nur Kommunikation", erwiderte Wood.
„Das ist Kontrolle."
Die Allianztruppen kämpften tapfer, aber die Anunnaki waren
auf ihre eigenen Technologien vorbereitet.
Plötzlich begann die Struktur des Schiffes, sich zu verändern.
Wände bewegten sich, neue Gänge öffneten sich, und die
Truppen wurden voneinander getrennt.

„Commander!" rief der Enterkommandant über Funk.
„Das Schiff lebt! Es verändert sich, sie sperren uns ein!"
„Halten Sie Ihre Position", befahl Wood.
„Wir müssen mehr über sie herausfinden, bevor wir einen
Rückzug in Betracht ziehen."

Doch die Anunnaki hatten andere Pläne. Plötzlich tauchte eine
weitere Gruppe Mischwesen auf, riesige Kreaturen mit
elefantenartigen Köpfen und Armen, die wie gewaltige
Baumstämme wirkten.

Sie schienen Verteidigungseinheiten zu sein, die jede weitere
Bewegung der Allianz blockierten.
„Das ist keine Schlacht mehr", sagte Taskin leise.
„Das ist ein Test."

„Dann müssen wir bestehen", antwortete Wood entschlossen.
„Lassen Sie keine Gefangenen zurück – wir nehmen eines ihrer
Schiffe mit, oder wir gehen unter."

Die Übernahme des Anunnaki-Schiffs war ein schwer erkämpfter Sieg, doch es war nur der Anfang. Die Informationen, die die Allianz daraus gewinnen konnte, würden entscheidend für den weiteren Verlauf des Konflikts sein.

Doch Wood wusste, dass dieser Erfolg die Anunnaki nicht aufhalten würde. Sie würden zurückschlagen – stärker, schneller und noch gefährlicher.

Die Allianz wusste, dass sie an einem Wendepunkt der Geschichte stand. Der Kampf gegen die Anunnaki, die mythischen Mischwesen, die einst als Götter gefürchtet wurden, war mehr als ein militärischer Konflikt.

Es war eine Auseinandersetzung, die bis in die Ursprünge der Menschheit zurückreichte. Die Anunnaki hatten in den frühen Tagen der Zivilisation versucht, die Menschheit zu unterwerfen, sie als Diener und Untertanen zu nutzen. Doch es waren die Atlanider, die die Menschen beschützt und ihnen Freiheit und Wissen geschenkt hatten.

Die Atlanider, eine uralte Zivilisation von überwältigender Intelligenz und Weisheit, hatten die Menschheit nach ihrem Ebenbild geschaffen. Sie sahen in den Menschen das Potenzial, sich zu entwickeln, zu wachsen und eines Tages ihre eigenen Entscheidungen zu treffen.

Die Atlanider hatten den Menschen nicht nur körperliche Ähnlichkeit verliehen, sondern auch die Fähigkeit zur Kreativität, zur Anpassung und zum Widerstand gegen Unterdrückung.

„Ohne die Atlanider wären wir nichts weiter als Sklaven gewesen", sagte Dr. Taskin, während sie die neuesten Daten der Schlacht betrachtete.

„Es war ihr Einfluss, der uns gezeigt hat, was es heißt, frei zu sein. Die Anunnaki wollten uns als Untertanen, aber die Atlanider haben uns gelehrt, uns zu wehren."

Commander Wood stand neben ihr und nickte nachdenklich. „Sie haben uns nicht nur nach ihrem Ebenbild geschaffen. Sie haben uns eine Wahl gelassen. Das ist der Unterschied."
Die Anunnaki waren Mischwesen, Kreaturen, die halb Tier, halb humanoid waren, und von einer erschreckenden Überlegenheit. Ihre Gestalten erinnerten an die Götterfiguren aus den Mythen: löwenartige Wächter, falkenköpfige Krieger, schlangenartige Strategen und andere furchteinflößende Wesen.
In der Antike waren sie auf die Erde gekommen, hatten die frühen Zivilisationen geprägt und sich als Götter verehren lassen. Doch hinter dieser Maske der Göttlichkeit verbarg sich ein Ziel, die Kontrolle und Unterwerfung der Menschen.
„Die Anunnaki wollten nie etwas anderes, als uns zu beherrschen", sagte Taskin mit leiser Wut. „Aber sie haben nicht damit

gerechnet, dass wir die Lektionen der Atlanider so gut gelernt haben."

Die Atlanider hatten den Menschen Wissen und Werkzeuge hinterlassen, die über Generationen weitergegeben worden waren — in Mythen, in Technologien, die erst jetzt entschlüsselt wurden, und in einer Philosophie, die die Freiheit des Individuums betonte.

Ihre Vermächtnisse waren überall.

Selbst in den modernsten Systemen der Allianz lebten ihre Lehren fort: in den Helios-Peitschen, in den autonomen Drohnen-KIs und in den strategischen Koordinations-Netzwerken, die die vereinte Flotte der Menschheit lenkten.

Doch diesmal war die Geschichte nicht dieselbe.

Einst, in der fernen Vergangenheit, waren die Atlanider nicht ausreichend bewaffnet gewesen. Ihre wissenschaftliche Überlegenheit hatte ihre militärische Verwundbarkeit nicht ausgleichen können.

Als die Bedrohung kam, blieb ihnen nur der Rückzug — die Flucht mit Atlantis, hinaus aus einer Welt, die sie nicht mehr schützen konnten.

Es war eine Niederlage gewesen, die sich in ihr kollektives Gedächtnis eingebrannt hatte.

Eine, die sie nie wieder zulassen wollten.

Nun aber standen sie nicht mehr allein.

Sie kämpften nicht mehr als isolierte Hüter eines verlorenen Wissens, sondern Seite an Seite mit der Menschheit — mit einer Spezies, die sie einst vorbereitet, geführt und heimlich beschützt hatten. Gemeinsam verfügten sie über eine Stärke, die es damals nicht gegeben hatte:

Atlanidische Weisheit.
Menschliche Entschlossenheit.
Und eine vereinte Flotte, geboren aus beiden Vermächtnissen.

Sollten die Anunnaki erneut versuchen, die Erde oder ihre Kolonien zu unterwerfen, würden sie nicht auf eine verstreute, unvorbereitete Zivilisation treffen —sondern auf eine Allianz, die aus der Vergangenheit gelernt hatte.
Und diesmal…
würde niemand fliehen müssen.

„Sie haben uns auf diesen Moment vorbereitet", sagte Taskin, als sie eine holografische Projektion der Schlacht analysierte. „Alles, was wir wissen, alles, was wir können, basiert auf dem, was sie uns hinterlassen haben.
Sie haben uns nicht verlassen, sie haben uns befähigt."

„Die Anunnaki sehen uns immer noch als schwach", sagte Wood. „Aber sie haben nicht damit gerechnet, dass die Atlanider uns nicht nur geschaffen haben, sondern uns auch die Werkzeuge gegeben haben, uns gegen sie zu wehren."

LEBENSZEICHEN

Eine Botschaft aus der Zukunft überrasche nach diesen hektischen Tagen alle und bestätigte, dass ihr Kampf nicht umsonst war. Der Kommandoraum der Pluto Station war in gedämpftes Licht getaucht. Die große Projektionsfläche schimmerte blau, als die Nachricht von den Generationsschiffen plötzlich eintraf.

Dr. Taskin und Commander Wood, die in Vorbereitung auf ihre Rückreise zur Erde waren, hatten sich ein letztes Mal auf der Brücke versammelt. Das gesamte Team hielt den Atem an, während die lange erwartete Übertragung begann.

Die holografische Darstellung des Wissenschaftlers erschien, gestochen scharf und voller Details, als ob er direkt im Raum stünde. Im Hintergrund war das metallische Innere der *Botanika Eden* zu erkennen, das von einem weichen, warmen Licht durchflutet wurde. Seine Stimme war klar und voller Enthusiasmus.

„Hier spricht Dr. Elena Marquez von dem Botanika-Eden. An Commander Wood, Dr. Taskin und an die Menschheit auf der Erde: Was wir Ihnen jetzt zeigen werden, wird die Grenzen Ihrer Vorstellungskraft sprengen."
Die Projektion wechselte. Auf der Leinwand erschien ein beeindruckendes Bild eines Planetenpaares.

Ein grüner, erdähnlicher Planet und ein blauer, schimmernder Wasserplanet, die einander im All umkreisten.

Der Anblick war atemberaubend: Wolkenformationen zogen über die Kontinente, während der Ozean des Nachbarplaneten in einem tiefen Blau leuchtete.

„Wir haben ein Doppelplanetensystem in der habitablen Zone von Alpha Centauri B entdeckt", erklärte Marquez. „Zwei Planeten, die einander umkreisen und gleichzeitig um ihren Stern kreisen.

Der eine ist ein erdähnlicher Gesteinsplanet mit einer stabilen Atmosphäre, Flüssen und Bergen. Der andere ist ein Wasserplanet mit einem globalen Ozean, der möglicherweise auch Leben beherbergen könnte."

Die holografischen Bilder wechselten zu Nahaufnahmen: riesige Bergketten, endlose Wälder und kristallklare Flüsse auf dem Gesteinsplaneten.

Dann glitten sie über die Wellen des Wasserplaneten, wo riesige Ozeanwinde die Oberfläche kräuselten.

Die Details waren so lebendig, dass es fast greifbar erschien.

„Diese beiden Planeten bieten die besten Chancen für eine langfristige Besiedlung. Wir planen, innerhalb eines Jahres ihre wichtigsten Regionen zu kartieren und die endgültigen Landezonen festzulegen."

Die Stimme hielt kurz inne, bevor Marquez hinzufügte:

„Aber das ist nicht alles."

Die Projektion wechselte zu einem größeren Sternensystem. Weitere Planeten wurden markiert, ihre Positionen in Bezug auf Alpha Centauri B hervorgehoben.

„Neben den Doppelplaneten haben wir in der habitablen Zone weitere Welten entdeckt.

Ein zweiter Gesteinsplanet, weiter draußen, scheint wüstenähnlich, aber mit einer dünnen Atmosphäre und möglichen Oasen. Ein Mond, der einen Gasriesen umkreist, hat hohe Konzentrationen an Metallen und könnte ein idealer Standort für Rohstoffgewinnung sein. Und noch ein weiterer Wasserplanet, teils von Eiskappen bedeckt, könnte unter der Oberfläche Leben verbergen."

Die Daten sprühten vor Informationen, doch die größte Überraschung folgte.

Die Projektion zoomte hinaus – zu Proxima Centauri.

„Wir haben Anzeichen von bewohnbaren Welten auch bei Proxima Centauri gefunden", fuhr Marquez fort.

„Ein marsähnlicher Planet mit chemischen Spuren, die auf Leben hindeuten könnten. Und ein weiterer Planet mit einem sehr besonderen Signal. Die Daten sind noch nicht eindeutig, aber es könnte sich um Anzeichen einer Zivilisation handeln."

Ein ehrfürchtiges Schweigen legte sich über den Raum.

Taskin und Wood tauschten Blicke aus, und in ihren Augen spiegelte sich die Bedeutung dieser Entdeckung.

„Da diese Nachricht nur in eine Richtung gesendet wird", erklärte Marquez abschließend,
„werden wir weiterhin unsere Fortschritte dokumentieren.
Wir hoffen, dass unsere Daten Sie erreichen und die Menschheit inspiriert, den Weg ins Universum fortzusetzen.
Unsere Mission geht weiter."

Die Übertragung endete, und der Raum blieb still.
Taskin atmete tief ein.
„Das ist nicht nur der Beginn einer neuen Ära", sagte sie, ihre Stimme leise. „Das ist eine Botschaft aus der Zukunft."

Wood nickte und sah nach draußen, wo das Licht der fernen Sonne auf die eisige Oberfläche von *Pluto* fiel.

„Wir kehren zur Erde zurück", sagte er,
„aber die Menschheit – sie wird weitermachen."

Die Schlacht um Kuipergürtel war gerade beendet und die Atmosphäre auf dem Mars war geladen.
In der Kommandozentrale der Allianz „Solaris", tief unter der Oberfläche der roten Wüste verborgen, liefen Datenströme aus allen Winkeln des Sonnensystems zusammen.
Holografische Karten zeigten die Kämpfe in Echtzeit.

Es war ein komplexes Netz aus strategischen Bewegungen, Angriffen und Verteidigungen – ein Tanz aus Licht und Schatten, der über das Schicksal der Menschheit entscheiden würde.

„Ceres meldet schwere Angriffe", rief ein Offizier über den Lärm hinweg. „Die Atlanider halten die Stellung, aber die Anunnaki haben offenbar versucht, Pluto Station von hinten zu umgehen. Sie haben nicht damit gerechnet, dass unsere Verteidigung so weitreichend ist."

General Alya Dray stand regungslos vor der Projektion, ihre Augen fest auf die leuchtenden Linien gerichtet, die die Bewegungen der feindlichen Flotten markierten.

„Bericht über Verluste?" fragte sie mit fester Stimme.

„Ceres hat den Großteil der Angriffe abgewehrt.

Ihre automatisierten Verteidigungssysteme und die Unterstützung der Atlanider haben schwere Verluste bei den Angreifern verursacht.

Die Anunnaki haben es nicht geschafft, sich zu formieren. Ihre Schiffe wurden buchstäblich aus dem Nichts angegriffen."

Alya nickte langsam. Die Atlanider hatten sich als unverzichtbare Verbündete erwiesen.

Seit Jahrtausenden hatten sie die Menschheit aus dem Verborgenen begleitet. Eine uralte Zivilisation, die ihr Wissen und ihre Technologien bereitstellte, um die Menschheit auf diesen Moment vorzubereiten.

Jetzt kämpften sie Seite an Seite oder besser gesagt, die Menschheit kämpfte endlich mit der Stärke, die sie sich durch diese Jahrtausende der Anleitung verdient hatte.

„Die Hauptangriffe sind abgewehrt", meldete ein anderer Offizier. „Die Anunnaki haben versucht, die Station durch eine Flankenbewegung zu überraschen.

Aber unsere Verteidigungssysteme und die Bereitschaft der Allianz haben sie zurückgedrängt.

Es scheint, als hätten sie unseren strategischen Zusammenhalt unterschätzt."

Ein gewaltiges Hologramm spannte sich über die Kommandozentrale.

Im kalten Licht der Projektion trieben die Überreste der feindlichen Flotte durch das All — zerschmettert, verbrannt, auseinandergerissen. Die Trümmer wirkten wie zerborstene Kometen, von titanischen Energiewaffen aus ihrer Bahn Gerissen. Gigantische außerirdische Schiffsrümpfe, einst Symbole überlegener Macht, schwebten nun reglos im Vakuum — aufgeschlitzt, aufgerissen, von glühenden Narben durchzogen. Metallische Fragmente funkelten im fernen Sonnenlicht wie ein makabrer Sternenregen.

Ein stummes Gräberfeld im All.

Niemand sprach.

Selbst die sonst unablässig arbeitenden Konsolen waren verstummt, als würde die Technik selbst vor dem Anblick innehalten.

Ehrfurcht lag in der Luft — schwer, greifbar.

Doch darunter lauerte etwas anderes.

Schrecken.

Nicht nur über die Zerstörung…

sondern über die Erkenntnis, wozu sie fähig geworden waren.

Alya trat einen Schritt näher an die Projektion heran.

Das kalte Licht spiegelte sich in ihren Augen, während sie die schwebenden Wracks betrachtete.

Als sie sprach, war ihre Stimme kaum mehr als ein Flüstern —
und doch hallte jedes Wort durch die Zentrale, als würde der
Raum selbst zuhören.

„Wir haben heute etwas erreicht…"
Sie hielt inne, suchte nach Worten, die der Dimension dieses
Moments gerecht werden konnten.
„…etwas, das viele für unmöglich hielten."
Ihr Blick wanderte über die Trümmerfelder —
über die zerschlagenen Symbole einer uralten Macht.

„Die Menschheit hat sich vereint."
Ein leiser Atemzug.
„Nicht, weil wir es wollten…"
Sie sah zu den Offizieren, den Ingenieuren, den Atlanidern, den
KI-Avataren, die als Lichtgestalten zwischen den Stationen
standen. „…sondern weil wir mussten."

Ihre Stimme gewann an Tiefe.
An Gewicht.
„Wir wurden gezwungen, unsere Unterschiede zu überwinden.
Unsere Kriege zu beenden.
Unser Misstrauen zu begraben."

Sie hob leicht die Hand — und das Hologramm zoomte heraus,
zeigte nicht nur die Trümmer, sondern die vereinte
Allianzflotte, die wie ein schützender Ring im All stand.

„Und genau diese Einheit…"

Ein kurzer Moment Stille.

Dann:

„…hat uns stark gemacht."

Ihre Worte verhallten nicht.

Sie brannten sich in jeden Anwesenden ein — wie ein Schwur, der unausgesprochen von allen geteilt wurde.

Denn während draußen die Wracks der Anunnaki trieben… wusste jeder im Raum:

Das war kein Ende.

Es war erst der Anfang eines Krieges, den sie nur gemeinsam überleben konnten.

Die Überraschung der Angreifer war fast sichtbar und auf der Zwergplanetenbasis Ceres war die Lage ähnlich angespannt. Die Verteidigungssysteme, die die Atlanider über Jahrhunderte hinweg entwickelt hatten, waren plötzlich in Aktion getreten.

Türme aus purem Metall erhoben sich aus der Oberfläche des Zwergplaneten, und gewaltige Energiestrahlen durchschnitten die Dunkelheit des Alls.

„Sie kommen von hinten!", meldete ein atlanidische Offizier. Seine Haut leuchtete schwach im Dämmerlicht der Kommandozentrale.

„Dann werden wir sie von hinten empfangen", erwiderte der Kommandant, ein Atlanider namens Kael Oran.

Seine Stimme war ruhig, fast gelassen. „Lassen wir sie sehen, was es heißt, gegen die Erben von Atlantis zu kämpfen."

Die Angreifer hatten keine Chance. Während sie versuchten, ihre Positionen um Ceres herum zu stabilisieren, wurden sie von hochpräzisen Strahlenwaffen getroffen, die ihre Schiffe in einem einzigen Schlag zersetzten. Die feindliche Formation zerbrach wie ein Kartenhaus im Sturm.

„Bericht an Solaris", befahl Kael, als die letzte Welle der Angreifer zerstört wurde.

„Ceres bleibt standhaft."

NEW RENAISSANCE

Die Menschheit rückte zusammen, die Sterne über der Erde funkelten wie eh und je, doch in jener Nacht strahlten sie heller, durchbrochen von glühenden Lichtern, die selbst die kältesten Herzen erwärmten. Es waren nicht nur Explosionen, die bis zur Erde sichtbar waren, sondern ein leuchtendes Symbol für den Zusammenhalt und die Stärke, die die Menschheit wiederentdeckt hatte.

Ein Komet, dessen Kurs einst als unaufhaltsame Katastrophe galt, war von der vereinten Anstrengung der Menschheit und ihrer neuen Verbündeten einfach umgelenkt worden.
Für einen Augenblick hielten Milliarden von Menschen auf der Erde und darüber hinaus den Atem an, als sie das Ereignis live verfolgten und dann brach ein Jubelsturm los, der um den gesamten Planeten hallte.

Die Menschheit hatte es geschafft, das Sonnensystem vor einer Bedrohung zu retten, die sonst ganze Generationen ausgelöscht hätte.

Der Triumph gegen den Kometen und die Erfolge im Konflikt mit den Anunnaki hatten sogar die lautesten Kritiker und Verschwörungstheoretiker verstummen lassen.
Zum ersten Mal seit Jahrzehnten wurden Behauptungen nicht mehr unüberlegt in die Welt gesetzt.

Die Menschen hatten gelernt zu hinterfragen.

Nicht zögerlich.

Nicht halbherzig.

Radikal.

Nichts wurde mehr einfach geglaubt, nur weil es von oben
verkündet wurde — weder von Regierungen noch von
Konzernen oder militärischen Sprechern.
Jede Behauptung wurde geprüft, jede Statistik gegengecheckt,
jede offizielle Version mit unabhängigen Daten abgeglichen.
„Fake-Checks" waren kein Trend mehr,
sondern gesellschaftlicher Reflex geworden.

Die Menschheit hatte zu viel erlebt, um noch naiv zu sein.

Zu oft hatten politische Führer — selbst in jenen Staaten,
die sich einst als Leuchttürme der Freiheit inszenierten —
die Wahrheit gedehnt, gebogen oder offen verdreht.
Präsidenten, Minister, Machteliten hatten Unwahrheiten
verbreitet, Krisen beschönigt oder Schuld verschoben.

Noch perfider waren die Mechanismen autoritärer Systeme
gewesen. Dort hatte man äußere Feinde beschworen,
Bedrohungen konstruiert oder bewusst übertrieben,
um die eigene Bevölkerung in Angst zu halten.
Angst war das älteste Herrschaftsinstrument —
wer sich fürchtete, stellte keine Fragen.

Doch diese Rechnung ging nicht mehr auf.

Die vernetzte Menschheit ließ sich nicht länger einsperren —
weder physisch noch geistig. Informationsmonopole zerfielen.
Propaganda verlor ihre Wirkung, sobald sie auf eine Generation
traf, die gelernt hatte, Quellen zu vergleichen und Narrative zu
zerlegen.

Gleichzeitig hatte sich ein weiterer, lange geforderter Wandel
durchgesetzt — besonders in Europa, wo man seit jeher auf
gesellschaftliche Verantwortung im öffentlichen Diskurs
gepocht hatte. Soziale Netzwerke unterlagen nun verbindlichen
zivilisatorischen Regeln, einem digitalen „Zivilisationskodex"
wie man es nannte.

Hetze, gezielte Desinformation und aufwieglerische
Manipulation wurden nicht mehr geduldet.
Inhalte, die nachweislich spalteten oder Gewalt schürten,
verschwanden innerhalb von Minuten aus den Netzen.
Konten, die wiederholt Lügen verbreiteten oder
Hasskampagnen steuerten, wurden systematisch entfernt.
Nicht als Zensur — sondern als Selbstschutz einer aufgeklärten
Zivilisation.

Denn man hatte verstanden:
Freiheit der Meinung bedeutete nicht Freiheit zur
systematischen Zerstörung von Wahrheit.

Stimmen, die früher durch Algorithmen verstärkt worden waren, verloren ihre Bühne. Die lautesten Provokateure verstummten, sobald ihnen das Echo genommen wurde.

Die Menschen wurden unbequemer.
Selbstbewusster.
Widerständiger im Denken.

Sie akzeptierten keine leeren Parolen mehr, keine politischen Schauspieler, keine professionellen Täuscher.
„Dummschwätzer" — ein Wort aus einem historischen Interview — war zum geflügelten Begriff geworden für all jene, die glaubten, Lautstärke könne Kompetenz ersetzen.

Entscheidend war nicht mehr, *wer* sprach —
sondern *was belegbar war*.

Ein neues Fundament entstand:
Selbstbestimmung.
Nicht gewährt von Staaten.
Nicht verliehen von Ideologien.
Sondern beansprucht von jedem einzelnen Menschen —
unabhängig von Herkunft, Kultur oder Hautfarbe.

Und vielleicht war genau das ihre größte Stärke im Angesicht der kosmischen Bedrohung: Eine Menschheit, die sich nicht mehr gegeneinander aufhetzen ließ, konnte auch von außen nicht mehr so leicht gebrochen werden.

Auf Neo Atlantis, jener strahlenden Insel unter der mächtigen Glaskuppel, war die Geschichte der Menschheit für jedermann zugänglich. Die Bibliothek von New Alexandria war nicht nur ein Archiv, sondern ein Werkzeug, das die Vergangenheit schonungslos beleuchtete.

Die großen Machtinhaber der Geschichte, die einst ihre Narrative manipuliert hatten, um ihre Herrschaft zu festigen, wurden entlarvt.

Im Licht der neu geöffneten Archive begann die Menschheit, ihre eigene geistige Geschichte mit einer Nüchternheit zu betrachten, die früher undenkbar gewesen wäre.

Was über Jahrtausende als unantastbar gegolten hatte, wurde nun Gegenstand offener Analyse:
Religion, Glaube, Heilsversprechen —
jene unsichtbaren Geflechte, die Zivilisationen geformt, aber auch voneinander getrennt hatten.

Viele erkannten erstmals das doppelte Gesicht dieser Systeme. Einerseits hatten sie Trost gespendet, Halt gegeben in Zeiten von Krankheit, Krieg und existenzieller Angst.

Sie hatten Gemeinschaft geschaffen, Rituale, Hoffnung über den Tod hinaus. Doch andererseits zeigte sich, dass dieselben Strukturen, die Stärke versprachen, nicht selten auf Abhängigkeit beruhten.

Ein moderner Philosoph hatte dieses Spannungsfeld einst als „parasitär" bezeichnet — nicht im Sinne eines plumpen Vorwurfs, sondern als strukturelle Analyse:
Systeme, die sich von der existenziellen Furcht des Menschen nährten, während sie zugleich vorgaben, ihn zu erlösen.

Je tiefer die Menschen in die Dokumente der großen Bibliothek eintauchten, desto klarer wurde das Muster:
Angst war oft das Fundament.
Hoffnung die Währung.
Gehorsam die Gegenleistung.
Die Drohung ewiger Verdammnis — Feuer, Hölle, Ausschluss — hatte Generationen diszipliniert.
Nicht nur moralisch, sondern sozial und politisch.

Und während die Gläubigen ihre Blicke zum Himmel erhoben, wuchsen auf der Erde Monumente aus Gold, Marmor und Glas.
Gigantische Gotteshäuser, errichtet im Namen des Göttlichen — und doch gebaut von den Händen der Armen, finanziert durch ihre Abgaben, ihre Schuldgefühle, ihre Angst vor dem Jenseits.

Einige Historiker formulierten es nüchtern:
„Man lehrte die Menschen, nach oben zu blicken — damit sie nicht sahen, wer vor ihnen stand."
Auch Praktiken wie die Beichte wurden neu bewertet.
Was einst als spirituelle Reinigung galt, erschien nun vielen als ein System freiwilliger Selbstentblößung.

Intime Geständnisse, abgelegt im Namen göttlicher Vergebung, verwaltet von menschlichen Institutionen.

Die Frage, die daraus erwuchs, war so schlicht wie erschütternd: *Mit welchem Recht sprach ein Mensch im Namen eines Gottes über Schuld, Strafe und Erlösung eines anderen?*

Diese Frage gewann noch mehr Gewicht, als die Realität selbst sich veränderte. Denn nun wandelten Wesen unter den Menschen, die keine Propheten, sondern Zeugen waren.

Zivilisationen, älter als jede irdische Religion.
Intelligenzen, die die Sterne bereist hatten, während auf der Erde noch Mythen geboren wurden.

Ihre bloße Existenz verschob den geistigen Schwerpunkt der Menschheit. Wenn „Götter" greifbar wurden — sterblich, fehlbar, wissenschaftlich erklärbar — zerfiel die metaphysische Exklusivität der alten Glaubenssysteme.

Der Begriff *Glaube* selbst wurde neu diskutiert.

Ein Denker jener Ära formulierte es so:
„Glaube war stets ein Gleichgewicht aus Unwissen und Hoffnung — fünfzig Prozent Nichtwissen,
fünfzig Prozent Sehnsucht, dass es wahr sein möge."

Doch mit wachsendem Wissen schrumpfte der Raum des Nichtwissens und damit wandelte sich auch die Rolle der Religion.

Sie verlor ihre Stellung als absolute Wahrheit — und wurde zu dem, was sie für viele im Kern immer gewesen war:
Ein kulturelles, psychologisches und historisches Konstrukt.
Bedeutend, prägend — aber nicht unfehlbar.

Besonders sichtbar wurde dieser Wandel in der Neubewertung gesellschaftlicher Machtstrukturen.
Die Rolle der Frauen rückte ins Zentrum der Aufarbeitung.
Über Jahrtausende hinweg hatten religiöse und ideologische Systeme ihre Stimmen begrenzt, ihre Körper reguliert, ihre Selbstbestimmung eingeschränkt — oft legitimiert durch „göttliche Ordnung".

Nun, im Licht der vollständigen Archive, wurde diese Ordnung als menschengemacht erkannt.
Nicht göttlich.
Nicht naturgegeben.
Sondern historisch konstruiert.

Und mit dieser Erkenntnis begann eine leise,
aber unaufhaltsame Verschiebung.
Frauen auf allen Welten, in allen Kolonien, erhoben sich nicht im Zorn, sondern im Bewusstsein ihrer lange gebremsten Kraft.

Sie wurden zu Trägerinnen von Wissenschaft,
Diplomatie,
Ethik und interstellarer Politik.

Nicht, weil man es ihnen gewährte — sondern weil nichts mehr ihre Teilhabe rechtfertigbar begrenzen konnte.

So entstand eine neue Ära der Aufklärung.
Keine, die Glauben verbot —
sondern eine, die ihn entmachtete.
Glaube wurde privat.
Wissen wurde öffentlich.

Autorität musste sich fortan beweisen — nicht behaupten.

Und zum ersten Mal in ihrer Geschichte blickte die Menschheit nicht mehr nach oben, um geführt zu werden —
sondern nach vorn, um gemeinsam zu gehen.

Eine globale Renaissance entstand durch das digitale Netzwerk.
Das nun alle Menschen miteinander verband, hatte jeder Zugang zu Bildung und Wissen.
In den entlegensten Winkeln der Welt konnten Kinder lernen, Erwachsene ihre Träume verwirklichen und Gemeinden wachsen.
Populisten, die einst durch Falschbehauptungen und Angstpropaganda Macht erlangten, wurden mehr und mehr belächelt.
Die Wahrheit war jetzt eine Kraft, die niemand mehr ignorieren konnte.

Die Novo Moai, jene ruhigen Inselbewohner, die sich einst zwischen den Menschen und den „Außerirdischen Göttern" eine friedliche Existenz erarbeitet hatten, wurden zu Vorbildern.

Sie lebten in einer Symbiose mit ihrer Umgebung und bewiesen, dass nachhaltige Lebensweisen nicht nur möglich, sondern auch der Schlüssel zu Wohlstand für alle sein konnten.

Ihre Prinzipien der Harmonie und des Respekts vor der Natur inspirierten Menschen auf der ganzen Welt.

Besonders in Chile, einem Land, das lange Zeit unter der Wasserknappheit und den Ausbeutungen der Großkonzerne gelitten hatte, wurde der Wandel greifbar.
Einst war die Produktion von Avocados ein Symbol für den rücksichtslosen Raubbau an Ressourcen gewesen, bei dem Flüsse austrockneten und Menschen auf Wassertankwagen angewiesen waren.

Doch diese Machtverhältnisse wurden beendet.
Die Wasserversorgung wurde der Kontrolle der Konzerne entrissen und wieder in die Hände des Volkes gelegt.

Neue, nachhaltige Bewässerungstechniken, die an die goldenen Zeiten der Inka erinnerten, wurden eingeführt und veränderten das Land. Chile war kein Entwicklungsland mehr, es wurde ein Vorreiter für eine nachhaltige Zukunft.

Ein globaler Kodex hatte sich still und beinahe unbemerkt durchgesetzt.

Nicht durch Zwang.

Nicht durch Kriege.

Sondern durch Erkenntnis.

Die Weltgemeinschaft hatte endlich verstanden, dass die Erde nicht nur ein Planet war — sie war das einzige Zuhause, das sie jemals gehabt hatten.

Und vielleicht das einzige, das sie je haben würden.

In den großen Versammlungshallen der Allianz, deren gläserne Kuppeln den Blick auf die Sterne freigaben, wurden die neuen Grundsätze formuliert.

Keine Nation sprach mehr nur für sich selbst.

Sie sprachen für die Spezies.

„Wir haben Jahrhunderte gebraucht, um zu begreifen, was selbstverständlich hätte sein müssen", sagte Ratsvorsitzende Elira Mendez mit ruhiger Stimme.

„Dass jeder Mensch — ganz gleich, wo er geboren wurde — ein Grundrecht besitzt."

Ein Hologramm erschien über dem runden Tisch.

Darin schwebte die Erde, verletzlich, blau, wunderschön.

„Das Recht auf saubere Luft.

Das Recht auf reines Wasser.

Und das Recht auf biologisch unbelastete Nahrung."

Man hörte kein Widersprechen — nur leise, respektvolle
Zustimmung. „Nicht als Privileg", fuhr sie fort,
„sondern als unveräußerliches Existenzrecht."

Dr. Ayla Kessler, die aus der Ceres-Station zugeschaltet war,
nickte zustimmend.

„Wir haben Kolonien im All aufgebaut, in lebensfeindlichen
Umgebungen — und dort schaffen wir es, perfekte Kreisläufe
zu etablieren. Wie konnten wir akzeptieren, dass auf der Erde
selbst Menschen vergiftete Luft atmen mussten?"

Ein Vertreter der ehemaligen Industriekonzerne räusperte sich.
„Diese Umstellungen kosten Ressourcen.

Ganze Produktionsketten müssen neu aufgebaut werden."

Bevor er weitersprechen konnte, schaltete sich Commander Lin
ein, ihre Stimme scharf wie ein Laserstrahl:

„Ressourcen?"

Sie beugte sich vor.

„Sie meinen Profite."

Stille.

„Die Zeit, in der wirtschaftliche Interessen über dem Überleben
der Spezies standen, ist vorbei."

Der Kodex ging jedoch weiter.

Tierquälerei wurde weltweit geächtet — nicht mehr als moralische Debatte, sondern als Rechtsbruch gegen das ökologische Gleichgewicht.

Massentierhaltung verschwand.

Genetisch optimierte Zellkulturen und pflanzenbasierte Nahrungsproduktion ersetzten sie.

„Wir haben erkannt", erklärte Bioethiker Rahman, „das Leid — ganz gleich in welcher Spezies — ein Preis ist, den wir nicht länger zahlen dürfen."

Doch die vielleicht radikalste Reform war wirtschaftlicher Natur. Der sogenannte Existenzfonds.

Ein planetarer Grundsicherungsmechanismus, gespeist aus Ressourcenabgaben, automatisierter Produktion und interplanetarem Handel.

Sein Ziel war einfach — und revolutionär:

Armut beenden.

Abhängigkeit beenden.

Ausbeutung beenden.

In einer Gesprächsrunde auf Terra-Nova sagte eine junge Technikerin, deren Familie einst in Slums gelebt hatte:

„Zum ersten Mal bedeutet Arbeit Würde — nicht überleben."

Neben ihr stand ein ehemaliger Bergarbeiter.

„Früher haben wir unsere Körper verkauft, weil wir keine Wahl hatten", sagte er leise.

„Heute arbeiten wir, weil wir etwas aufbauen wollen."

Selbst mächtige Konzerne mussten sich beugen.
Die sogenannten **Terra-Ressource-**Bewegungen hatten
Produktionsweisen offengelegt, Umweltverbrechen
dokumentiert und politischen Druck aufgebaut, bis kein
Unternehmen mehr außerhalb des Kodex operieren konnte.

Plastikmüll wurde nicht nur recycelt — er wurde zur Rohstoff-
quelle einer neuen Industrie.
Ozeane begannen sich zu regenerieren.
Megastädte wurden begrünt.
Smog verschwand aus Himmeln, die Generationen lang grau
gewesen waren.

In einer Szene auf der Erde stand ein Kind auf einem Hügel
außerhalb von Neu-Delhi und blickte in den klaren Himmel.
„Ist das… wirklich die Milchstraße?" fragte es.
Sein Großvater lächelte.
„Ja. Früher konnten wir sie nicht sehen."
„Warum nicht?"
Der alte Mann zögerte.
„Weil wir vergessen hatten, wie man auf seinen eigenen
Planeten aufpasst."

Der Wandel war nicht mehr nur ein politisches Programm.

Er war kulturell geworden.

Zivilisatorisch.

Fast spirituell.

Die Menschen begannen zu begreifen, dass Fortschritt nicht bedeutete, mehr zu verbrauchen, sondern besser zu bewahren.

Commander Ender formulierte es während einer Allianzansprache so: „Wir haben Verteidigungslinien im All errichtet, um äußere Feinde abzuwehren.
Aber der gefährlichste Feind war immer unsere eigene Kurzsichtigkeit.
Dieser Kodex…"

Er blickte in die Kamera, die Botschaft wurde auf Erde, Mars und die Gürtelkolonien übertragen.
„…ist die erste Verteidigungslinie der Menschheit — gegen sich selbst."
So wurde der Globale Kodex nicht als Gesetzbuch verstanden. Sondern als Reifeprüfung einer Spezies, die am Rand der Auslöschung gelernt hatte, dass Überleben nur gemeinsam möglich war.

Auch die Militärausgaben wurden neu verteilt.

Anstatt in Kriege zu investieren, flossen die Mittel direkt in die Solaris-Flotte, die den Schutz der Erde und den Vorstoß in neue Welten garantierte.

Die Vision einer vereinten Menschheit wurde spürbar, und die Entdeckung neuer Planeten entfachte den Pioniergeist.
Zum ersten Mal in der Geschichte kamen sich die Menschen wirklich näher, nicht durch Eroberung, sondern durch Zusammenarbeit.

Natürlich versuchten einige religiöse Gruppen weiterhin, ihre Anhänger mit den alten Dogmen zu halten. Doch die Menschen waren nicht mehr so leicht zu täuschen.
Die Ereignisse im Weltraum hatten ihnen gezeigt, was Spaltung bedeutete. Sie wollten keine neuen Mauern zwischen sich ziehen – sie wollten Brücken bauen.

So blieben viele Gotteshäuser leer.
Ein Blick in die Zukunft zeigte, dass die Veränderungen überall spürbar waren. Die Erde begann sich zu heilen, und die Menschheit wuchs über sich hinaus.
Die Fehler der Vergangenheit waren nicht vergessen, aber sie dienten als Mahnung. Die Welt war noch lange nicht perfekt, doch der Kurs war gesetzt.
Ein Kurs in eine Zukunft, in der Wissen, Gleichheit und Zusammenarbeit die treibenden Kräfte waren.

Es war der Anfang einer neuen Ära, einer Ära, in der die Sterne nicht länger unerreichbar schienen.

Der *Independent Day* wurde zu einem weltweiten Symbol der Einheit und Hoffnung, ein Tag, an dem die Menschheit sich selbst feierte.
Nicht für die Eroberung von Land oder den Sieg in Kriegen, sondern für den Triumph über ihre eigenen Grenzen.

Es war der Tag des Umbruchs, an dem alte Strukturen fielen und eine neue Ära begann, die von Gleichheit, Freiheit und Zusammenarbeit geprägt war.

Die Feierlichkeiten erstreckten sich über den gesamten Globus und darüber hinaus.
Von den schillernden Straßen von Neo Atlantis bis zu den entlegensten Dörfern in den Anden erstrahlte die Erde in einem Lichtermeer. Überall sah man holografische Darstellungen, die die gemeinsamen Errungenschaften der Menschheit zeigten.

Die Umleitung des Kometen, die Niederlage der Anunnaki und die Etablierung nachhaltiger Lebensweisen, die den Planeten langsam heilten.

Doch der Independent Day war mehr als nur ein Fest. Er war eine Erinnerung daran, wie tief die Menschheit einst gespalten war und wie nahe sie der Selbstzerstörung gekommen war.

Die schmerzhaften Lehren der Vergangenheit wurden nicht vergessen, sondern dienten als Fundament für die neue Weltgemeinschaft.

In den Städten und Gemeinden hielten Menschen zusammen, unabhängig von ihrer Herkunft, Hautfarbe oder Religion. Schulen veranstalteten Programme, die die Bedeutung von Bildung und Wissen hervorhoben.

Museen und Archive öffneten ihre Tore und zeigten kostenlos die Wahrheiten, die einst verborgen oder verzerrt worden waren. Besonders die Bibliothek von New Alexandria auf Neo Atlantis wurde an diesem Tag zum virtuellen Mittelpunkt des Wissens.

Millionen schalteten sich digital ein, um die Geschichte der Menschheit neu zu erleben und zu verstehen.

Die Menschen trugen an diesem Tag Kleidung, die ihre Vielfalt und Herkunft zelebrierte. Tänze, Lieder und Geschichten aus verschiedenen Kulturen wurden geteilt, nicht, um Unterschiede hervorzuheben, sondern um zu zeigen, dass diese Unterschiede die Menschheit reicher machten.

Besonders beeindruckend war die gemeinsame Hymne, die in allen Sprachen der Welt gesungen wurde.

Ein musikalisches Symbol der Einheit.

Die Feierlichkeiten waren jedoch nicht nur auf der Erde beschränkt.

Auf den Außenstationen, auf den neuen Kolonien des Mars und selbst auf den weit entfernten Vorposten des Kuipergürtels fanden sich Menschen zusammen.

Die Botschaft war überall dieselbe: *Wir gehören zusammen.*

Während des Independent Day wurde auch die Verantwortung für die kommenden Generationen betont.
Die Führer der Weltgemeinschaft erinnerten daran, dass der Tag nicht nur eine Feier des Erreichten war, sondern auch ein Versprechen, weiterzumachen. Initiativen zur weiteren Förderung von Bildung, Nachhaltigkeit und globaler Zusammenarbeit wurden verkündet.

Auf Neo Atlantis enthüllte man einen neuen Gedenkstein, auf dem die Worte eingraviert waren:
„Am heutigen Tag feiern wir die Hoffnung.
Für uns. Für unsere Kinder. Für die Sterne."

Der Independent Day wurde so zu einem Tag, der jedem Einzelnen eine Bedeutung gab. Es war der Tag, an dem die Menschheit bewies, dass sie nicht mehr in die alten Muster von Spaltung und Zerstörung zurückfallen wollte.

Es war der Tag, an dem alle Menschen wirklich gleich waren, also zum ersten Mal vereint

NEUE WELTEN

Noch ein weiter Weg bis Alpha Centauri und die Generationsschiffe glitten wie majestätische Schatten durch die Dunkelheit des interstellaren Raums, ihre Hüllen vom Glanz ferner Sonnen umrahmt.

Angeführt von der *Atlantida*, unter dem Kommando des weisen Atlanider, Kaelan Tarathos, waren die *Arche* mit Commander Ian Macintosh, dem erfahrenen und pragmatischen Schotten, sowie die *Botanica* unter dem charismatischen Asher Hale, einem Visionär mit einer Leidenschaft für die Erschaffung einer perfekten Biosphäre, dicht aufgeschlossen.

Die Atmosphäre in den Brückenräumen war angespannt. Der lange Flug hatte seine Spuren hinterlassen, und die Mannschaft war erschöpft, doch auch von einer elektrisierenden Erwartung erfüllt.

Eine plötzliche Entdeckung brachte Unruhe in die Reihen. Ein bisher unbekanntes Sternensystem mit mehreren potenziell lebensfreundlichen Planeten war auf den Sensoren erschienen.

Die Wissenschaftler waren begeistert, doch ebenso schnell entbrannte eine hitzige Debatte: Sollten sie ihren Kurs ändern, um das neue System zu erkunden, oder ihrem ursprünglichen Ziel treu bleiben?

„Bestätigt die Spektralanalyse!", rief Dr. Ionescu, während ihre Finger über die holografischen Projektionen glitten.
„Atmosphärische Signaturen auf mindestens zwei der inneren Planeten — Sauerstoff, Wasserdampf, sogar Spuren komplexer organischer Moleküle."

Ein leises Murmeln ging durch die Kommandobrücke.
Die Projektion des Systems drehte sich langsam im Raum: eine goldene, etwas kühlere Sonne, umkreist von sechs Planeten.
Zwei lagen klar in der habitablen Zone — einer ozeanisch schimmernd, der andere von dichten, smaragdgrünen Wolken umhüllt.

„Entfernung?", fragte die Kommandantin ruhig, doch ihre Stimme verriet Spannung.
„Bei Kursanpassung minimaler Delta-v — etwa zwei Jahre Reisezeit", antwortete der Navigator.
„Es liegt fast auf unserer Route. Ein Abzweig, kein Umweg."
„Oder eine Verzögerung", warf der Missionsstratege ein.
„Unser Primärziel hat Priorität. Wir riskieren Zeit, Ressourcen — und womöglich die gesamte Missionsplanung."

Die Projektion zoomte heran.
Kontinente wurden sichtbar.
Polarlichter tanzten über einer Atmosphäre, die eindeutig magnetisch geschützt war.

„Sehen Sie sich das an", flüsterte jemand. „Das ist … stabil. Klimadaten deuten auf langfristige Bewohnbarkeit."

Die Vita meldete sich, ihre Stimme neutral, aber eindringlich: „Vorläufige Auswertung: 87,3 % Wahrscheinlichkeit mikrobiellen Lebens. 41,6 % Wahrscheinlichkeit komplexerer Biosphären."

Stille legte sich über den Raum.

Man konnte förmlich spüren, wie Hoffnungen, Karrieren, wissenschaftliche Durchbrüche — und auch Risiken — gegeneinander abgewogen wurden.

„Zwei Jahre", sagte Dr. Ionescu leise.

„Zwei Jahre für eine Entdeckung, die alles verändern könnte."

Der Erste Offizier verschränkte die Arme. „Oder zwei Jahre, die uns beim Primärziel fehlen — falls dort Hilfe gebraucht wird."

Die Kommandantin trat näher an die Projektion.

Das fremde System spiegelte sich in ihren Augen.

„Gibt es Anzeichen technologischer Aktivität?", fragte sie.

„Negativ", antwortete Vita.

„Keine künstlichen Emissionen.

Nur natürliche Biosignaturen."

Wieder trat Schweigen ein — diesmal schwerer.

„Also", sagte sie schließlich, „stehen wir vor der ältesten Frage der Raumfahrt: Folgen wir dem Plan … oder der Entdeckung?"

Hinter ihr begann die Mannschaft leise zu diskutieren —

Wissenschaft gegen Pflicht, Neugier gegen Auftrag.

Draußen, jenseits der Panoramascheibe, glühte das unbekannte System wie eine Einladung.

Das war ein gefährlicher Vorschlag, dachte der Schotte.

Commander Macintosh stand reglos auf der Kommandobrücke der *Arche*, die Hände in der Hosentasche, den Blick fest auf die schwebende Sternenprojektion gerichtet.

Das neu entdeckte System pulsierte als goldener Lichtpunkt am Rand ihrer Route — verlockend, fast provokant.

„Commander Macintosh, wir müssen den Kurs anpassen."

Die Stimme von Dr. Marek Rydell, Leiter der wissenschaftlichen Abteilung, durchschnitt die gespannte Stille.

„Dieses neue System könnte uns Jahre an Forschung ersparen. Möglicherweise existieren dort bereits bewohnbare Welten. Wir sollten es zumindest prüfen."

Macintosh drehte sich langsam um. Seine grauen Augen musterten den Wissenschaftler mit kühler Schärfe.

„Und wenn wir falsch liegen?", entgegnete er ruhig.

„Wenn wir dort ankommen und feststellen, dass unsere Energiereserven nicht ausreichen, um weiterzureisen? Wir riskieren, zwischen den Sternen zu stranden — ohne Aussicht auf Rettung." Rydell hob das Kinn, doch ein Hauch Unsicherheit lag in seiner Stimme.

„Das Risiko ist kalkulierbar, Commander.
Zwei Jahre Kursabweichung sind unbedeutend im Vergleich zu dem, was uns dort erwarten könnte."
Macintosh schwieg. Zwei Jahre.
In der Leere zwischen den Sternen war Zeit die wertvollste — und gefährlichste — Ressource.

In den gewaltigen Versammlungshallen der *Atlantida*, dem Flaggschiff der Flotte, kamen die Kommandeure zusammen. Holografische Sternenkarten schwebten über dem runden Strategietisch, Datenströme flossen wie Lichtadern durch den Raum.

Commander Kaelan Tarathos, bekannt für seine ruhige Autorität, hörte sich die Argumente an, ohne sie zu unterbrechen. Seine Entscheidungen folgten nicht allein der Logik — sondern einer größeren Vision.

Schließlich erhob er sich.
„Die Daten zu unserem Primärziel sind eindeutig", sagte er mit bedachter Stimme. „Die Ikarus-Sonden lieferten klare Hinweise auf bewohnbare Welten.
Ein Umweg könnte die gesamte Mission gefährden."

Er ließ den Blick durch die Runde schweifen.
„Dennoch wäre es kurzsichtig, eine solche Entdeckung zu ignorieren."

Ein leises Zustimmungsflüstern ging durch den Saal.
Tarathos aktivierte eine neue Projektion —
die Flugbahnen teilten sich wie ein Ypsilon im Raum.
„Wir finden einen Kompromiss.
Eine autonome Sonde wird zum neuen System entsandt und
sammelt Daten. Sollte sich die Entdeckung als bedeutsam
erweisen, folgen spätere Expeditionen."

Er machte eine kurze Pause.
„Für die Flotte jedoch bleibt das Ziel unverändert:
Alpha Centauri."

Die Reise zog sich über Monate, dann Jahre — ein endloser
Strom aus Sternen, Routinen und wachsender Erwartung.
Bis schließlich der Tag kam.

Die Nachricht verbreitete sich wie ein elektrischer Impuls durch
alle Schiffe:
Alpha Centauri B in Sichtweite.

Besatzungsmitglieder strömten zu den Panoramadecks.
Was sie sahen, raubte selbst den Erfahrensten den Atem.
Im schwarzen Samt des Alls glühte das Licht des Sterns —
warm, golden, lebendig. Zwei Planeten zogen ihre Bahnen in
perfekter Harmonie.

Sie funkelten wie Juwelen.
Mit jeder Annäherung wurden die Details klarer:

Bläulich schimmernde Atmosphären, durchzogen von Wolkenbändern.

Gewaltige Ozeane, die das Sternenlicht reflektierten wie flüssiges Glas. Kontinente zeichneten sich ab — fremd und doch seltsam vertraut.

Ein Raunen voller Ehrfurcht erfüllte die Brücken.

„Da draußen …", flüsterte jemand, „könnte eine zweite Heimat liegen."

Commander Macintosh trat an die Scheibe.

Sein sonst so unbewegliches Gesicht wurde weich im Licht der fremden Welten. „Nach all den Jahren", murmelte er, „haben wir es geschafft."

Vor ihnen lag nicht nur ein Ziel.

Vor ihnen lag eine Zukunft.

„Wir haben es gefunden — gleich zweimal!"

Ian Macintosh' Stimme bebte vor Erleichterung und Triumph.

 Seine Worte wurden unmittelbar über das Quanten-Relaisnetz in jedes Schiff der Flotte übertragen.

Sekunden später brandete Jubel auf, der durch Korridore, Hangardecks und Habitat-Ringe hallte.

ZIEL ERREICHT

Menschen fielen einander in die Arme. Manche lachten, andere weinten lautlos. Gesichter, gezeichnet von Jahren der Reise, lösten sich endlich aus der Anspannung eines ungewissen Ziels. Zum ersten Mal seit Generationen lag Gewissheit vor ihnen.

Wenige Stunden später versammelten sich die Kommandeure an Bord der *Atlantida*.
Im strategischen Konferenzsaal schwebte ein dreidimensionales Orbitalmodell des Systems.
Der Zentralstern — ein leicht orangefarbener K-Typ-Stern — rotierte langsam im Zentrum der Projektion.
Seine Magnetfeldlinien wurden als pulsierende Bögen aus Licht dargestellt. Zwei habitablen Planeten umliefen ihn in stabilen Resonanzbahnen.

Ihre vorläufigen Bezeichnungen:
Centauri Alpha
Centauri Beta

Die Stimme von Vita, der allgegenwärtigen Flotten-KI, erfüllte den Raum — klar, neutral, allwissend.
„Primäre Spektralanalyse abgeschlossen.
Gravimetrische und atmosphärische Daten bestätigt."

Die Projektion zoomte auf den inneren Planeten.

Centauri Alpha

„Mittlerer Durchmesser: 13.300 Kilometer.

Oberflächengravitation: 0,97 g. Rotationsperiode: 26,4 Stunden."

Kontinente erschienen — smaragdgrün, von Ozeanen umschlossen.

„Hydrosphäre: 71 Prozent. Landmasse: 29 Prozent.

Atmosphärischer Druck: 1,04 Bar.

Sauerstoffanteil: 20,8 Prozent.

Stickstoff: 76 Prozent. Spurengase innerhalb biologisch tolerierbarer Parameter."

Eine Freude ging durch den Saal.

„Magnetosphäre stabil. Strahlungsniveau unter Erdstandard.

Tektonische Aktivität moderat — förderlich für langfristige Klimastabilität."

Die Projektion verlagerte sich nach außen.

Centauri Beta

Größer. Dunklere Ozeane. Breitere Kontinentalplatten.

„Durchmesser: 14.560 Kilometer.

Gravitation: 1,08 g.

Rotationsperiode: 31 Stunden."

Wolkenwirbel zogen über eine tiefblaue Atmosphäre.

„Hydrosphäre: 60 Prozent.

Landmasse: 40 Prozent.

Atmosphärischer Druck: 1,12 Bar.

Sauerstoffgehalt: 21,3 Prozent."

Neue Datenlinien erschienen.

„Erhöhte Biodichte in äquatorialen Zonen.

Chlorophyll-analoge Spektralsignaturen bestätigt.

Photosynthetische Aktivität wahrscheinlich."

Commander Hale beugte sich vor.

„Vegetation?"

„Korrekt", antwortete Vita. „Makrobiologische Lebensformen sind hochwahrscheinlich. Keine Hinweise auf technologische Zivilisation."

Weitere Ebenen der Analyse wurden eingeblendet:

Orbitalresonanz: 3:2-Stabilisierung zwischen Alpha und Beta

Asteroidengürtel: äußere Ressourcenquelle

Gasriese im Systemrand: gravitativer Schutzschild

gegen Kometen

Heliosphärische Abschirmung: überdurchschnittlich stark

Vita fasste zusammen:

„Langzeitkolonisation auf beiden Planeten ohne genetische Anpassung möglich. Terraforming nicht erforderlich."

Stille.

Dann sprach Hale leise, fast ehrfürchtig:
„Diese Planeten sind nicht nur bewohnbar …
sie sind ein Geschenk."

Macintosh verschränkte die Hände hinter dem Rücken.
„Risiken?"
„Mikrobielle Biosphären unbekannter Kompatibilität.
Quarantäneprotokolle zwingend erforderlich.
Zusätzlich: Beta weist stärkere Wetterdynamiken auf —
Supersturmzellen im Ozeangürtel."
Ein holografischer Sturm von der Größe eines Kontinents
rotierte über den Planeten.
„Landung außerhalb tropischer Breiten empfohlen."
Die Diskussion dauerte Stunden.

Orbitalfenster wurden berechnet.
Treibstoffreserven geprüft. Shuttle-Kapazitäten, Bauzeiten für
Orbitallifte, Drohnenkartografie, Atmosphäreneintrittswinkel.

Schließlich trat Tarathos an den Tisch.
„Wir sind nicht hierhergekommen, um zu zusehen."
Er aktivierte zwei Landekorridore —
leuchtend wie Pfeile im All.
„Beide Welten werden gleichzeitig erkundet.
Alpha erhält die Primärkolonie.
Beta dient als wissenschaftlicher und industrieller Vorposten."

Er sah in die Runde.

„Redundanz sichert unser Überleben."

Vita bestätigte sofort:

„Erstkontakt-Protokolle, Biosphären-Scans und Orbitalwerften werden vorbereitet.

Drohnenflotten starten in T-minus 6 Stunden."

Durch die Panoramafenster der *Atlantida* lagen die beiden Welten nebeneinander im Sternenlicht.

Zwei neue Heimaten.

Zwei neue Chancen.

Oder — wie Macintosh leise sagte:

„Zwei Versprechen an die Zukunft der Menschheit."

UNTER FREMDEN SONNEN

Die Landungsschiffe wurden startklar gemacht.
Techniker überprüften ein letztes Mal die thermischen
Schutzfelder, kalibrierten Gravitätsdämpfer und
synchronisierten die Biosphären-Scanner mit den
Orbitalsatelliten. Wissenschaftler gingen ihre Ausrüstung durch,
prüften Probenbehälter, Drohnen, Atmosphärenlabore.

Die Pioniere selbst — eine bunt gemischte Gruppe aus
Forschern, Ingenieuren, Medizinern und sogar Künstlern —
wirkten angespannt und euphorisch zugleich.

Niemand sprach es laut aus, doch jeder wusste:
Sie standen an der Schwelle zur Geschichte.
„Ich will Berichte über die besten Landeplätze innerhalb der
nächsten sechs Stunden", befahl Navarro mit fester Stimme.
„Topografie, Wetterstabilität, tektonische Aktivität.
Bitte vergessen Sie nicht —
das ist der Beginn von etwas Größerem."

Als die Landungsschiffe ihre Umlaufbahnen verließen und in
die Atmosphären der beiden Planeten eintauchten,
verstummten die Kabinen.
Plasma flammte über den Hüllen auf.

Ionisierte Luft zog glühende Schleier hinter den Schiffen her, während die Hitzeschilde Temperaturen von über 2.000 Grad standhielten. Die Gravitätsdämpfer summten tief, als sie den Eintritt abbremsten.

Dann durchbrachen sie die Wolkendecken.
Vor ihnen öffnete sich eine Welt.
Grüne Wälder, soweit das Auge reichte.
Ozeane, die im Sternenlicht schimmerten wie flüssiges Glas.
Gebirgsketten, deren Spitzen von Wolken umhüllt waren.
Der Anblick raubte selbst den erfahrensten Raumfahrern den Atem. Es wirkte, als hätte die Menschheit das Paradies gefunden — gleich doppelt.

Während sich die Landungsteams anschnallten und letzte Checks durchliefen, lag eine greifbare Spannung in der Luft. Das hier war keine bloße Erkundung. Es war der Beginn eines neuen Kapitels der Menschheitsgeschichte.

Zum ersten Mal seit Jahrhunderten fühlten sich Menschen aller Herkunft vereint — nicht durch Politik, nicht durch Zwang, sondern durch ein gemeinsames Ziel:
Eine neue Heimat zu schaffen.
Und dabei das Beste aus ihrer Vergangenheit mitzunehmen.

Die letzten Worte des Tages gehörten Kaelan Tarathos.

Er stand allein vor der Panoramascheibe, die Doppelplaneten nebeneinander im All.

Leise flüsterte er:

„Für unsere Kinder … und ihre Kinder.

Für die Erde.

Für die Sterne."

Die Landungsschiffe sanken tiefer.

Silberne Hüllen glitten durch dichte Wolkenfelder, die im Licht des Sterns schimmerten. Elektrische Entladungen tanzten in den oberen Atmosphärenschichten, harmlos abgefangen von den Deflektor Feldern.

Auf den Monitoren erschienen gestochen scharfe Bilder:

Bläuliche Ozeane.

Flusssysteme, die sich wie Adern durch Kontinente zogen.

Wälder, deren Baumkronen smaragdgrün leuchteten.

Historische Aufnahmen — live.

An Bord der Venturer, des ersten Landungsschiffes für Centauri Alpha, herrschte konzentrierte Stille.

Männer und Frauen unterschiedlichster Nationen saßen angeschnallt in ihren Sitzen. Wissenschaftler. Ingenieure. Ärzte. Abenteurer.

Die besten Köpfe — und mutigsten Herzen — der Menschheit.

Dr. Amara Chen aus Singapur überprüfte zum dritten Mal ihre geologischen Scanner. Neben ihr ruhte ein tragbares Bohrmodul, fähig, binnen Minuten Tiefenproben zu entnehmen. Vor ihnen steuerte Captain Mateo Rodriguez das Schiff mit ruhiger Präzision.

„Wir sind im Landeanflug", meldete er.

„Atmosphärenturbulenzen minimal.

Grav-Dämpfer stabil.

Bereithalten."

Zeitgleich näherte sich die **Voyager** ihrem Ziel auf Centauri Beta. Commander Nikolai Petrov stand hinter dem Pilotensitz, die Hände auf die Lehne gestützt.

Neben ihm saß Ayla Hassan, Biologin aus Ägypten.

Wie hypnotisiert starrte sie aus dem Sichtfenster.

Unter ihnen dehnten sich endlose Wälder, durchzogen von glitzernden Seen.

„Das ist es also", flüsterte sie ehrfürchtig.

„Unsere neue Heimat."

Die Venturer schwebte über eine weite Ebene.

Sensoren projizierten Daten in Echtzeit:

Windgeschwindigkeit: 12 km/h

Atmosphärendruck: stabil

Mikrobielle Dichte: moderat

Bodenfestigkeit: hoch

„Landezone bestätigt", sagte Rodriguez.

Sanft senkte sich das Schiff.

Antigrav-Emitter hielten es für Sekunden über dem Boden, wirbelten Graswellen auf, die wie ein grünes Meer wogten.

Dann setzte es auf.

Ein kaum spürbarer Ruck.

Die Triebwerke verstummten.

Nur das tiefe Summen der Reaktoren blieb.

Niemand bewegte sich sofort.

Der Moment war zu groß.

Zu unwirklich.

Dr. Chen atmete tief durch, bevor sie den Verschluss ihres Helms prüfte.

„Atmosphäre analysieren", befahl sie.

Ein Assistent aus Kanada aktivierte die Außenmodule.

Sonden fuhren aus, entnahmen Luftproben, analysierten Partikel, Mikroorganismen, Sporen.

Sekunden dehnten sich.

Dann die Meldung:

„Sauerstoffgehalt 21 Prozent. Stickstoffdominanz stabil.

Keine toxischen Gase.

Keine aggressiven Pathogene erkannt."

Er schluckte — und lächelte. „Es ist sicher."

Stille.

Dann öffnete sich die Landungsrampe zischend.

Fremde Luft strömte ins Schleusenmodul.

Warm. Feucht. Lebendig.

Dr. Chen setzte als Erste den Fuß auf den Boden von Centauri Alpha.

Das Gras gab leicht nach.

Sie kniete, nahm eine Handvoll Erde auf, ließ sie durch die Finger rieseln.

„Fruchtbar", flüsterte sie.

Hinter ihr betraten weitere Pioniere die neue Welt.

Einige lachten.

Andere weinten.

Einer berührte einfach nur den Boden —

als müsse er sicher sein, dass er real war.

Über ihnen zog ein Schwarm vogelähnlicher Kreaturen durch den Himmel.

Der erste Beweis höheren Lebens.

Und das erste Willkommen einer fremden Biosphäre.

Der Boden unter ihren Füßen war weich und federnd, eine Mischung aus mineralischem Staub und organischen Überresten. Dr. Chen kniete nieder, um eine Probe zu entnehmen, während die anderen ein tragbares Labor errichteten.

Auf Centauri Beta verlief die Landung zunächst ähnlich kontrolliert wie auf dem Schwesterplaneten.

Captain Rodriguez und sein Team richteten ihre Sensorarrays auf die nähere Umgebung aus, während hochauflösende Scans Pflanzenstrukturen, Wärmesignaturen und Bewegungsmuster erfassten, die aus der Ferne bereits erkennbar waren.

„Vorsicht", warnte Ayla Hassan leise, ohne den Blick von den Anzeigen zu lösen.
„Wir wissen nicht, ob diese Organismen für uns harmlos sind — oder ob wir für sie eine Bedrohung darstellen."

Auf ihr Kommando hin starteten mehrere Aufklärungsdrohnen. Die schlanken Sonden glitten lautlos über die Baumkronen hinweg, tauchten in Nebelschwaden ein und folgten den gewundenen Linien nahegelegener Wasserläufe.

Die ersten Bilder, die zur Bodenstation zurückkehrten, ließen selbst erfahrene Exobiologen verstummen.
Eine reiche, pulsierende Welt offenbarte sich:
Flüsse, die sich wie silberne Adern durch smaragdgrüne Landschaften schlängelten.
Gigantische Farnstrukturen, deren Blätter im Wind Schimmerten. Schattenhafte Bewegungen zwischen den Stämmen — zu schnell, um klar identifiziert zu werden.

Währenddessen errichteten die Landungstrupps ihre temporären Basen.

Mobile Labore wurden entfaltet, Analysekuppeln versiegelt und Sensortürme in den Boden verankert.

Jedes Team arbeitete nach klar definierten Prioritäten: Auf Centauri Terra Novo prüften Hydrologen die Wasserqualität — mit überraschendem Ergebnis. Seen und Flüsse erwiesen sich als trinkbar, mineralisch rein, nahezu frei von toxischen Belastungen.

Auf Centauri Atlantica hingegen konzentrierte man sich auf die Pflanzenwelt — und auf erste Hinweise einheimischer Lebensformen, deren biologische Struktur keiner bekannten irdischen Taxonomie entsprach. Während der gesamten Operation hielten die Teams permanenten Kontakt zur *Atlantida*, wo Kaelan Tarathos sämtliche Vorgänge überwachte.

„Wir haben keinen Raum für Fehler", erinnerte er sie in seiner ruhigen, bestimmenden Stimme. „Unsere Ressourcen sind begrenzt — jede Entscheidung hier draußen hat Konsequenzen."

Die Zusammenarbeit der internationalen Crews wurde rasch zu einem Symbol dessen, was die Menschheit inzwischen erreicht hatte.

Japanische Ingenieure kalibrierten Energiekerne neben südafrikanischen Technikern.
Wissenschaftler aus Brasilien und Deutschland analysierten Datenströme in gemeinsamen Echtzeit-Modellen.

Mit jedem Tag schärfte sich das Bild der beiden Welten.
Terra Novo entpuppte sich als Planet der Wasserstraßen und Inselketten — ideal für maritime Forschung, Aquakulturen und schwimmende Koloniestrukturen.

Atlantica hingegen präsentierte gewaltige Kontinente:
Dichte Wälder.
Gebirgsmassive.
Rohstoffsignaturen tief unter der Kruste.
Beeindruckend — aber ungezähmt.
„Wir müssen vorsichtig sein", mahnte Dr. Chen während einer interplanetaren Lagebesprechung.
„Auch wenn diese Welten erdähnlich sind — sie sind nicht die Erde. Unbekannte Mikroorganismen, biochemische Wechselwirkungen … jedes Detail kann kritisch werden."

Am dritten Tag trafen sich die Kommandeure der Generationsschiffe zu einem gemeinsamen Meeting an Bord der *Atlantida*. Holografische Projektionen beider Planeten schwebten über dem Konferenztisch.

Kaelan Tarathos eröffnete nüchtern:

„Die bisherigen Ergebnisse sind vielversprechend.

Doch wir stehen erst am Anfang.

Priorität bleibt Sicherheit — gefolgt vom Aufbau stabiler Lebensbedingungen."

Ian Macintosh hingegen konnte seine Begeisterung kaum zügeln. „Diese Planeten sind ein Geschenk", sagte er breit grinsend. „Es wird Zeit, dass wir sie zu einem Zuhause machen." Er hob sein Glas synthetischen Getreidedestillats. „Und ich verspreche euch — ich werde hier einen echten schottischen Whisky brennen."

Gelächter und Applaus erfüllten den Saal.

Zum ersten Mal seit Jahrzehnten auf Reise verspürten die Menschen nicht nur Hoffnung.

Sie fühlten Ankunft.

Die erste Phase der Erkundung galt als Erfolg.

Doch die eigentliche Arbeit begann erst jetzt.

Permanente Stationen wurden geplant.

Expeditionen ins Landesinnere vorbereitet.

Orbitalplattformen positioniert.

Die Pioniere spürten gleichermaßen Dringlichkeit — und Euphorie.

„Wir sind nicht länger nur Reisende", sagte Tarathos am Ende der Sitzung.

Sein Blick ruhte auf den holografischen Doppelwelten.
„Wir sind Siedler.

Und das hier … ist der Beginn einer neuen Ära."

Die Doppelsonne stand hoch über den Horizonten beider
Planeten, als ihr Licht auf die ersten Menschen fiel, die fern der
Erde festen Boden betraten.
Sie wussten:
Der schwierigste Teil lag noch vor ihnen.
Doch sie waren bereit.

Die Landung auf Centauri Terra Novo war ein sanftes
Abenteuer gewesen — ruhig, fast einladend.

Doch auf Centauri Atlantica wartete eine andere Wirklichkeit.
Schon während des Abstiegs registrierten die Sensoren
ungewöhnliche Energieschwankungen in der Ionosphäre.

Gewitterzellen entluden sich in lautlosen, violetten Blitzen.
Magnetische Stürme ließen Navigationsanzeigen flackern.

Als das Landungsschiff die Wolkendecke durchbrach, sah die
Crew unter sich keine friedlichen Ebenen — sondern ein
zerklüftetes, urgewaltiges Terrain.
Dichte Nebel lagen in den Tälern.
Gigantische Baumkolosse ragten wie Türme empor.
Und irgendwo in dieser grünen Finsternis bewegte sich etwas
— groß genug, um selbst aus der Höhe sichtbar zu sein.

Rodriguez senkte die Schubleistung.

„Willkommen auf Atlantica", murmelte er.

„Sieht so aus, als müssten wir uns dieses Paradies erst verdienen."

Der Planet zeigte seine raue Schönheit in dichten Wäldern, schroffen Bergen und endlosen, eisigen Ebenen im Süden. Die Atmosphäre ähnelte der der Erde, doch die Bedingungen waren unbarmherziger: stärkere Winde, plötzliche Temperaturstürze und eine tierische Fauna, die sich nicht so leicht einschätzen ließ.

An Bord der *Voyager*, dem Landungsschiff, das Centauri Atlantica ansteuerte, bereitete sich das Team unter Commander Nikolai Petrov mit stoischer Ruhe vor.

Neben ihm saß Freya Sørensen, eine erfahrene Biologin aus Norwegen, die sich durch ihre Kenntnisse in harschen Klimazonen ausgezeichnet hatte.

„Ein bisschen Wind und Kälte hat noch niemandem geschadet", sagte sie mit einem Lächeln, während sie ihre Ausrüstung prüfte.

„Es wird wie zu Hause — nur mit zwei Sonnen."

Petrov, ein Veteran der russischen Raumfahrt, nickte grimmig.

„Das wird kein Spaziergang. Aber wir sind genau deshalb hier."

Die *Voyager* setzte in einem felsigen Tal auf, umgeben von steilen Klippen, die von Wäldern gekrönt wurden.

Die Landung war alles andere als sanft, da starke Fallwinde das Schiff erfassten und hin und her warfen, bevor es schließlich stabil aufsetzte.

„Willkommen auf Centauri Atlantica", sagte Petrov trocken.

„Wir haben überlebt — das ist der erste Erfolg."

Draußen peitschten die Winde, und die ersten Schritte ins Freie wurden zu einem Test für die Belastbarkeit des Teams.

Die „Nordlichter", wie sie scherzhaft genannt wurden, bewahrten dennoch ihren Humor. Eirik Halvorsen, ein Hydrologe aus Island, trat als Erster hinaus und rief über Funk: „Ein bisschen wie eine isländische Sommerbrise, oder?"

Rasch errichtete das Team eine Schutzzone um das Landungsschiff — mit Windbarrieren, Sensormasten und autonomen Geschütztürmen, die jede Bewegung in der Umgebung überwachten.

Aufklärungsdrohnen stiegen auf, um das umliegende Terrain zu kartieren.

Schon bald meldeten sie Bewegungen in den Wäldern: schemenhafte Kreaturen, die zwischen den Baumriesen huschten. „Sieht so aus, als hätten wir Gesellschaft", murmelte Sørensen, während sie die Drohnenaufnahmen studierte.

Der erste Schwerpunkt lag auf der Untersuchung des Wassers und der Tierwelt.

Die nahegelegenen Flüsse waren voller Leben.

Die Temperaturen schwankten jedoch extrem — von eisiger Kälte am Morgen bis zu beinahe milden Bedingungen am Mittag. Halvorsen entnahm Wasserproben und analysierte sie in einem mobilen Labor.

„Das Wasser ist sauber, mineralreich", berichtete er.

„Es könnte sogar heilende Eigenschaften haben — wer weiß."

Währenddessen führte Sørensen erste Untersuchungen der Pflanzenwelt durch.

Sie fand robuste, dickblättrige Gewächse, die sich an die Kälte angepasst hatten, ebenso wie leuchtend bunte Moose und Flechten, die sich an Felsen festklammerten.

„Das hier ist wie Skandinavien auf Steroiden", sagte sie begeistert. „Diese Pflanzen könnten ein Schlüssel zu unserer Versorgung werden."

Doch nicht alles verlief reibungslos.

In der zweiten Nacht wurde ein Außenlager von einem großen, unbekannten Tier durchbrochen.

Die Kameras fingen nur einen kurzen Blick auf etwas ein, das wie eine Mischung aus Wolf und Bär wirkte — mit leuchtend gelben Augen. „Das war knapp", sagte Petrov, während er den Schaden inspizierte.

„Ab jetzt keine offenen Zelte mehr."

Die rauen Bedingungen schweißten das Team enger zusammen. Neben Petrov und Sørensen war auch Astrid Lindqvist, eine Ingenieurin aus Schweden, Teil der Crew.

Sie war für die Energieversorgung zuständig und hatte bereits ein Netz aus Solarzellen und kleinen Windturbinen installiert. „Der Wind, der uns ärgert, kann uns auch helfen", erklärte sie, während sie eine Turbine testete.
„Das hier ist keine Wildnis — es ist eine Gelegenheit."

Später entdeckten sie eine geothermische Quelle.
Die Sonne brach durch die Baumkronen und tauchte den Ort in ein fast magisches Licht, während feiner Nebel tanzende Schatten auf die glatten Steine warf, die die Quelle umrahmten. Die Luft war erfüllt von einem schwachen, mineralischen Geruch — ein Versprechen unberührter Natur und reicher Ressourcen.

Lindqvist kniete sich neben das Wasser und hielt ihr tragbares Analysegerät hinein. „Temperaturen liegen im optimalen Bereich", sagte sie, während sie die Werte ablas.
Ihre Stimme blieb ruhig, doch die Begeisterung war Unüberhörbar. „Das könnte ein idealer Ort für eine dauerhafte Basis sein."

„Wegen der geothermischen Energie?", fragte Damien,
der hinter ihr stand und die Szenerie mit verschränkten Armen
betrachtete.
„Genau. Diese Quelle könnte nicht nur Energie liefern, sondern
auch als Wasserquelle dienen.
Seht euch das mal an."

Sie deutete auf feine weiße Ränder, die sich dort gebildet hatten,
wo Wasser aus kleinen Ritzen im Gestein verdunstete.
„Salzkristalle.
Ein unterirdischer Wasserstrom bringt sie mit — hier bleiben sie
zurück. Das ist wie eine natürliche Saline."
Die anderen traten näher.
Die Kristalle funkelten im Sonnenlicht wie verstreute Edelsteine.

„Wenn das Salz hier so leicht zugänglich ist", begann Damien,
während er einen Kristall zwischen den Fingern rieb,
„könnten wir es nutzen — als Nahrungsergänzung oder für
chemische Prozesse. Das ist mehr als nur eine Quelle."

„Salinas", murmelte Lindqvist nachdenklich.
„Was?" fragte Damien.
„Ich denke, wir sollten den Ort *Salinas* nennen.
Es passt einfach."
Zustimmendes Nicken ging durch die Gruppe.
Für einen Moment wurde es still.

Das leise Blubbern der Quelle und das Zwitschern fremder Vögel bildeten die einzige Geräuschkulisse.

Es war ein Augenblick stiller Übereinkunft — als spürten sie instinktiv, dass dieser Ort mehr war als Zufall.
Die heiße Quelle, umgeben von dichter Vegetation, wirkte wie ein heiliger Platz, der darauf wartete, Teil einer größeren Mission zu werden.

Lindqvist legte die Hand auf den warmen Stein neben dem Wasser und schloss kurz die Augen.
„Es ist, als würde uns die Natur sagen, dass wir hierher gehören", flüsterte sie.
Damien brach schließlich die Stille.
„Wenn wir irgendwo beginnen sollen, dann hier.
Es fühlt sich ... richtig an."
Die Gruppe nickte.

Die Wahl eines Basisstandorts hatte weitreichende Konsequenzen — doch Zweifel gab es keine.

Geothermie.
Wasser.
Salz.
Schutz durch das umliegende Terrain.
Alles schien vorbereitet — als hätte der Planet selbst Vorsorge getroffen.

„Salinas", wiederholte Lindqvist lauter.

Das Wort schien sich mit der Landschaft zu verweben, als hätte es schon immer zu diesem Ort gehört.

Damit war die Entscheidung gefallen.

Salinas würde ihre erste Heimat werden — der Ort, an dem ihre Mission wirklich begann.

Trotz aller Widrigkeiten fühlte sich das Team zunehmend wie Pioniere einer neuen Ära.

Während die Bedingungen auf Centauri Terra Novo an die gemäßigten Zonen der Erde erinnerten, verlangte Centauri Atlantica Entschlossenheit, Kreativität und Willensstärke.

Die „Nordlichter" waren dafür wie geschaffen.

In einer gemeinsamen Besprechung mit der *Atlantida* präsentierte Petrov die ersten Ergebnisse.

„Centauri Atlantica ist kein einfacher Ort", sagte er.

„Aber er hat das Potenzial, eine Heimat für die Stärksten unter uns zu werden. Wir sollten ihn nicht unterschätzen — und auch nicht aufgeben."

Kaelan Tarathos nickte anerkennend.

„Die Herausforderungen von Atlantica erinnern uns daran, dass wir die Lektionen unserer eigenen Erde nicht vergessen dürfen.

Widerstandsfähigkeit, Anpassung und Respekt vor der Natur werden hier überlebenswichtig sein."

Die Landung galt als Erfolg — trotz aller Schwierigkeiten.
Die rauen Bedingungen formten nicht nur die Pioniere, sondern offenbarten auch die Anpassungsfähigkeit der Menschheit.

Die „Nordlichter" wurden zu Symbolen von Entschlossenheit und Mut.
Am Abend saß Sørensen auf einem Felsen und beobachtete den doppelten Sonnenuntergang, der den Himmel in goldene und violette Farben tauchte.

Leise murmelte sie:
„Das ist nichts für schwache Nerven …
aber es fühlt sich verdammt richtig an."

Eine Union, in der jede Nation ihre kulturelle Identität bewahren durfte, während Grenzen, Armeen und wirtschaftliche Schranken fielen. Auf dem Papier klang es wie der Beginn einer neuen Epoche – ein kühnes Versprechen von Frieden, Kooperation und einer Menschheit, die sich endlich über ihre alten Reflexe erhob.

In der Realität jedoch rissen diese Pläne alte Wunden auf.

Was als Vision formuliert worden war, wurde von vielen als Bedrohung empfunden. Angst kroch durch Parlamente, Talkshows und digitale Foren. Sie speiste sich aus der Sorge, das Eigene könne im Großen verschwinden: Sprache, Tradition, Erinnerung. Zwischen wohlklingenden Resolutionen und feierlichen Gipfeltreffen wuchs ein Widerstand, der sich nicht länger überhören ließ.

Von Gruppierungen, die um nationale Souveränität fürchteten, bis hin zu religiösen Bewegungen, die ihre Glaubensgrundlagen in Gefahr sahen – überall formierten sich Fronten. Die Diskussion um Identität und Zugehörigkeit entlud sich in Demonstrationen, die ganze Innenstädte lahmlegten.

Europa wurde zum Brennglas.

In Berlin schwoll auf dem Alexanderplatz eine Menschenmenge an, dichter und lauter mit jeder Stunde.

Fahnen wehten, Plakate reckten sich in die Höhe:

„Unsere Kultur, unser Recht!", *„Nein zur Weltregierung!"*

Sprechchöre rollten wie Wellen über den Platz, begleitet vom Dröhnen improvisierter Lautsprecher.

Auf einer provisorischen Bühne stand ein Redner aus dem Umfeld der Alternative für Deutschland. Seine Stimme schnitt durch die kalte Abendluft, aufgeladen mit Pathos und Zorn.

„Unsere Kultur wird ausgelöscht!

Unsere Geschichte!

Unsere Werte!"

Applaus brandete auf, schrill und ungefiltert.

Smartphones filmten, Drohnen surrten über den Köpfen, Livestreams trugen jedes Wort in Sekundenbruchteilen um den Globus. „Wir wollen keine Weltregierung, die uns vorschreibt, was wir zu tun haben!"

Ein Chor aus Zustimmung, durchmischt mit vereinzelten Buhrufen. Die Menge war keine homogene Masse, sondern ein Spannungsfeld. Als der Redner innehielt und den rechten Arm in jener Pose erhob, die man aus düsteren Kapiteln der Geschichte kannte, gefror der Lärm für einen Moment – eine Stille, gespannt wie Draht.

„Wir sind Deutsche!

Wir wollen das Recht, eine Alternative zu sein.
In Deutschland und in der Welt!"
Der nächste Satz ließ die Atmosphäre kippen.
Einige jubelten ekstatisch, andere erstarrten.
Ein Raunen – diesmal kein zustimmendes, sondern ein
unsicheres – glitt durch die Reihen.
Was als Protest begonnen hatte, bekam eine Schärfe, die selbst
manchen Anhängern zu weit ging.
Die Rede wirkte wie ein Katalysator.
Kommentatoren überschlugen sich in Sondersendungen,
Historiker mahnten, Politiker warnten. Für die einen war es ein
Aufschrei gegen Entwurzelung, für die anderen ein gefährliches
Spiel mit den Schatten der Vergangenheit.

Gleichzeitig formierte sich eine Gegenbewegung.
Wissenschaftler, Künstler, Unternehmer und junge Aktivisten
meldeten sich zu Wort.
In sozialen Netzwerken trendelte der
Hashtag #VielfaltInEinheit.
Millionen Beiträge erzählten von regionalen Sprachen, lokalen
Bräuchen und globalen Kooperationen, die einander nicht
ausschlossen, sondern bereicherten.

Die digitale Sphäre wurde zum eigentlichen Schlachtfeld –
ein Publicity-Stand in planetarischer Größe.

Algorithmen verstärkten Empörung, Bots streuten Gerüchte, Deepfakes tauchten auf, die angebliche Geheimpläne einer „Schattenregierung" enthüllten.
Vertrauen wurde zur fragilsten Ressource des 21. Jahrhunderts.
Auch religiöse Gruppierungen positionierten sich neu.

Die Organisation Scientology erklärte in mehreren Verlautbarungen, eine globale Union dürfe nicht zur „Unterdrückung spiritueller Selbstbestimmung" führen.
Hinter verschlossenen Türen jedoch tobte ein Machtkampf.
Radikale Stimmen sahen in der Union den letzten Schritt einer weltumspannenden Verschwörung, während moderatere Vertreter die Chance witterten, ihre Lehren in eine neue, geeinte Gesellschaft einzubringen.

Noch schriller wurden die Töne in den Reihen von QAnon.
Vor Gebäuden der Vereinte Nationen skandierten Demonstranten Parolen gegen eine angebliche „Elitenverschwörung".

Banner mit dem Namen Donald Trump wurden hochgehalten, als sei er ein messianischer Hoffnungsträger.
„Er wird zurückkehren!", riefen sie. „Er wird alles aufdecken!"

Doch je apokalyptischer die Rhetorik wurde, desto mehr bröckelte die Gefolgschaft.
Prominente Unterstützer distanzierten sich, Faktenchecks

entlarvten Fälschungen, interne Chats wurden geleakt.

Zweifel sickerte ein wie Wasser in ein brüchiges Fundament.

Selbst die sogenannten Nibiru-Anhänger, die seit Jahren die Rückkehr der Anunnaki erwarteten, gerieten ins Wanken.

Ihre Prophezeiungen kollidierten mit der Realität der Raumfahrtmissionen und den bestätigten Daten aus den Kolonien.

Die Rückkehr der „Götter" – einst als Heilsversprechen gedeutet – erschien nun in einem anderen Licht: nicht als Erlösung, sondern als möglicher Konflikt um Ressourcen, Territorien und Deutungshoheit über die Zukunft der Menschheit und der Atlanider.

Während auf Centauri neue Horizonte erschlossen wurden, kämpfte die Erde um ihre innere Balance.

Einheit gegen Vielfalt.

Sicherheit gegen Freiheit.

Identität gegen Integration.

Die Union war mehr als ein politisches Projekt.

Sie war ein Spiegel.

Und in diesem Spiegel zeigte sich eine Menschheit,
die technologisch zu den Sternen greifen konnte –
und doch noch immer mit den Gespenstern ihrer eigenen
Geschichte rang.

Beide Spezies – Menschen und Atlanider – so unterschiedlich in Herkunft, Biologie und Geschichte, fanden sich in einem unfreiwilligen Bündnis wieder.
Nicht aus Idealismus, sondern aus Notwendigkeit.
Die gewaltsame Rückkehr alter Mächte auf die Erde musste verhindert werden.

Was als strategische Allianz begann, entwickelte sich zu einem verzweifelten Ringen um Deutungshoheit, Wahrheit und Überleben. Jede Antwort gebar neue Fragen.

Die Begegnung mit den Mensch-Reptil-Hybriden hatte tiefe Narben hinterlassen. Sie kamen ohne Vorwarnung.
Ohne Diplomatie.
Ohne Forderungen.
Ihre Angriffe waren präzise, fast chirurgisch –
als folgten sie einem Programm, das keine Emotion kannte.

Ihre Herkunft blieb ein Rätsel.
Ihre Technologie wirkte organisch gewachsen, nicht gebaut.
Biomechanische Panzerung, die auf elektromagnetische Impulse reagierte. Augen, deren vertikale Pupillen auf Infrarotfrequenzen eingestellt waren.

Waren sie Werkzeuge der Anunnaki?
Oder autonome Wesen mit eigener Agenda?
Niemand wusste es.

Geheimdienstberichte widersprachen einander, Analysen liefen ins Leere. Während die Allianz versuchte, Verteidigungsprotokolle zu entwickeln, eskalierten die Zwischenfälle in den Randzonen des Orbits.

Mitten in dieses Chaos trat eine neue Fraktion.
Sie nannte sich selbst die Rückkehrer.

Inspiriert von alten Lehren der Prä-Astronautik glaubten sie fest daran, dass die Anunnaki einst die Menschheit erschaffen hatten – nicht metaphorisch, sondern genetisch.
Für sie war die Rückkehr dieser Wesen kein Angriff, sondern Heimkehr. Kein Unterwerfungsakt, sondern Vollendung.

„Es ist unsere Bestimmung, den Göttern von Angesicht zu Angesicht zu begegnen", verkündete ihr Sprecher auf einer global übertragenen Kundgebung. Hinter ihm flimmerte ein Hologramm des hypothetischen Planeten Nibiru.
„Wir haben zu lange im Schatten unserer Herkunft gelebt. Es ist Zeit, zurückzukehren."

Die Bewegung war längst kein Randphänomen mehr.
Weltweit zählten die prä-astronautisch geprägten Gruppen rund eine Million Anhänger – organisiert, vernetzt, medienerfahren. In Foren diskutierten sie alte sumerische Texte, in Podcasts analysierten sie genetische Anomalien.

In politischen Kreisen lobbyierten sie für ein „Recht auf interstellare Pilgerfahrt".

Was früher als Fantasterei abgetan wurde, gewann plötzlich Plausibilität. Nicht, weil es bewiesen war – sondern weil außerirdische Begegnungen nun Realität geworden waren.

Eine professionelle PR-Kampagne verlieh der Bewegung zusätzliche Dynamik. Hochglanzdokumentationen, Influencer, Virtual-Reality-Simulationen einer „Begegnung mit den Schöpfern". Die Grenze zwischen Glaube, Marketing und politischem Druck verschwamm. Immer mehr Menschen zahlten immense Summen für einen Platz an Bord der neu konstruierten Schiffe.

Es erinnerte fatal an mittelalterliche Heilsversprechen. Wer genug investierte, durfte reisen. Wer reiste, durfte hoffen. Die Nachfrage explodierte. Wartelisten füllten sich binnen Stunden. Familien verkauften Besitz, lösten Ersparnisse auf, kündigten ihre Jobs. Die Reise ins All wurde zur modernen Pilgerfahrt – nicht nach Jerusalem oder Mekka, sondern zu den Sternen. Ohne Garantie auf Rückkehr.

Die Allianz aus Menschen und Atlanidern betrachtete diese Entwicklung mit wachsender Sorge.

Für sie war die mögliche Rückkehr der Anunnaki keine spirituelle Offenbarung, sondern ein geopolitisches Risiko.

Alte Machtstrukturen könnten reaktiviert werden. Technologische Überlegenheit könnte erneut in Abhängigkeit münden. Die entscheidende Frage lautete nicht nur, ob die Menschheit bereit war, den Preis zu zahlen – sondern ob sie die Wahrheit über ihre mögliche Herkunft überhaupt ertragen konnte.

In einer dramatischen Sitzung vor der Vereinte Nationen erklärte die Generalsekretärin:
„Wir verfügen über Schiffe, deren Antrieb auf rekonstruierter Technologie der Anunnaki basiert.
Es steht den Nibiru-Anhängerinnen und -Anhängern frei, diese zu nutzen, um ihren Glauben zu leben – sofern sie die Risiken akzeptieren."

Die Entscheidung war kalkuliert.
Ein Ventil.
Eine Deeskalation.
Viele Regierungen unterstützten das Projekt – aus idealistischen Gründen oder aus pragmatischer Erschöpfung. Manche hofften offen, die innenpolitischen Spannungen würden sich mit dem Abflug der radikalsten Gruppen lösen.
Als die ersten Schiffe starteten, hielt die Welt den Atem an.

Die Pilger sangen Hymnen.

Manche weinten. Andere wirkten entrückt, als hätten sie den Boden der Realität längst hinter sich gelassen.

Live-Übertragungen zeigten den Moment des Abhebens: gleißendes Licht, vibrierender Boden, dann nur noch ein heller Punkt am Himmel.

Ein neues Kapitel hatte begonnen.

Gleichzeitig nahm auf der Erde ein anderes Projekt Gestalt an.

Ein föderales Modell brachte den Durchbruch in den festgefahrenen Verhandlungen.

Bei einem historischen Gipfeltreffen zwischen UN-Mitgliedstaaten, religiösen Vertretern und NGOs wurde ein Plan verabschiedet, der das scheinbar Unvereinbare zusammenführte: *Einheit in Vielfalt.*

Kulturelle Identitäten sollten ausdrücklich geschützt werden. Sprachen, Bräuche, Traditionen – unverhandelbar.

Kein zentralistischer Superstaat, sondern eine lose Föderation, strukturell vergleichbar mit der Europäische Union, jedoch mit klar definierten globalen Kompetenzen: Umweltpolitik, Raumfahrt, interstellarer Handel.

Regionale Autonomie blieb erhalten. Exekutive und Judikative verblieben auf nationaler Ebene.

Die Union überwachte lediglich die Einhaltung von Menschenrechten und planetarem Umweltschutz.

Nationale Armeen wurden schrittweise aufgelöst. Sicherheitsaufgaben gingen in eine erweiterte, global mandatierte Struktur über, koordiniert durch Interpol.

Der Wendepunkt kam schneller als erwartet. Nach monatelangen Debatten wurde ein globaler Volksentscheid abgehalten. Entgegen aller Prognosen stimmte eine Mehrheit der Weltbevölkerung für das föderale Modell. Sogar viele Skeptiker änderten ihre Haltung, nachdem verbindliche Garantien zum Schutz kultureller und religiöser Vielfalt verankert wurden.

In ihrer Rede sagte die Generalsekretärin: „Dies ist nicht das Ende unserer Unterschiede. Es ist der Beginn, sie als Stärke zu begreifen. Keine Nation kann allein bestehen in einem Universum, das größer ist als unsere Ängste."

Die erste Mission der neuen Union blieb symbolisch – und kontrovers: die offizielle Vorbereitung weiterer interstellarer Reisen für die Nibiru-Anhänger.

Während ihre Schiffe im Dock lagen, begann die Erde, sich neu zu ordnen. Grenzen verloren an Bedeutung. Globale Raumfahrtprogramme wurden gebündelt.

Ökosysteme wurden renaturiert.

Hunger- und Armutsbekämpfung erhielten erstmals planetare Koordination.

Konflikte verschwanden nicht.

Misstrauen auch nicht.

Doch etwas hatte sich verschoben.

Die Menschheit hatte gelernt, gleichzeitig zu streiten und zusammenzuarbeiten.

Während einige zu den Sternen aufbrachen, entschied sich der Rest, die Erde nicht länger als Schlachtfeld alter Ideologien zu begreifen – sondern als gemeinsame Ausgangsbasis.

Die Bühne war größer geworden.

Und das Drama längst nicht beendet.

AUFBRUCH

Der Traum vom Aufbruch begleitete die Menschheit seit dem ersten Blick in den Nachthimmel. Von Höhlenmalereien bis zu Orbitalteleskopen hatte sie sich immer wieder gefragt, was jenseits des Horizonts lag. Nun war der Horizont kein Ozean mehr – sondern ein Stern.

Nach Jahrhunderten der Visionen und Jahrzehnten minutiöser Planung war die Reise zu den Sternen keine Metapher mehr. Sie war Startprotokoll, Bauplan, Beschleunigungsvektor.

Zwei neue Welten warteten: Centauri Terra Novo und Centauri Atlantica. Sorgfältig ausgewählt aus Tausenden potenzieller Kandidaten, lagen sie im Einflussbereich des Doppelsternsystems Alpha Centauri.

Terraforming-Sonden hatten über Jahrzehnte Atmosphäre, Hydrosphäre und Biosphäre stabilisiert.
Kometen wurden umgelenkt, um Wasser und flüchtige Gase einzubringen. Orbitale Spiegel regulierten Einstrahlung.
Nanobiologische Saatprogramme bereiteten Böden vor.
Es waren keine wilden, ungezähmten Welten mehr.
Es waren vorbereitete Chancen.

Die größte logistische Operation der Menschheitsgeschichte nahm im Kuipergürtel Gestalt an.

Weit draußen, jenseits der Neptunbahn, kreiste die Außenstation Pluto – ein gewaltiger Knotenpunkt aus Werften, Habitat-Ringen und Frachtspindeln. Von hier aus wurde alles koordiniert: Materialflüsse, Personalrotationen, Startfenster, Energieverteilung.

Das Herzstück der Mission war die **Atlantis**.
Kein reines Schiff der Atlanider.
Kein ausschließliches Werk terranischer Ingenieure.
Sie war das erste wahrhaft gemeinsame Projekt beider Zivilisationen. Über Jahrzehnte hinweg hatten atlanidische Gravitationsphysiker und menschliche Fusionsspezialisten Seite an Seite gearbeitet.
Alte, organisch gewachsene Raumkrümmungstechnologien der Atlanider wurden mit der präzisen, modularen Ingenieurskunst der Terraner verschmolzen. Wo die Atlanider in energetischen Feldern dachten, brachten Menschen strukturierte Redundanzsysteme, adaptive KI-Architekturen und robuste Materialwissenschaft ein.

Die Atlantis war das Ergebnis dieser Synthese.

Kilometerlang erstreckte sich ihr Rumpf – eher einer rotierenden Stadt vergleichbar als einem Raumschiff. Habitat-Ringe drehten sich majestätisch um eine zentrale Achse, in der die Antriebseinheiten pulsierten wie das Herz eines gigantischen Wesens.

Ihre Antriebe kombinierten Hochleistungsfusion mit kontrollierter Gravitationsmanipulation – eine Weiterentwicklung uralter atlantischere Prinzipien, stabilisiert durch menschliche Feldregulatoren und Quantenprozessoren.
Die Raumzeit wurde nicht überwunden.
Sie wurde lokal geformt.

Vor dem Schiff verdichtete sich das Gefüge minimal, hinter ihm expandierte es – eine kontrollierte Asymmetrie im Gewebe des Kosmos. Kein brutaler Sprung, kein Riss im Kontinuum, sondern ein elegantes Gleiten durch eine selbst erzeugte Gradientenwelle. So erreichte die Atlantis Reisegeschwindigkeiten von bis zu 0,25 c.

Was einst theoretisch, beinahe utopisch erschienen war, wurde nun zur praktischen Realität.
Die Kombination aus atlanidische Feldharmonik und menschlicher Präzisionsmechanik markierte einen technologischen Wendepunkt.
Die Atlantis war mehr als ein Schiff.
Sie war ein Symbol.

Ein Beweis, dass zwei Spezies mit unterschiedlicher Geschichte nicht nur koexistieren, sondern gemeinsam Neues erschaffen konnten.

Und nun trug sie beide Völker zu den Sternen.

Was einst als spekulative Theorie gegolten hatte, war nun
berechnete Realität.
`
Die Distanz von 4,37 Lichtjahren schrumpfte auf 17,5 Jahre
Bordzeit – relativistisch verkürzt, präzise kalkuliert.
Eine Generation würde aufbrechen.
Eine andere ankommen.
Im Inneren der Atlantida herrschte keine sterile Enge.
Rotierende Habitat-Ringe erzeugten künstliche Gravitation
durch Zentrifugalkraft. Wälder aus genetisch optimierten
Bäumen filterten Luft und stabilisierten Feuchtigkeit.
Seen dienten als Wärmespeicher und psychologischer
Ausgleich. Die Biosphäre war geschlossen, aber nicht leblos.
Sie atmete.

Kinder spielten bereits in Parks unter künstlichem Himmel,
während Techniker letzte Simulationen überprüften.
Landwirtschaftliche Module testeten Erträge unter reduzierter
Gravitation. Mediziner überwachten Langzeitstudien zur
Strahlenexposition.
Die Atlantis war kein Transportmittel.
Sie war eine wandernde Zivilisation.
Doch die Reise begann nicht auf der Erde.
Um Ressourcen zu schonen und die planetare Wirtschaft nicht
zu destabilisieren, mussten alle Auswanderer zunächst die
Außenstation Pluto erreichen.

Von dort starteten die interstellaren Schiffe mit minimalem gravitativen Energieverlust.

Die Nachfrage nach Plätzen war gewaltig. Reservierungen wurden zu Statussymbolen, zu Lebensentscheidungen, zu moralischen Prüfsteinen.

Es erinnerte an die großen Migrationsbewegungen vergangener Jahrhunderte – nur dass der neue Kontinent zwischen den Sternen lag.

Vor Registrierungszentren bildeten sich kilometerlange Schlangen. Digitale Bewerbungsplattformen kollabierten unter Milliarden Zugriffen. Jeder wusste:

Nur ein Bruchteil würde ausgewählt werden.

Das Auswahlverfahren war unerbittlich.

Körperliche Belastbarkeit.

Psychische Stabilität.

Fachliche Kompetenz.

Soziale Integrationsfähigkeit.

Familien mit Kindern wurden bevorzugt, um demografische Kontinuität zu sichern. Ingenieure, Mediziner und Terraforming-Spezialisten galten als essenziell.

Doch ebenso gefragt waren Künstler, Historiker, Lehrer – jene, die einer neuen Welt Seele geben konnten.

Nicht jeder Traum wurde erfüllt.

Für viele blieb die Erde Heimat wider Willen.

Für andere begann ein Abschied, der endgültig war.

Der Flug zur Außenstation Pluto war für die Auserwählten der erste Schritt ins Unumkehrbare. Der Außenposten selbst glich einer schwebenden Metropole: Werftringe glühten im Licht der fernen Sonne, Frachtdrohnen zogen lautlos ihre Bahnen, riesige Dockarme hielten Schiffe wie Spielzeug.

Trainingszentren simulierten Landungen auf Terra Novo und Atlantica. Virtuelle Realitätskammern bereiteten Kolonisten auf Flora, Fauna und klimatische Extreme vor.
In Gemeinschaftszonen entstanden erste Nachbarschaften, erste Freundschaften, erste Spannungen.
Pluto war Aufbruch und Abschied zugleich.

Transparente Beobachtungskuppeln ermöglichten den letzten Blickkontakt mit Angehörigen auf der Erde via Quantenkommunikationsrelais. Umarmungen wurden zu Datenströmen, Tränen zu flackernden Hologrammen.
Am Tag des Starts lag eine fast sakrale Atmosphäre über der Station.
Die Atlantis schwebte im Dock wie ein künstlicher Kontinent.
Ihr Rumpf war mit einer reflektierenden Metamaterial-Schicht überzogen, die kosmische Strahlung ableitete und das Sonnenlicht in irisierenden Spektren zurückwarf.

Eine Ansprache der Generalsekretärin der Vereinte Nationen wurde simultan auf der Erde, auf Pluto und an Bord der Schiffe übertragen.

„Heute betreten wir kein fremdes Land", sagte sie, „sondern eine größere Verantwortung. Centauri Terra Novo und Atlantica sind nicht Fluchtpunkte. Sie sind Erweiterungen unseres Horizonts.
Möge unser Aufbruch von Weisheit begleitet sein."
Stille folgte.

Dann das Startsignal.
Fusionsreaktoren erwachten mit gedämpftem Grollen.
Gravitationslinsen begannen zu pulsieren.
Raum um die Atlantida flimmerte, als würde die Wirklichkeit selbst neu justiert.
Langsam lösten sich die Haltearme. Die Atlantis setzte sich in Bewegung – geführt von Navigations-KIs und begleitet von kleineren Transportschiffen, Frachtmodulen und Solaris-Kreuzern.

Auch die Atlanider entsandten einen Teil ihrer Flotte Richtung Alpha Centauri. Zwei Welten sollten für alle reichen.
Kooperation war keine Ideologie mehr, sondern Überlebensstrategie.
Als die Schiffe beschleunigten, schrumpfte Pluto zu einem glitzernden Punkt im Dunkel.

Wenige Stunden später war selbst die Sonne vom Pluto-Orbit aus nur noch ein greller Lichtpunkt im schwarzen Ozean des Kuipergürtels – nicht größer als andere Sterne, nicht wärmer wirkend, nicht besonders.

Und die Erde?

Für das bloße Auge war sie längst verschwunden.

Kein blauer Schimmer, kein vertrauter Kontinent, kein Weiß der Wolken. Nur ein unsichtbares Teilchen, verloren im Glanz ihres eigenen Sterns.

Dort, in diesem kaum wahrnehmbaren Staubkorn aus Gestein und Wasser, lagen Jahrtausende von Geschichte, Kriege und Versöhnungen, Musik, Sprachen, Träume. Alles, was die Menschheit je geliebt oder gefürchtet hatte, schrumpfte auf eine Dimension, die sich dem Blick entzog.

Vom Rand des Sonnensystems aus war Heimat kein Ort mehr. Sie war Erinnerung.

Die Erkenntnis traf viele an Bord leise und ohne Pathos: Wie klein der Ursprung doch war – und wie gewaltig der Schritt, ihn zu verlassen.

Zwischen Milliarden Sternen unterschied sich die Sonne kaum von ihren Nachbarn.
Vielleicht war das die größte Lektion des Aufbruchs:

Bedeutung entsteht nicht durch Größe.
Sondern durch Bewusstsein.

Auf der Erde begann eine Phase der Reflexion.
Manche sahen in der Auswanderung Hoffnung.
Andere Verrat.
Wieder andere schlicht Evolution.
Doch die Bilder der startenden Flotte prägten sich
unauslöschlich ein: ein silberner Strom ins Unbekannte.

Kinder blickten nachts zum Himmel und wussten, dass dort
draußen Menschen unterwegs waren – nicht als Besucher,
sondern als zukünftige Bewohner.

Der Aufbruch war kein Ende.
Er war eine Multiplikation. Die Menschheit existierte nun nicht
mehr nur auf einem Planeten.

Sie war unterwegs.

DIE KINDER ZWEIER SONNEN

Die Reise zwischen den Sternen verändert alles.

Nicht nur Schiffe.

Nicht nur Zivilisationen.

Sie verändert sogar die Zeit selbst. Die Tage an Bord der Atlantis vergingen in ruhiger Regelmäßigkeit.

Künstliche Sonnenaufgänge tauchten die Habitat-Ringe in warmes Licht.

Die Baumkronen der angelegten Wälder rauschten im simulierten Wind.

Seen spiegelten das sanfte Leuchten künstlicher Himmel.

Das Leben ging weiter.

Kinder rannten durch Parks unter künstlichen Sternbildern.

Lehrer erzählten von der Erde – von Ozeanen und Wüsten, die viele von ihnen niemals mit eigenen Augen sehen würden.

Für sie war die Atlantis kein Raumschiff.

Sie war ein Zuhause.

Sie gehörten zu einer Generation, wie es sie zuvor noch nie gegeben hatte.

Die ersten Menschen, die jenseits der Schwerkraft der Erde geboren wurden.

Die erste Geburt fand im medizinischen Ring der Habitatsektion Drei statt.

Dr. Li Wen, die leitende medizinische Offizierin, hatte jahrelang auf diesen Moment hingearbeitet.

Jede Variable war berechnet worden.

Knochendichte unter reduzierter Gravitation.
Neuronale Entwicklung in künstlichen Ökosystemen.
Die Auswirkungen kosmischer Strahlung auf das Wachstum eines Fötus.

Doch als der erste Schrei des Neugeborenen durch den sterilen Raum hallte, verstummte jede Theorie.

Das Leben hatte eine neue Schwelle überschritten.

Ein Junge.

Gesund.

Kräftige Lungen.

Dunkles Haar, das schwerelos im Raum schwebte, bevor die künstliche Gravitation vollständig einsetzte.

Seine Eltern – Terraforming-Ingenieure aus Brasilien und Indien – gaben ihm den Namen Kai.

Innerhalb weniger Stunden verbreitete sich die Nachricht über das gesamte Schiff.

Am selben Abend wurde im zentralen Gemeinschaftsbereich gefeiert.

Zum ersten Mal seit dem Aufbruch fühlten die Bewohner der Atlantis etwas, das tiefer ging als Entschlossenheit.

Sie fühlten Kontinuität.

Die Menschheit hatte die Erde nicht nur verlassen.

Sie hatte neu begonnen.

Die Atlanider beobachteten diesen Moment mit stiller Faszination.

Ihre Spezies hatte sich unter völlig anderen Bedingungen entwickelt – in uralten Ozeanen, unter dichterer Atmosphäre und stärkerer Schwerkraft.

Geburt während einer Reise zwischen den Sternen war selbst für ihre lange Geschichte etwas Neues.

Einer ihrer ältesten Gelehrten, Eryan Tal, hielt das Ereignis in den gemeinsamen Archiven fest.

„Zivilisationen werden nicht durch ihren Ursprung definiert", schrieb er.

„Sondern durch den Ort, an dem ihre Kinder geboren werden."

Mit den Jahren folgten weitere Kinder.

Familien bildeten Nachbarschaften in den rotierenden Habitat-Ringen.

Schulen passten ihre Lehrpläne an.

Im Geschichtsunterricht wurde die Erde nicht mehr als Ziel beschrieben – sondern als Herkunft.

Im Biologieunterricht studierte man sowohl terranische als auch atlanidische Lebensformen.

Auch die Sprache begann sich zu verändern.

Kinder mischten menschliche Dialekte mit Elementen der tonalen Kommunikationsweise der Atlanider.

Langsam entstand eine neue, hybride Kultur.

Außerhalb des Schiffes blieb das Universum gewaltig und gleichgültig.

Die Atlantis glitt durch die Dunkelheit zwischen den Sternen, getragen von ihren Gravitationsantrieben. Vor ihr lag das schwache Leuchten des Alpha-Centauri-Systems.

Zwei Sonnen.

Zwei zukünftige Welten.

Für die Kinder, die im Inneren des Schiffes aufwuchsen, waren diese Sterne keine fernen Lichter.

Sie waren ihre Bestimmung.

Eines Abends stand der junge Kai im Beobachtungsdom.

Er war sechs Jahre alt.

Die transparente Kuppel über ihm zeigte die unendliche Dunkelheit des Alls.

Seine Lehrerin deutete auf einen blassgoldenen Stern weit voraus.

„Dieser dort", sagte sie sanft, „wird eines Tages dein Sonnenaufgang sein."

Kai betrachtete das ferne Licht.

„War die Erde heller?" fragte er.

Die Lehrerin zögerte.

„Ja", sagte sie schließlich.

„Aber diese Sonne wird deine sein."

Viele Jahre später würden Historiker dieser Generation einen neuen Namen geben:

Die Kinder zweier Sonnen.

Sie trugen die Erde in ihren Erinnerungen.

Und Centauri in ihrer Zukunft.

Zwischen diesen beiden Lichtern entdeckte die Menschheit etwas Unerwartetes.

Heimat war nicht länger nur eine einzelne Welt.

Heimat war überall dort, wo das Leben weiterwuchs.

DIE NEUEN GÖTTER

Die Landung auf Centauri Terra Novo war kein militärisches Manöver, sondern eine leise Inbesitznahme von Verantwortung.

Unter der Führung von Commander Ian Macintosh setzte das erste Shuttle in einer weiten Flussebene auf.
Nebel hing zwischen gigantischen Farnbäumen, deren Wedel im Morgenlicht wie grüne Kathedralen wirkten.
Zwei Sonnen – eine heller, eine etwas rötlicher – standen versetzt am Himmel des Systems Alpha Centauri und tauchten die Landschaft in ein doppeltes, fast übernatürliches Leuchten.
Die Luft war klar. Sauerstoffreich. Mild.

„Haven", sagte Macintosh, als die ersten mobilen Habitat Module entladen wurden.
Ein Name wie ein Versprechen.

Autonome Baumaschinen begannen, den Boden zu vermessen. Drohnen zeichneten topografische Karten. Innerhalb weniger Tage wuchs ein Netzwerk aus Kuppelbauten, Energiezellen und Agrarmodulen. Haven war klein – aber es war ein Anfang.

Auf Centauri Atlantica hingegen verlangte die Natur eine andere Art von Demut. Endlose Ozeane, durchzogen von Inselketten und Korallenarchipelen. Die Pioniere errichteten schwimmende Plattformen und Unterwasserhabitate.

In einer tiefen Submarin-Höhle entdeckten sie gigantische, biolumineszente Kristallformationen – mineralische Kathedralen, die in pulsierendem Blau glühten.
Erste Analysen zeigten seltene Elemente, die Energiespeicherung revolutionieren konnten.
Die Siedlungen erhielten Namen: Aqua Prime.
Delta Haven.
Doch die größte Entdeckung wartete nicht unter Wasser.

Tief im Dschungel von Terra Novo stieß ein Team unter Leitung von Dr. Elena Tolskin auf Strukturen, die nicht natürlichen Ursprungs waren.

Stein. Holz. Feuerstellen.
Die Behausungen waren primitiv – aber organisiert.
Werkzeuge aus geschliffenem Gestein lagen neben geflochtenen Körben. An den Innenwänden fanden sich Malereien, gefertigt mit Holzkohle und mineralischen Pigmenten.
Jagdszenen. Tiere. Sterne.

Die Ästhetik erinnerte entfernt an die Grotte Chauvet auf der Erde – ein Echo der eigenen Frühgeschichte.

Terra Novo war nicht unbewohnt.
Wochen später sahen sie die Einheimischen zum ersten Mal.
Sie waren kleiner als Menschen, gedrungener gebaut, mit kräftigen Gliedmaßen und bronzefarbener Haut.

Ihre Stirnen waren markant, die Augen groß und lichtempfindlich – bei Dämmerung schimmerten sie wie polierte Steine. Ihre Gesichtszüge wirkten archaisch, beinahe neandertalerähnlich, doch ihre Bewegungen besaßen eine überraschende Anmut. Ihre Sprache war melodisch, voller Klicklaute und weicher Vokale.

Zunächst beobachteten beide Seiten einander aus der Distanz. Neugier gegen Vorsicht.

Der Wendepunkt kam mit einem Shuttle.
Als eines der schweren Transportfahrzeuge auf einer Lichtung landete, zerfetzte der Lärm der Triebwerke die Stille des Waldes. Staub wirbelte auf, Blätter wurden fortgerissen.

Die Einheimischen stürzten zu Boden.
Einige warfen sich nieder. Andere bedeckten ihre Gesichter und murmelten rhythmische Laute – vielleicht Gebete.

„Sie halten uns für Götter", flüsterte Tolskin.
Macintosh schwieg.
Die Maschinen, die metallenen Oberflächen, das Licht – aus ihrer Perspektive musste es wie eine Offenbarung gewirkt haben. Ein Bruch der Naturgesetze.

In den folgenden Tagen begannen die Einheimischen, den Pionieren zu folgen. Immer aus sicherer Entfernung. Immer respektvoll. Dann geschah das Unerwartete.

An einem Flussufer traten sie aus dem Dickicht.

Langsam.

Zeremoniell.

Sie trugen Geschenke.

Holzfiguren, meisterhaft geschnitzt.

Früchte in schillernden Farben.

Edelsteine, die im Sonnenlicht funkelten wie gefangene Sterne.

Und darunter: rohe Diamanten, faustgroß.

Macintosh spürte ein Echo der irdischen Geschichte.

Goldrausch.

Kolonialismus.

Ausbeutung.

Blut.

Er nahm einen der Diamanten in die Hand – schwer, kalt – und legte ihn behutsam zurück in die Hände des Anführers.

„Diese müssen dorthin zurück, wo ihr sie gefunden habt",
 sagte er ruhig. „Sonst könnten die Götter erzürnen."

Der Häuptling – ein älterer Vertreter mit silbergrauen Strähnen im dunklen Haar – nickte langsam.

Er verstand nicht jedes Wort.

Aber er verstand die Geste.

Die Diamanten wurden zurückgebracht.

In diesem Moment wurde eine Grenze gezogen –
nicht zwischen ihnen, sondern in ihnen.

„Sie betrachten uns als Götter", sagte Macintosh später im Kreis seiner Offiziere.

Niemand widersprach.

Technologie ist aus primitiver Perspektive Magie.

Magie ist aus unwissender Perspektive Göttlichkeit.

Die Einheimischen begannen, Symbole in ihre Wandmalereien aufzunehmen: Figuren mit leuchtenden Augen, die vom Himmel herabstiegen.

Geflügelte Formen.

Kreise über Bäumen.

Die Pioniere standen vor einer ethischen Entscheidung, die kein Protokoll vollständig abdecken konnte.

Eingreifen oder nicht eingreifen?

Lehren oder beobachten?

Schützen – oder sich heraushalten?

Macintosh erinnerte sein Team an die Geschichte der Erde.

An Kulturen, die unter dem Gewicht überlegener Technologien zerbrachen.

„Wir sind jetzt für sie die Götter", sagte er.

„Aber keine Götter, die herrschen.

Wenn wir schon Götter sind, dann solche, die beschützen."

Ein interkulturelles Kontaktprogramm wurde entwickelt.

Keine religiöse Instrumentalisierung.

Kein Ressourcentransfer, der Abhängigkeit schuf.

Medizinische Hilfe nur im Notfall.

Wissen in behutsamen Dosen.

Nicht Eroberung.

Koexistenz.

Was macht einen Gott aus? Wurde gefragt.

Allmacht?

Unsterblichkeit?

Oder lediglich technologische Überlegenheit?

Auf der Erde hatten Menschen ihre Götter nach ihrem eigenen Bild geformt. Nun standen sie selbst in dieser Rolle – nicht durch metaphysische Berufung, sondern durch physikalische Differenz.

Vielleicht ist ein Gott nur jemand, der weiter sehen kann. Vielleicht ist Göttlichkeit nichts anderes als Verantwortung ohne Kontrolle über die Konsequenzen.

Die Einheimischen von Terra Novo entwickelten ein Wort für die Neuankömmlinge. Es bedeutete sinngemäß: „Die vom Himmel Gefallenen".

Die Pioniere akzeptierten es nicht als Titel – sondern als Mahnung.

Während Terra Novo den ersten kulturellen Kontakt erlebte, blieb Atlantica zunächst unbewohnt von intelligentem Leben. Doch selbst dort galt Vorsicht. Jede ökologische Intervention wurde dreifach geprüft.

Die Atlantis kreiste weiterhin im Orbit – das gemeinsame Meisterwerk von Atlanidern und Terranern. Weitere Kolonisten würden bald folgen. Doch die wahre Prüfung hatte bereits begonnen. Nicht der Aufbau von Städten. Nicht die Sicherung von Ressourcen.

Sondern die Frage: Konnte eine Spezies, die einst selbst an Götter geglaubt hatte, nun in der Rolle der Götter bestehen, ohne dieselben Fehler zu wiederholen?

Am Abend saß Macintosh am Rand des Flusses. Einheimische Kinder beobachteten ihn aus dem Schatten der Bäume. Keine Angst mehr – nur Neugier.

Über ihm standen zwei Sonnen kurz vor dem Untergang. Dahinter, unsichtbar für das bloße Auge, lag die Erde – ein verlorener Punkt im Licht.

Er verstand plötzlich die Ironie der Geschichte. Einst hatten Menschen zu den Sternen geblickt und gefragt, ob dort Götter lebten.

Jetzt blickten Wesen auf Terra Novo zum Himmel –
und stellten dieselbe Frage.

Der Unterschied war nur:
Diesmal konnte die Antwort zurückblicken.

Und sie musste entscheiden,
was für eine Art Gott sie sein wollte.

ENDE

Yusuf M. Çavak ist Schriftsteller, Musiker und Komponist –
ein Freigeist, der seit über fünf Jahrzehnten Worte, Klänge und
Visionen zu neuen Welten formt.

Als Sohn türkischer Gastarbeiter kam er mit elf Jahren nach
Deutschland und entdeckte früh die Magie der Sprache: Für ihn
sind Worte Resonanzräume, in denen Bedeutung, Rhythmus
und verborgene Ebenen miteinander verschmelzen.

Seine charakteristische „Wortspülerei" –
das Spiel mit Doppelsinn und Tiefe –
prägt auch seine literarische Handschrift.

Im Ruhestand widmet er sich seinen lang gereiften Ideen und
erschafft mit **Nexus Pluto** eine Science-Fiction-Saga, die weit
über das Genre hinausreicht.

Die internationale Ausgabe umfasst **534 Seiten** und verbindet
epische Weltraumvisionen mit philosophischer Schärfe.

Es ist ein Roman über Sterne, Macht, Bewusstsein – und die
Frage, welche Verantwortung der Mensch trägt, wenn seine
technologischen Möglichkeiten schneller wachsen als seine
innere Reife.

Doch Çavaks Schaffen ist weit mehr als Science-Fiction.
Sein literarisches Repertoire reicht von **Kinderbüchern** über
Kriminalromane bis hin zu **Sachbüchern** und **Lovestorys**.

Diese Vielseitigkeit macht ihn zu einem Erzähler, der sich keinem Genre unterordnet – sondern jedes Genre mit seiner unverwechselbaren Stimme erweitert.

Nexus Pluto jedoch ist sein zentrales Werk:
eine Saga, die Leserinnen und Leser nicht nur unterhält, sondern herausfordert und berührt.

Yusuf M. Çavak schreibt für Menschen, die in Science-Fiction mehr suchen als futuristische Technik. Er schreibt für jene, die spüren, dass die Zukunft nicht im Maschinenraum entsteht, sondern im Bewusstsein des Menschen.

Denn trotz aller technischen Entwicklung und allem Fortschritt darf das **Menschsein** nicht verloren gehen. Das wahre Potenzial der Menschheit liegt in **Einigkeit** – nicht in Rivalität.

In einer Welt, die ihre Kräfte bündelt statt
Kriege und Machtspiele auszutragen,
wäre ein Projekt wie Nexus Pluto keine ferne
Vision, sondern nur eine Frage der Zeit.

NACHWORT DES AUTORS

Seit vielen Jahren beobachte ich mit wachsender Sorge, wie ein kleiner, aber einflussreicher Teil der Menschheit versucht, friedliebende und anpassungsfähige Gesellschaften auseinanderzudividieren.

Nationalismus wird geschürt.
Religion wird instrumentalisiert.
Monetäre Macht wird genutzt, um Abhängigkeiten zu schaffen und Menschen gegeneinander auszuspielen.

Immer wieder scheint sich Geschichte zu wiederholen – nicht als Fortschritt, sondern als Rückschritt.

Nexus Pluto ist meine Antwort auf diese Entwicklung.
Ein literarischer Gegenentwurf zu Verschwörern, Ausbeutern und jenen, die glauben, Macht sei größer als Menschlichkeit.
Der Roman ist Mahnung und Hoffnung zugleich.
Er erinnert daran, dass wir nur gemeinsam unsere Erde bewahren können. Alles andere würde uns ins Verderben stürzen, wenn wir nicht rechtzeitig aufwachen.

Wir besitzen zurzeit nur eine Erde. Keine Generationenschiffe warten im Orbit. Keine autarken Kolonien im All sichern unser Überleben. Was wir zerstören, verlieren wir unwiederbringlich.

Die Geschichte von Centauri und den „neuen Göttern" ist deshalb kein Fluchttraum in ferne Sternsysteme.
Sie ist ein Spiegel unserer Gesellschaft.

Muss erst eine Gefahr von außen kommen, um die Menschheit zu vereinen? Oder sind wir inzwischen reif genug, um zu verstehen, dass jeder Mensch, jede Kreatur auf der Erde vielleicht einmalig ist und nicht aussterben darf?

Es ist eine ganzheitliche Symbiose. Wenn wir eine Art auslöschen, müssen wir die Schäden selbst beheben – doch ist das überhaupt möglich?

Nicht nur der Klimawandel, auch das Artensterben kann am Ende unser eigener Untergang werden.

Warum? Weil wir bisher nicht verstanden haben, dass man Geld nicht essen kann und Macht vergänglich ist.

Eine Frage an uns selbst: Wenn wir morgen die Macht von Göttern hätten – wären wir bereit für die Verantwortung.

Warum ich Dich Liebe?
New Romance-Love-Story
ISBN-13: 9783695725311
Paperback , 100 Seiten

Der Junge aus den Bergen
Krimi
ISBN-13: 9783759768209
Paperback 9,95 € , 150 Seiten

Wilde Geschichten
Siebzehn fast unmögliche Storys über Gott und die Welt
ISBN-13: 9783769315370
Paperback 9,90 €, 146, Seiten

Scheidung ist kein Scheideweg
Ein Leitfaden für getrennte Eltern, die das Wohl ihrer (…)
ISBN-13: 9783819230738
Paperback 6,99 € , 68 Seiten

Das kleine Buch über das Glück
Eine Reflexion für alltägliche Freude
ISBN-13: 9783769317558
Paperback 8,99 €, 50 Seiten

Hot Bubbles

Die verborgene Macht der Lügen

ISBN-13: 9783769300499

Paperback 9,95 €, 164 Seiten

Engele & Bengele

Bilderbuch für Vorschulalter

ISBN-13: 9783819233111

Paperback 9,50 €, 32 Seiten

Nexus Pluto

At The Edge of Humanity´s Destiny

An Epic Si-Fi Saga, English

ISBN-13: 9783769322118

Paperback 24,90 €, 534 Seiten

Kommissar Gurke und der Oberschurke

Eine Mit mach Krimi für Kinder und Mitdenker

ISBN-13: 9783695742837

Paperback 14,50 €, 150 Seiten

Abnehmen ohne Kostenfalle

Ein Erfahrungsbericht

Yusuf M. Çavak, **Claudia Beck**

ISBN-13: 9783695110650

Paperback 14,50 €, 120 Seiten

Alle Bücher auch als E-Book erhältlich!

Und sofort verfügbar als Download

YMC-Production

Bahlingen a.K. - Germany

Social Media & Internet:

https://www.cavak.com

https://www.facebook.com/yusuf.cavak.5/

https://www.instagram.com/yusuf.cavak/#

https://www.tiktok.com/@yusufcavak50

https://www.youtube.com/@MrYMC

Terra Resources

https://www.facebook.com/profile.php?id=61566037780119